我
思
‹ COGITO ›

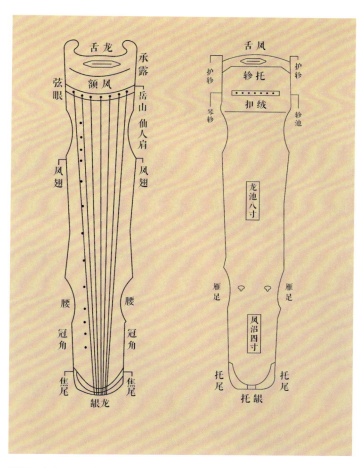

琴面图（左），琴背图（右）。本图根据清康熙五年（1666年）《移情摘粹》誊录清稿本（今藏美国国会图书馆）绘制。

西湖边的梧桐树（乐什么　摄）

西湖边的杉树（乐什么　摄）

贵州的梓树（杨岚　摄）

古琴面板，所用木材分别为（左起）梧桐木、杉木与梓木（乐什么　摄）

"伏羲式"梧桐面板（乐什么　摄）

杨岚 2012 年所制仲尼式古琴

杨岚在家中，书架前是他所制作的古琴（乐什么　摄）

杨岚在户外雅集"立冬·山野集"中演奏

琴人

杨岚　著

GUANGXI NORMAL UNIVERSITY PRESS
广西师范大学出版社

·桂林·

琴人
QINREN

策　　划：我思工作室
特约策划：曹雪峰
责任编辑：赵黎君
装帧设计：何　萌
内文制作：王璐怡
封面设计：卿松（八月之光）

图书在版编目（CIP）数据

琴人 / 杨岚著. -- 桂林：广西师范大学出版社，
2022.3（2022.9 重印）
　　（我思记忆）
　　ISBN 978-7-5598-4711-9

Ⅰ. ①琴… Ⅱ. ①杨… Ⅲ. ①散文集－中国－当代
Ⅳ. ①I267

中国版本图书馆 CIP 数据核字（2022）第 011217 号

广西师范大学出版社出版发行

（ 广西桂林市五里店路 9 号　邮政编码：541004 ）
网址：http://www.bbtpress.com
出版人：黄轩庄
全国新华书店经销
山东韵杰文化科技有限公司印刷
（山东省淄博市桓台县　邮政编码：256401 ）
开本：880 mm × 1 230 mm　1/32
印张：10　　插页：4　　字数：190 千字
2022 年 3 月第 1 版　　2022 年 9 月第 2 次印刷
定价：49.80 元

如发现印装质量问题，影响阅读，请与出版社发行部门联系调换。

生活在路上

陆庆屹

其实我不确定应该叫他杨岚还是杨朱，因为我认识他的时候，大家都叫他杨朱，应该是他自己取的别名。认识快九年了，现在让改口叫杨岚，感觉像另外一个人，我还是按习惯叫杨朱吧。

我是喜欢开玩笑的人，看见什么人都会猜一猜有什么故事。第一次见杨朱那天，下着毛毛雨，杭州的毛毛雨很稠，像雾一样黏着人。我知道是去见一个弹古琴的人，多少有些想象和期待，一路上看着雨雾，通过已知的关于杨朱的信息，脑中略略勾勒出了一个眼神睿智，但总低着头，目光落到某处虚空的异人形象，年轻而安静。在小区门口等候的时间里，看着来来往往的人，我觉得都不像我想象的那个杨朱。直到一个戴着圆眼镜的消瘦男生从铁门后翩然而来，我心说，这个人好似民国来的，文文弱弱，应该就是他了吧，果然。

杨朱看到和我同行的朋友，笑了一笑，步速也没变化，双手负在身后，像一位少年老者慢悠悠踱过来，薄薄的寸头上粘了点白晶晶的雨水。他像见到了邻居一样，跟我们说进去吧。朋友愣了愣，向他介绍我，他似乎才反应过来跟我不认识，然而对我这个新朋友，也只是闪过一丝礼貌性的笑，轻声说了一句"你好"。既不太过热情，也不疏离，仿佛见到了老朋友一样轻松自如。

杨朱住的是一套暗暗的毛坯房，水泥地面透出一股凉意，有些地方被鞋底磨得光滑了，通过这些区域，可推测出房主人的日常活动轨迹。我随意逛了逛，客厅里堆着很多木头，靠墙竖着几块琴板，在木头中间的一小块空地上架着一个电磁炉。整个空间没有一扇门，卫生间也就挂了一片布挡着。房子尽头有一小房间，是做琴的工作室。我走过去吓了一跳，房间地上满满地铺着刨花，最厚处约莫有两尺厚，四壁竖立着长长短短的木料，正中是一张简易的工作台，上面躺着一大块待刨的木板。简直就是一个木材加工厂，在这样精致的小区里出现，着实有些诡异。这是三楼的东北角，被外面的绿树遮得严严实实，暗绿通过两面落地窗映入室内，混合着木材的香气，一时让人不知身在何处。

在这凌乱的空间里，杨朱悬挂了几张苇席，隔出一间静室，他就在里面看书、练琴、睡觉、听音乐。在这大白天也需要开灯的房间里，我们聊了一个下午。不知为何，我跟杨朱似乎天生就认识，虽是初识，却了无障碍，深深浅浅的话题都谈得。或许因为我们都是贵州人，对世界的初始认知近似，人生的经历上也颇多相似之处，所以当我们聊起各自的从前时，潦草中都似乎懂了对方。杨朱对一情一景、一人一事有一种去贴近去感受的本能，我们聊起一些微不足道的事物、瞬时的感受等话题，两人拊掌而笑。我感觉他很游离，跟人说话时，神思却在另一处，也不是心不在焉，而是思维总在变化着。

我请杨朱给我们演奏几曲，他也不扭捏："想听？好。"就坐到了琴边，双手放在琴上略作停顿，收拾好心神，瘦长的手指开始游走。古琴声清雅沉润，不亮不躁，激荡处亦含收束之意，颇似自言自语。在我遇到的各种演奏里，其他乐器的声线都是往外扩张的、穿透的，似乎唯有古琴，有一种要将演奏者吸纳进去的气质，没有侵略性，轻易就化到了空间里。而抚琴时的身姿与节奏，只有亲眼所见，才能体会到为何要用"抚"字，按揉弹拨，无一不似琴与人的亲密接触。

认识杨朱，让我见识了古琴的魅力，此后想到杨朱，自然也会想到古琴，杨朱和古琴，这两个词在我脑中差不多就是画等号的。另外，还知道他是个不安分的家伙，动不动就搬家，时不时就旅游，一会儿到湖南，一会儿到印度，跟他那安静的外表着实有些不匹配，但我也没有因此想太多，总以为知道了一个人的生活，就知晓了这个人的人生。直到我看到这本书，才骤然一惊，里面仿佛是另一个杨朱，他那些离谱的经历让我很难对应到他身上。这家伙居然可以随性到这个地步，动个念，人生就拐了个弯。原来人生还能以这样的方式展开！

我和杨朱同为辍学流浪的人，动机却迥然不同，我是盲目的，杨朱却有非常清晰的目标。但说是清晰，却也够虚妄，他是为了追寻心中的一个梦境，梦里的山中有人在抚琴，他希望那个人是自己，于是他就出发了。十六岁，只身走出了贵州的山水，一路颠沛，想尽办法去接近这个近乎幻想的梦。他为了知道古琴是什么，远赴石家庄高价买了一张废琴，有点千金买马骨的意味。一个山里的少年，他懂什么古琴？这条寻琴、寻师之路，可想而知困难重重。但最后倒也因为那张废琴，他摸进了与琴相关的门里，真是精诚所至。

这样的浪漫和不羁，让我想起老家的一些朋友，一边在人世沉浮，一边在山和水里游荡，人到中年仍率性天真。

少年心性，或许是贵州人的特性，杨朱大概就是他们的精神代表吧。为了理想可以义无反顾，可以不计得失，光阴和未来就这么交付了出去，遇到任何波折也不以为意，甚至主动去体悟其中滋味，自得其乐。当理想不够理想时，需要调整，他也顺势而为，不会为此感到失落。这么坦然的人，真是罕见。

以前我觉得杨朱像个懵懂的天真少年，热血走天涯。后来，我愈发觉得他像流水，没有棱角，但有力量和恒心，始终在不惜力地朝前走着。

我想，杨朱追寻的不止是琴，更是自由与独立的人格，琴只是他在世间摸索的一种途径吧。

2022 年 1 月 5 日

杨岚在演奏中（Andy 摄）

自　序

　　这本书是从我的古琴笔记而来。最初的版本里充满论断和引证，总之是本板着严肃面孔的书。

　　这种面目在完成三分之一时改变了。

　　出版人雪峰看了那些文字后，建议把它发展成一本非虚构作品，从我成长与学琴的经历来书写古琴。我很犹豫，害怕谈到自己。我从小到大都是个做自我介绍时会喉咙发紧舌头打颤的人。

　　言谈随风而逝，书写却是白纸黑字。谈到自己时就会涉及他人。立体的生命经文字显影，读者又在心里投射出一个截面影像，这让我觉得可怕。

　　在我犹豫的时候，电脑坏掉了，之前的文字全数消失。我只能重新考虑应该怎样去写一本关于古琴的书。

一同改变的还有我跟琴的关系。

由于前面好几年里，我对琴逐渐兴趣缺缺，觉得以后可能会完全离开古琴，就想靠着一点余温，把我的古琴笔记从脑中移到纸上，像旅行时会想带些纪念品。这是我的写作初衷。

而此时我恢复了对琴的兴趣。

我想这是个重起炉灶的机会，于是开始重新温习我与琴的故事。我发现对我而言真正重要的部分，都跟琴本身没有直接关系。这些故事并没多少价值，只是一些随性妄为、弯弯绕绕的经历，但是对我来说，都是时光中的烟花和星星。

于是 2020 年夏天，我写下这本书的主体部分。后来的问题，就是我该如何处理它们，我不知道哪些是值得印刷到纸上被人阅读的。我也在继续犹豫是否要谈到他人，但有的人却是无论如何也回避不了的，例如我学琴过程中的老师。前后修改了几次，间隔了相当长的时间。

在写作过程中，我以古琴的名义过着双重生活。在书里我是一个初学者，从一个迷糊的影子去追寻这个叫作"古琴"的东西；而当下，我又回到了那个起点，同样做回了一个初学者。

现在写完了，它们要印出来。最终的成品让我难为情了许久，特别是出版社要将书名定为"琴人"，好像我现在已经是个成熟的琴人了。这里要不带任何虚假谦虚地说，这只是一个初学者的故事。它跟所有人的故事一样普通，也一样珍贵。

现在它像长成的孩子一样，自行其是，终于与我没有关系。

我不知道有多少读者希望获得关于古琴的知识，我尽力地奉献了一些，虽然要劳烦读者去扯开一些不相干的枝蔓；对于另外一些读者，希望可以把它当成一本游记。我试图书写一段以"古琴"为理由而展开的旅行，山水、书籍、人物、音乐……是这次旅行中的站点，路线跟随我的记忆展开，我的回忆也牵引着它不断跑题。

这本书献给爸爸。

2022 年元旦，杭州

目录

谈 琴

琴

人

入

山

山

　　我是被一个山中弹琴的画面纠缠住，而想学琴的。

　　从小，我住的地方附近都有山。

　　不是江南这种可居可游的山，是石灰岩的瘦山。裸露、坚硬，表面疙疙瘩瘩。树很少，只有一些灌木和荒草从石头缝里长出来，笼在水汽里，远看毛茸茸的。它们常年都像被打湿的样子，春夏是湿润的深绿，秋冬是黑黝黝、阴冷的湿，像岩石上被泼了水。晴朗时像皴裂的皮肤，粗糙却健朗。这样的山与人有些相互的抗拒，想起那样的岩石，就会让人体会到皮肤被那些粗糙表面剐蹭的触感，比如说湿漉漉的雨天，膝盖却被石头磕破之类的。这种切肤的想象虽不舒服，却也让我觉得亲切。

　　我弹琴时经常会有人说弹首《流水》，很少有人会提《高山》。

　　这两首著名琴曲与伯牙子期的故事联系在一起。按照一些琴谱的说法，它们本来是一首曲子，唐代以后分为《高山》与《流水》两曲。在当代，如果说有什么曲子可以代表古琴，《流水》肯定是其一，因为近代川派传谱中有所谓"七十二滚拂"，以其沥沥落落模拟水声的惊人想象力，加以管平湖先生如水激石的绝妙指法，成为众所周知的琴曲。而同源的《高山》则少人问津。

伯牙子期的故事众所周知。但如果没有这个故事，也会有《高山》《流水》这两首曲子。或者说这个故事与这两首曲子的出现都是必然，就像山水画的出现也是必然，纵然它很晚才出现，但很早就存在于我们的文化基因里了，只是后面才外化出来。

《高山》《流水》象征静态、稳定与流动、变易的一种关系。

在琴上，垫高琴弦的硬木叫"岳山"；靠近岳山的琴面，有斜下减薄的低头部分称为"流水"；岳山下面垂直的一块硬木片叫"承露"，底板上的两个音孔称"龙池""凤沼"；琴腹内有时会设置两个暗槽，唤"声池""韵沼"。北宋《琴苑要录》中一句斫琴口诀称："谁识倚山路，江深海亦深。"

古琴面板在琴体内部当音孔有一处隆起。在古人的想象里，琴音会像水一般被隆起的实木阻碍在琴体里，不致溃散。那些隆起的实木当然就像山一样，因而琴音便如水似的，在琴腹里荡漾徘徊而不去。

山和水的象征遍布在琴身。如果我们考察琴体的隐喻，可以明白实木部分为山、中空部位为水，琴器为山、琴音为水。

山和水也象征着实与虚、空间与时间。

我喜欢山，也许是因为小时候常同我爸去爬山。在贵州家乡附近的山上，我们度过了一个个周末。在他刚退休我刚退学的那段时间，我们父子有个共同愿望，想要住到山里去——我想到山里去，是因为当时已经动了学琴的念头，想到山里去弹琴。

在我第一次离开家之前，我们去爬山。坐在山顶，看着森林般一<u>丛丛</u>的山峰，他说想在我外出期间，每天一座，把县城附近的山都爬一遍。那些山倒不算高，只是连绵无边，没有止处。

那个冬天我回到家，带回一张琴，虽然花了 4500 元，但有人告诉我那是一张破琴。我无从判断，因为我还压根儿不会弹。只知道那是一张栗壳色、仲尼式的古琴，长长的像一把剑。

我爸让我带琴跟他到山上住了几天，不过那是一座矿山。我童年时的山野经验，除了跟我爸爬山以外，就是同他一起上矿山。

小时候他说要带我去看看"黑人"，就是那些矿工，他们除了眼睛是明亮闪烁的，整个脸都被黑黑的煤灰盖住。我看见他们吃东西时，一团漆黑里突然开了个血红的口，露出突兀白亮的牙。深黑的矿洞几乎是他们用肉身掘出来的。有时忍不住在矿井里抽了烟，或者铁锹砸到石块时迸出了火花，引爆浓度骤然升高的瓦斯，生命就潦草地铺在草席上。我爸想让我提前看看生活是怎么回事，也想让我在山野里面磨磨个性。

他原来的工作是管矿山安全，几乎每个工作日都开着吉普车在矿山上游荡。有时车后放着一箱炸药，如果哪个矿瓦斯超标就炸毁。有阵子我家里还放着几筒炸药，跟矿灯、头盔、瓦斯检测仪一起堆在小房间里。

我爸习惯了山野里的生活，那阵子我们最爱讨论的话题就是以后如何去山里盖个房子。只要看到武侠剧里有这样的情景，我们就都不能自已。后来我爸的这个愿望，被他以承包了一个小煤矿的方式实现了。他住到了矿山上。而我的愿望也实现了一半，我有了自己的第一张琴。

之前他干过好几种赔钱的离谱生意。有次找了两个农村亲戚跟他一起养牛，在乡下租了几间瓦房，常住在那儿，结果只是结交了几个乡下的泼皮懒汉。也许他想的是"秉耒欢时务，解颜劝农人"，可乡下邻居却只想讨好他，再从他那儿借些赌资酒钱。

后来他与人去淘金，我到矿上去看他。煤矿都在山深草长处，而金矿是黄土坡，一目了然的荒凉，只有土黄，没有金黄。山上可走车，先从县城坐一个小巴到一个就叫作"金矿"的地方——地名直截了当，是国营金矿所在，也是小淘金者交换生活物资、打牙祭的地方——从那儿再换一个小巴，破旧的小巴在无数的小矿间穿梭。在其中一个地方下车后，我看到我爸站在一个黄土坡上冲我招手。

我在矿上住了几天。记得我带了本《儒林外史》在矿上看，看完开头的王冕的故事，直接跳到结尾，看到荆元为于老者抚琴，说"于老者听到深微之处，不觉凄然泪下"。我给我爸看，说这就是我要弹的古琴。

他给我示范如何从满坑的矿土里分离出黄金的成分，但我从来没有看到过一星半点的金子。经济上这依然是个失败的事件。他的这些生意的共同点是工作地点都要在山里，似乎这才是他做生意的原则。

我爸退休时才四十岁。那时候矿山异常混乱，矿难屡发，责任都压在他的头上。有次一个烟花爆竹厂爆炸，这也属于他们单位安全监管的范围。压力之下，他办了病退。由于职业生涯都耗在矿山上，他很厌烦城里的人情世故，所以退休后更愿意跟农民、矿工们待在山上。

他的最后一个生意就是那个煤矿。

那是个非常简陋的煤洞，只有一个矿井，巷道狭窄。如果进入矿洞时，正好遇到运煤车沿着轨道高速冲出来，听到声音得赶紧抓住顶部的横梁，然后引体向上，再把脚挂在另一端的横梁上，等车从身下经过。

他自己在煤矿下方租了当地村民的两间屋子住。他在那儿享受他的山居梦。

那时他在矿山上打电话给我，带着自得的口气说："我现在啊，听着鸟声，身后是山，旁边是小溪。"我到后才知道，山是被挖得满目疮痍的矿山，小溪里则流淌着煤水，有无鸟声则看矿上的设备有没有轰轰作响。

那段时间他还经常听琴曲，听张子谦[1]。是我在郑州的一家音像店里买到的CD，跟那张琴一起带回来的。他觉得应该跟我培养共同语言，就反复地听。我想他是真的听进去了。后来有次我拿了一个当代琴家的录音给他听，他说还是原来那个弹得好。他听得比我还多，我反而不怎么听琴曲CD。

在那个深冬最冷的酿雪天，天空是铅灰色的。我刚从外面浪荡回来，我爸带我去看他的山居生活。虽然知道我不会弹，他还是特地让我带上了古琴。我们从县城骑着摩托出发，琴背在身后。在贵州山区的湿冷空气里，雾气都要结成冰粒。我们龇牙咧嘴地缓慢上山，时不时停下来看看路边的溶洞，或者路边坡地上的风景，那些石灰岩壁和突兀的石笋被湿气包裹住，显得特别坚硬。

等到了山上，在我爸租住的屋子里，我们生起柴火。隔了一个明灭不定的炉火，矿山就成了寒山。我们在火上架起一个三脚架煮火锅，是白菜豆腐和肉片，吃起来特别暖和。傍晚开始下起大雪，我只能拨弄那张琴的空弦音，看着屋外暮色四合，山体发着白光。

我们被雪困在山上几天，雪让矿山面目不清。那些吞吐煤炭、像龙门石窟一样的矿洞，洞口都积满了雪，远看像山水画里坑坑洼洼的怪石。

晚上睡觉我爸告诉我不要关门，应该让风把雪吹进屋子里。

前些天我做了一个梦，那是一个梦中梦。我在睡觉，窗户没关。然后梦里我醒来，发现下雪了，雪铺满了整个房间，我盖了厚厚的一床雪被子。

那个晚上风没有把雪吹进来，却吹进了十七年后我的梦里。

琴

　　七条弦，由粗到细排列在琴面上。另外有十三个徽位，是十三个螺钿小圆点，镶嵌在琴面上，像星星一样。它们与弦数构成琴面上的经纬。在琴谱中通常会用两个数字来表示具体的音位，即弦数和徽数，只要有这两个数字，我们就知道该弹哪里。这个界面是琴道的物理起点。它由两块木板构成，然后在上面展开了无数惊心动魄的，关于知己、山水、隐士的故事。它是诗人的月亮、理性古典学者的声音圣殿、困于书斋的文人的马，他们梦到自己轻举而远游，在秋月下的林间弹琴，或者成为一个刺客。

　　古琴的漆面是深谧、黯淡的，有一种内蕴的光泽。琴声昏昏幽幽的，如果离得太远就听不到它的声音，但如果更远一点，又会有一些声音传来。琴声不是像气一样的扩散，而是像轻烟一般如缕地游动。琴和人都需要一点儿私密性，弹琴像是一种月下的密会。人太多的时候，即便大家都不说话，琴声也会被吞掉。

　　琴不像诗。不管多早的诗，现今读着，不论什么情状，也总能读到些正中下怀的，我们的情感都被写遍了。而琴是超验的。看看大多琴曲的主题，它压根儿不想与普通的情感共鸣；如果恰遇切题的，它的音乐语言也不打算这么去做。它并不跟随人们，而是造了一个诗境，要我们到那儿去。

　　我的第一张琴，是第一次离家时在石家庄买的。

　　我先到达郑州，因为我已经想好了要去嵩山。但我还不能去山里，因为我没有琴。没琴去山里做什么呢？

　　那时古琴虽然刚刚申遗成功，但仍然是件偏门乐器，不为大众所知。琴人是一个很小的圈子，斫琴师只在弹琴的人那里口耳相传，外人很难找到。我在一个二手乐器网站上遇到一个卖家，我本来想买他出手的一张便宜的练习琴，但他说有个朋友有张好琴要卖，在石家庄，说是张宋琴。我当然不相信这个说法，但我太想拥有一张琴了，我甚至主动帮他圆其说："你是指宋代的木头做的琴吗？"

　　"没错。"

　　"是谁做的呢？"

　　"扬州的。"

　　几天后，从郑州往北，我坐了一夜的硬座到石家庄。

　　卖琴的是个三十不到的乐器商，刚刚结婚，住在一个工厂家属区，那种有年头的北方工厂大院。他见我涉世未深的样子，热心地招呼我吃喝，还到音像店给我买了一张李祥霆的教学 VCD，还有两本黄皮的《古琴曲集》。那时学琴的人如果还没有能力看原谱的话，都是依靠这套琴谱。

到他家看到了琴，我追问斫琴师的信息，他迟疑一下，编出一个我以后再也没有听说过的名字。

那张琴4500元，这个价格在当时算是非常高昂了，本可以买一张名家琴，但我却买了这么一张来路不明的琴，后来我才知道这张琴问题很多。那时我想拥有一张琴的愿望大大盖过了我本就不太够用的理性。买琴的钱是父母给的。我已经跟他们说我想学古琴，他们同意了。我原来喜欢摇滚乐，我爸一直说摇滚是不登大雅之堂的，知道我开始喜欢一件古乐器，又相信了我编造的有个音乐学院的老先生教我弹琴的鬼话，他很高兴。其实当时他们有很大的经济压力，可是对我隐瞒了，给我打来了买琴的钱。

总之我拥有了第一张琴，音量比我想象的小太多，之前我以为古琴是真的可以弹得众山皆响的。这是我在古琴上要了解的第一件事：要会区分修辞和事实。

当然，古琴真正吸引我的正是修辞。

琴对我的意义，是把我引入一个诗意空间。好比，入山。

我喜欢姚丙炎[2]先生的《高山》。这个版本来自徐元白[3]先生，徐氏是浙江近代的琴学大家，由于住在杭州，我对这个版本的《高山》会有一些地缘上的亲近。但若从演奏来说，相对徐氏，我更喜欢姚先生的。姚先生的《高山》有股静穆萧森之气。听徐先生的《高山》像看卷轴画里的山，徐徐展开，一时不会显露完全。而姚先生的高山是挂轴画里的山，一眼瞥去已是全局。

《高山》技巧难度不如《流水》，但实际更难弹好。《高山》是以时间的方式在描摹空间，因为音乐都是以一种严格的线性时间在发展。要在这种线性的时间轴线里弹出空间质感非常不易。就像卷轴画一样，它有既定的观赏顺序与节奏，空间展开的形式是以时间为条件。像人在山中行走，有一个特定的路径，每一处的山色会以特定的姿态展开。作为演奏者，就像山中的游者一样，你可以决定自己的节奏，决定要在哪里多作停留。

我理想中的《高山》是像《溪山行旅图》那样的巨幅山水，一目了然，犹如当头一棒，首先就以整体震撼你。

山水改变了大地的轮廓，改变了空间的虚实关系，也影响了我们的心理空间。它在时间中的变化微细到我们难以觉察，以至给我们一种永恒感。而水就是时间在空间里的流动。吴镇有一幅《中山图》，里面只有山而没有水。根据徐小虎对吴镇的研究，它可能是从一幅更大的山水画中割裂下来的。如果是的话，这是一个巧妙的割裂，这幅画去除了所有多余的部分，无论这是吴镇的选择还是来自割画人。他其实是把时间切割出去了。它的构图只有山而无水，就给人一种永恒的感觉，时间停止了，变化不会发生。如果你身处喜马拉雅的群山包围中，也会有一种永恒的错觉。好比唐子西的诗"山静似太古"，"高山"即是永恒的意象。

实际它们每天都在变化和破灭。不需要具象的流水来冲蚀，时间会做到这一切。《流水》就是时间。它在变化，而高山仍然是永恒。维特根斯坦有句话大意是，如果我们把永恒理解为无时间，而不是时间的延长，那么永生属于在当下的人。延展一下，那么永恒即是现在。它不是一个物理时间的概念，而是一种状态、一种感受。

琴里的情感不是来自旋律的百转千回，或是结构的深谋远虑，而是就蕴藏在一两个音里，在这一个两个音之间，包含一个诗意的世界。移情就是这个声音里的世界，我们的心理世界，还有外部世界，变成一个完整的情感。

像《平沙落雁》给我的联想里，总是有个画面，河边洲渚从雾气里淡淡退去，隐于远处。这个画面不是风景，它与我们的某些情感关联，但它是模糊的，也更有开放性。它是来自听者、弹者自己的投射，朱光潜把通感译为"移情"，这个词本就是从琴中的典故而来。伯牙跟随成连先生学琴，三年而成，但不能移人之情。成连说自己已经教不了伯牙了，要带他去蓬莱山跟自己的老师方子春学习移情。等他们到后，成连让伯牙暂留等候，自己去把老师迎接过来。但成连留下食物一去不回。懊恼无比的伯牙只能对着大海弹琴，有一天他终于明白了什么是移情。

当你弹琴时，琴声与动作是一体的，仿佛那游丝般流动的声音从琴体里出来，进到身体里面，再从身体里出来，又进到琴里，人与琴环成一个圈。这时候什么指法、动作就全都忘了，不是我们在弹琴，而只是音乐通过我们来完成它自己。

我们看到的山已经不是吴镇、黄公望眼里的山，环境的改变并不重要，重要的是我们的观看方式变了。如果人自身不变，那么没有任何事物可被改变。我们依然可以在一片混凝土废墟上感受诗意，那儿依然可以移情。

山和琴纠缠在一块儿，对我来说，既是浪漫理想也是荒诞现实。

我喜欢它们分离与聚合的张力。

我的成长过程，就是被一种寻找诗意世界的冲动带着横冲直撞，跌撞进一个个活色生香的现实。慢慢明白这两者本就是一体。

嵩

背着琴，秋天的一个傍晚，我摸进嵩山下的一个村子。

我刚刚知道了竹林七贤、琴、庄子、禅宗……一个神秘的世界在我面前展开，可我对它还一无所知。我才 16 岁，为了方便，我跟别人说我 18 岁了；有时候虚荣心炽盛，就说 19 岁。

这个谎言很容易被识破，我依然腆着脸皮咬紧牙关强装成年人。可即便是十八九岁的成年人，在四处乱晃也很奇怪，我还是得跟人解释我为什么不是在学校里。

"学校里学不到我喜欢的东西。"我通常这么回答。而我喜欢的东西，在当时就是我肩上背着的那张竖长的琴。当别人把它叫作古筝，或者量词用"把"的时候，我就正儿八经地用两个月前才在网上看来的知识纠正他们。而一旦话题开始，就会变得没完没了，不出两轮就超出我当时的知识储备。当别人想跟我了解更多时，我只能说，"只可意会，不可言传"；而当他们让我弹上一曲时，还可以说，"但识琴中趣，何劳弦上音"。

我坐三轮摩托到嵩山下面一个叫作西十里铺的地方，天已经黑了。我急切地想瞻望山在哪里，可视线无论往哪个方向丢出去，最终都一眼撞在黑夜里。

在路边一个乡村小卖部，我借公用电话拨了一个号码。半小时前我刚下大巴时打过一次这个电话，对方就是让我到这里来。现在电话那边让我原地等候。

过了一会儿，一个穿对襟布衣的少年打着手电筒出现了。他带我离开公路，走下一个斜坡，再沿一条小路往前走。并没有走到更高的地方，我们就到了。依然在一个平地的村庄，而不是山上。由于下过那个斜坡，这个村庄甚至比公路还低一截。

我被带进一幢二层楼房，里面坐着全是穿同样衣服的少年们，还有几个外国人。

那是少林寺附近的一个武术班。

离家前，在不知该去哪里的时候，我看了一个纪录片，讲的是一个僧人，在少室山的后山隐居练武。虽然我对习武本身没什么兴趣，但那个画面很吸引我。我脑子里马上出来一个画面，想到那里去生活一段时间，也许能在山里遇到个老僧人教我弹琴呢。我找到一个武术网络论坛，发帖打听少室山后山的那位僧人，还真有一个人回复我，说自己是他的徒弟，但已出山多年。他给了我一个电话号码，说这是五师兄，他还在山上。我打了过去，最终五师兄把我介绍到了这里。到之前我不知道我将要去的会是什么地方，但我知道上山的盘算落空了。

把我带进门的少年替我放下东西，说让我先去见见师叔，把我引到一个小房间。一个约四十岁的人起身来迎，瘦高而精神，笑盈盈的。屋里就一张小床，他坐在床边，床头柜上放了几本中医书，墙上挂了一张经络图。他叫吴南方，是纪录片里那个僧人的师弟，而那个僧人叫释德建。

尽管满屋子的人都是跟吴先生学习，但他们都称呼他为师叔，而称德建为师父。他们通常是跟吴先生先学三年，付一些微薄学费，三年后算是正式弟子，不用再交学费，再在山下学几年就到山上跟德建师父深造，那时就算入室弟子了，生活费和零花钱都由师父承担。

上山之路竟如此漫长。

吴先生跟我谈了半小时，我有点为难。我希望看到的是一个荒寒幽静的山林，而不是眼前这个河南农村。但他看我如此远道而来，已经默认我是热心求学的人了，对我十分热忱。面对他饱含真诚的河南口音，我已经没法说出我只是想到山里住一住，既然不能住在山里那就算了。我不知道该说些什么，便问："轻功真的有吗？"我想如果能够学会飞檐走壁，那留下也还是值得的，以后真到山里了也多一项绝技。他回答说没有。我大概又问了几个蠢问题，憋在心里的话终究没说出来，我还是成了他的学生。既然没有轻功，我就跟他学习养生。

第二天我终于看到了少室山，与这个村庄隔着一片小麦地，稍微心安了些。

吴先生对我的古琴比较感兴趣，问我能不能弹一曲，我说我还不会弹。他说另外那个琴呢——我随身还带了把吉他。我就拨了几个和弦，他听了下，也许觉得无聊，就让我停了。

我想以后都不会再弹吉他了，就想先把它卖掉。我在网上找到一个扬州的买主，之前听说过扬州有个广陵琴派[4]，也知道扬州有人做琴。于是在正式学习之前请了几天假，踏上去南方的火车。

我从南京转道去的扬州，那时我不知道南京住了一位大琴家。到南京下了火车，在玄武湖晃荡半日后，当天我就坐大巴去了扬州。我先是上网查找广陵琴派的堂口设在哪儿，在网上搜了半天只看到那阵子广陵琴家梅曰强[5]去世的消息。最后找到一个斫琴师的电话，我打过去问能不能跟他们买一些斫琴的书籍和资料，被拒绝了，我那时候不知道这些东西根本不存在。在扬州的网吧里，我问旁边的人："你知道广陵琴派怎么走吗？"

在扬州一无所获，又到上海待了几天后，我回到嵩山。

琴史上唐代的琴学中心是在江南与四川两个经济富庶之地。南宋时浙派[6]兴起，琴学中心在杭州；明代晚期之后，随着虞山派[7]的兴起，从浙江转到了江苏常熟；清代为扬州，而近代又移到上海。与大部分人的认知有偏差的是，古琴的田野其实从来都是城市而不是山林，且琴学的中心是随经济重心迁移。对于彼时的我而言，这番寻找注定无果，是一场误会。

　　一个月后下雪了，整座少室山披了一件银色大氅，我们与山之间隔着大片被雪覆盖的原野。走在雪地上嘎吱嘎吱的，我想象是走在古代。我记得那时我明明冻得已经出不了被窝，却还想着这样的下雪天如果是住在对面的山里就好了。有一天看着对面山上的树，我开始幻想在那边有个小屋子，我可以住到那里去，在山上伐木做琴。这是我第一次冒出做琴的想法。没想到这一念决定了我未来的生活。我在书中看到一些斫琴的记载，非常向往。例如唐代斫琴师雷威 [8] 大雪天到峨眉山，喝了酒，然后听木撼于风的声音，判断哪根树木更适宜斫琴。

　　这个画面开始在我心里挥之不去。

　　安定了些时日，我打电话给家人说在北京一切都好，已经租好房子安顿下了。

　　我是以到北京做摇滚乐手为由离开的家门。

　　当我想学古琴的时候，我先在网上了解关于古琴的一些知识，然后就想找一座山，幻想着也许能偶遇一个会弹琴的隐士或者僧道，然后跟他们学琴。我觉得先不要对家人说出我的这个愿望为好。

　　我跟他们说在北京一切顺利。说我开始学习一件新乐器，叫古琴。因为我在北京遇到一个在音乐学院教古琴的老先生，六十多岁，跟我特别投缘，他愿意教我弹琴。如果他们继续问老先生的名字，我打算告诉他们说叫李祥霆。那时我只知道李祥霆和龚一，但龚先生在上海，如果他们上网查就穿帮了。

那年头真到北京上海找位老先生学琴不麻烦，我为什么要这么周折呢？因为我打定主意，琴一定得是在山里学的。

幻想、谎言和执念，就是十六岁学琴的开始。

我的幸运是，虽然少林寺周边鱼龙混杂，但我到了一个很干净的地方。

吴先生教的是未受商业污染的传统武术，跟那种下腰劈叉哼哈乱叫的是两回事。这一派于清末传出寺墙，有位法名寂勤的僧人，是那个时候赫赫有名的武僧，他是"心意把"的主要传人，因故出了山门，还俗后叫"吴古轮"，就是吴先生的曾祖父。心意把在吴家传了两代，后来由吴古轮的儿子吴山林传给了一个叫张庆贺的弟子，张老又传给了德建师父与吴先生。这是他的心愿，一还少林，一还吴家。我去拜访过张老两次，他离我们有二十公里地。他那时身体已经不太好，在乡间行医为生。公路只通到村口，在人烟稀少的村庄里走十多分钟找到他的诊所。邻人只知道他是中医，都不知道他的武学背景。

那次拜访，给我留下最深印象的却是旁边有个乡村小学，在上音乐课，我在这位武学宗师的屋子里，耳朵里听到的全是一墙之隔的小学生押着河南话尾音反复唱着：

"编、编、编花篮，编个花篮上南山。"

在嵩山的生活很规律，每天五点起来练桩功。整个学习过程要吃素，每天三个时间段，十个小时。这与我之前的生活有很大的反差，很难适应。但这段时间的经历对我是一种很好的训练，我实在地明白了自由意味着限制。由限制带来的自由感远甚于由放任带来的。

刚开始时我有点儿受不了，就跟吴先生说想要离开。他建议我留下来，说到外面去时间一晃就过了，什么收获也不会有。留下来跟大伙儿练练功，对心性和身体总是好些。

他是对的，我听他的继续住下来。

自冬天第一场大雪过后，我每隔两天就要进城去添一床被子。北方农村没有暖气，只有一个大铁炉子。虽然吴先生关照我，每天晚间让我坐到离炉子较近的地方，但时间长了也示意我应该换别的师兄弟坐过来，我就像被粘住一样往外艰难挪动。

清晨，天空还是深暗的黑色，气温在零下，我们却五点钟就要起床练桩功。我们像一条条站立的冻肉，盼望着被初升的太阳解冻。

闲时我开始研究那张古琴，照着录像自学，却感觉很难把弦按下去，我想到这张琴可能有问题。我在论坛上看到有个斫琴师住在洛阳，就与他联系。一是想看看这张琴到底怎么回事，另外则是自从我开始幻想在山里盖间屋子斫琴，就被这个雪天入山斫琴的画面缠住了。

正好吴先生见我不适应那边的气候，建议我先回家过冬，等春暖花开时再来。

利用这个空档，我决定回家之前去洛阳拜访那位斫琴师。

从少林寺方向往西，下一道叫"十八盘"的盘山公路，慢慢走出嵩山的余脉，地势渐平，过一小时，就到洛阳。

斫琴师朱师傅家在一个工厂宿舍区，是一个单间，墙上挂满琴，我还是第一次看到这么多琴。他把我的琴放在桌上，拿把长尺往琴面上一靠，告诉我这张琴塌腰，问我琴从哪儿来的，我告诉他来历，他说你被骗了。

如果一个月前我得知这个消息恐怕是五雷轰顶，但此时却不能震惊到我了，我已经不再纠结这张琴的好坏，我想的是另外一件事。

我顺势就脑子一动，跟他说我想学学斫琴，然后把这张琴修好。我脑子里已经飘过明年在山下找间屋子，在山间伐木斫琴的画面。他开车把我带到洛阳郊区，到他的工坊。四川的张师傅父子在那儿帮他做琴，他说："你随便看，如果明年你还来，就可以到这边来学。"

我从洛阳回到贵阳，妈妈请她的同学到火车站来接我。一接到我，他就说你妈是搞什么鬼，竟然让你不上学到处乱跑。我解释说我是主动退学，是为了完成更大的自我教育，不是辍学。他说那你以后能干吗？这彻底问懵了我，如果半年前我会说我要搞摇滚，如果半年后我会说做古琴，但这时我完全不知道我能回答什么。

我胡说八道，说我以后可以搞文艺，这个比较模糊，也不算糊弄。他问我："你知道什么是'意识流'吗？"这个词把我吓住了，我无话可回，他接着说："你连意识流都不知道怎么搞文艺？"

冬天过后，我又回到那个村子。又是几个月的清苦生活，一种非常自然的生活，练功爬山挖野菜。消耗太大，我每顿饭要吃四个馒头。我开始向往不自然的生活，找各种理由偷懒、外出、进城打牙祭，三天两头生出事端，有次还因为体力不支晕倒。吴先生特许我可以免去上午段的功课，让我自己看书。所以每天早上五点练到七点后，我可以休息几个小时，睡个回笼觉，或者到田野里去走一走。吴先生知道我心不在此，对我比较纵容和宽待。有段时间我跟一个小胖子常玩到一块，有次我们打闹得有些过分，忘了我对他做了些什么，他泼了些开水在我身上。吴先生对我们两人各打了三棍子，我很愤然。他把我叫到屋子里，说你老跟他在一起打闹什么，你是要弘扬中国传统文化的。

每天看着少室山。达摩在这里住了九年，然后中国有了禅宗。山间有两条很深的山沟，一条叫大仙沟，一条叫玉皇沟，我们偶尔会沿着沟走，逛逛山中的小寺庙和道观。有一次遇到一个年龄跟我差不多的年轻人，住在一个破庙的阳台上，阳台刚好可以容纳他的睡姿，地上铺个褥子就算床。如果下雨刮风就只能活受罪了。我问他住在这里做什么，他整肃表情，嘴脸微仰，长啸一声，说就是练习这个。他和一个僧人在这儿歇脚，打算等天再温暖些，到山洞里去住。

有时我们也去太室山。少室山比较清严，而太室山则堂皇得多。山中有一些很小的寺庙和道观，也有许多古迹，比如一些唐碑、魏塔。两山之间走路需要两小时左右，路上经过会善寺，是唐代嵩山老安禅师的道场，他是五祖门下十大弟子之一，是最早赏识惠能的老师兄，晚年隐居嵩山，一直到130多岁圆寂。南岳怀让到此参访过，当然那时候他还不叫南岳。老安禅师建议怀让去参访六祖惠能，后来南岳成为六祖下面最重要的两支传承之一。

六祖以后，南宗独盛，禅宗大德住在嵩山的就不多了。

那时跟我关系最近的人叫俊贤，比我大几岁。我们晚饭后常会沿着村道走到几棵大树下。他推荐我看一些佛教的书。有时会有一个僧人来往，他平日在太室山，我跟俊贤也会去看望他。通过他们，我东看西看开始知道了一点点禅宗，加上后来看的一些零零散散的《庄子》，构成了我好多年的价值观，也让我对自己产生了很大的误会。我并不是看了西方的东西后再回过头来发现东方的，像我后来的许多朋友那样。但我后来的一些看待东方的方式确实又比较西方视角，或者说是现代视角，这可能是我的本能。

我其实不怎么看西方哲学，可后来总给人一种西方哲学看多了的感觉，哪怕是我在谈论古琴的时候也会让人有这种感觉。演奏就更不用说了，我想起有次成公亮先生跟我说，他们这一代人，他，吴文光[9]先生，耳朵都已经西化了。然后他补充说，这没什么不好。

我后来有种很强烈的倾向，很想在传统里寻找现代性，这也许是件很无聊的事情，可能只是来自一种身份的困惑。因为我从事的事情让我无法回避传统，但我又很抗拒在身份上从属于一个传统。很多年里，我都很怕别人问我是做什么的，或者将来做什么。"琴人"，不是一个聪明的回答。

我慢慢意识到我基因里面的那种个人主义，之前只是一种无意识的冲动。在退学之前，我只是知道我无法容忍盲从一个集体，我甚至没有盲从这个概念，只是无法将自己视为集体的一员。在我不了解什么是古琴，对古琴甚至完全缺乏听觉经验的时候，古琴就是这点吸引了我。它是属于个体的。我是个崇尚独立的人，哪怕并不能做到。在嵩山的这段日子，是我经历中少有的一段集体生活。那种规律的生活，让我在青春期对自律和自由的关系有了一些认识。

洛

在嵩山过得非常愉快。头年冬天的不适都没有了，时间很快到了夏天，我履约去洛阳。俊贤把我送到路边。我背着那张琴，拦了辆中巴车，连人带行李塞进去。

朱师傅看到我挺吃惊的，去年别过之后，中间我们也没有联系过，他没想到我真的会来。但既然来了，对我也不能言而无信，毕竟我那时还是个小孩，认死理。

跟原来说的一样，他让我自己去看，能看懂多少是自己的事。

在洛阳我租了一间公寓，我觉得既然学琴了，得学着看点书。我办了一张图书卡，借了像《琴史初编》这样的书看。也借了一本王先谦的《庄子集解》，却看不进去。第二年我买了这本书，后来好些年我都在认真地看这本书。

我想要自己解决一部分生计，在洛阳找了一个地方教吉他。那是一间独栋的木屋，在一个 20 世纪 50 年代的大院里边，属于中国第一拖拉机厂的宿舍区。木屋漆成了白色，被包围在黄澄澄、墙面斑驳陆离的苏联式单元楼之间。慢慢地我觉得这个地方很有趣，作为一个小地方来的南方人，我对这种北方苏式的工厂大院有一种新鲜感。所以虽然租了公寓，却从来没去住过，只是住在这个教吉他的地方。

开办这间教室的人原来在这里开了个影楼，后来有了腿疾，活动不便，他就改成一个培训班。内容五花八门，基本上只要是有学生想学的东西，他立马找个老师就开班。

他说有个朋友会弹古琴，那阵他们常在一个小咖啡馆聚会，他带我过去，我带了那张琴。见到那个琴人时，他正在喝酒。这是我遇到的第一个会弹琴的人。接过琴，他把琴放到腿上，试弹了两声，说，此乃一废琴。这更加坐实了朱师傅的判断，我也就放弃了要把这张琴改好的想法，把它便宜卖了。

后来我又在朱师傅家中见到那位琴人，我问他能不能弹《广陵散》，他就弹了前边几个音，后来又随便弹了些什么，都不是完整的曲子，但对我来说好像看到了一个完整的世界。

这是我第一次现场听人弹琴。折腾这么久，好像我跟琴的连接才终于开始。

我最早对琴感兴趣时，最想弹的曲子是《广陵散》与《平沙落雁》，因为我那时只知道这两首真正的琴曲，其他的都是些开指入门曲，曲调实在让我无法有兴趣。更重要的是这两首曲子有那种空间的开合感，有诗意，那会儿我刚刚知道诗意是什么。像《平沙落雁》，我喜欢的是那个画面，而《广陵散》则是因为它就代表着古琴。

琴史上最重要的一个事件就发生在洛阳。一些笔记记载，嵇康在洛阳西郊遇到神人，传授给他《广陵散》，这首曲子跟嵇康的生命交织在一起，就像五石散和酒一样。他写了中国音乐史上最好的两篇文章，《琴赋》和《声无哀乐论》，还写了数篇好诗。他写"目送归鸿，手挥五弦"时看到的场景，也许就像我在洛阳秋天的郊外看到的那样。

嵇康死于洛阳，那是中国历史上最重要的一个音乐现场。嵇康在刑场，看到时间还够，就拿出琴来弹了《广陵散》，并宣告了《广陵散》于今绝响。以后嵇康就等于《广陵散》，《广陵散》就是嵇康。

嵇康被杀的地方，《洛阳伽蓝记》中记载为："出建春门外一里馀至东石桥。南北而行……桥南有魏朝时马市，刑嵇康之所也。"

我开始偶尔到斫琴师的工坊去，从我教吉他的地方骑自行车穿过洛阳城，过洛河，到靠近龙门的地方，大概一个多小时。这是两端。一端在那个50年代的大院里，白色房子的落地玻璃前，我教几个刚刚高考完的男生女生弹吉他，轻盈，充满少年气息。另外一端是龙门附近的乡下，那是另外一个世界，古老沉闷，又令人遐想。

在那里斫琴的是四川人张师傅一家。

在那里看他们怎么做琴，我发现他们并不用传统的方法，有些许失落。例如不用大漆。琴体结构一直是自由的，并没有严格范式，但工艺流程却非常清晰，尤其是漆，这是在斫琴过程中工艺比重最高的流程。古琴从来都是用大漆，即漆树上的汁液。跟"琴"这个字原来专指古琴一样，"漆"这个字原来也专指大漆。我们用的词，如"漆黑""如胶似漆"，禅宗里面比喻人的无明用的"漆桶"，都是专指这种汁液。唐代的琴能够保存到现在，主要的原因就是漆工艺。而且古琴的漆工艺跟音色关系密切。但它有两个问题，一个是干燥周期太长，且受湿度影响，需要在潮湿温热的环境里才能干燥；另外则是如果皮肤接触会严重过敏。当然这也是种昂贵的材料。我当时并没有了解得如此清楚，只是知道古琴应该用大漆，所以看到他们用的是化学漆时，我有些失望。

朱师傅是老板，他担心张师傅他们做私活，就干脆让我住过去，说你有心的话，可以在那边留意他们是怎么做琴的，如果发现他们做私活，就跟我说一声。我想这机会不错，虽然他们的工作方式不是我期待的，但好歹可以看看斫琴的基本流程。我就去了。但我到的第二天张师傅他们就离开了，等他们再回来时，时间已经从夏末到了中秋。

我一人在那里待了两个月。那是一幢现代乡村的两层楼房。从洛阳市区到龙门的公路往南行，离龙门不远时，向右分出一条乡村小路，沿路有稀稀疏疏两排二层楼房，前后都是麦田，而沿着那条公路走到尽处，是个国有工厂的生活区。

我每天到那个生活区的一个餐馆吃饭。顿顿都是土豆肉丝加炒青菜，老板娘是贵州人，她给我每样菜分量小一点，钱算少一点，这样我就可以每次点两个菜而又不必浪费。

其余时间我无所事事，每天就骑着辆单车四处晃来晃去。

十七年前留下的印象里，洛阳的秋天很美，但那是十七年前的印象了。我在洛阳从夏天待到秋天。后来无论我什么时候弹起《平沙落雁》，想到的都是洛阳的秋天。秋天经过洛河边，有股肃杀之气，目光掠过一片洲渚，微黄的河水跟地平线退到一片淡薄的雾气里，肃杀的气息慢慢消散了。那种景象给我的感觉就像《平沙落雁》的气象。

明代琴学宗师严天池提出"清微淡远"，弹好这首曲子，可以理解什么是"清微淡远"。我觉得"远"是品格最高的，"清""微""淡"是质地，"远"是空间，若没有空间上的远的感受，其余三点便是到了极致，也终究是小气。

王夫之注庄子，《逍遥游》中"逍"训为"消"，过而忘也，就是消逝，这是时间。而"遥"是空间，"逍遥"于是就有了时空中的无限感。

老子说："逝曰远。""逍"就是"逝"，"遥"即是"远"。

嵇康的诗："目送归鸿，手挥五弦。"顾恺之说："手挥五弦易，目送归鸿难。"论画者都说这是指眼神难画，实际是难于"远"。目空万里，于天地间茫茫无际，只一琴一归鸿。

那年秋天我常常穿行在洛河的桥上，想象着古琴。所以《平沙落雁》其实就是我自己的北方想象。在那段时间，我最盼望的就是学会这首曲子。可真正学琴还是在几年以后。那时我就只是把前面几个音摸索弹出来，假想自己会弹琴。

那个地方就在洛河与伊水之间，往南一点是龙门伊阙，往北都是平原，再过洛河是洛阳城。山南水北为阳，洛阳就是洛河之阳。曹子建出洛阳往南行，过洛河，写了著名的《洛神赋》。唐传奇中延伸出一篇《萧旷》，说是隐士萧旷善弹琴，某日出洛阳东行，过洛河，清夜鼓琴。有一女子出现，自称是曹子建笔下的洛神。洛神即曹丕的甄皇后，因钦慕曹子建的才华被曹丕察觉，幽闭至死，曹植在洛河边遇其魂魄，然后化其名为洛神为她作赋。甄皇后曾好弹琴，每弹《悲风》与《三峡流泉》，竟夕乃止。因为听萧旷琴声清雅故出来相见，萧旷为她弹了《别鹤操》与《悲风》。

后来萧旷游历嵩洛，不知所终。

有太多的人在嵩洛之间不知所终。

周灵王的太子王子乔终日好静坐修真，他擅长音乐，经常吹笙引得凤凰来舞。有一天在洛河边得遇一位道士，传授他道法，他便隐居嵩山修炼。数年后一位友人在嵩山见到他，他们约定七日之后告别，七日后那位友人如期而至，看到王子乔乘鹤升仙而去。

王子乔又叫王子晋，阮籍写："自非王子晋，谁能常美好。"

每次穿过嵩洛间都觉得那是另一个时空。有一个平行的世界在渐渐模糊隐没的河的边际上方飘荡，也在洛河与龙门之间的这片丘陵上飘荡。我走在那些丘陵上，不知道身在何处。

目光往南，走过一片田野，山以北方的丘陵的样式拔起。我有次沿着伊河坐了几个小时的巴士，发现山的起点。穿过龙门，山势逐渐拔高，一直连绵到熊耳山和伏牛山。

而如果从洛阳继续往北，就是著名的北邙山，这里的山一如平原。邙山并没有一个山的标记，只是一片地势缓慢抬高的古原，不会觉得行走在山上，只是累累的高坟古冢提醒你这里就是无数枭雄埋骨的北邙。一直到黄河，河对面，斩钉截铁的崖壁离地而起，那是王屋山与太行山，就是愚公要移的那两座。这些地理特征不会随时代湮灭，它们还在提醒我们一些发生过的事情。

中原的古地名让一些诗词变得具象，尤其是跟山川河流相关的名字。当我看到一些山川的时候，我好像总是能够自动地忽略掉与自然不和谐的建筑等物。因为我什么都没有经历过，所以觉得好像什么都没有改变过。我不需要像一个饱读诗书的中年人那样看着废墟叹息荒草萦木、流光如飞。在面对伊阙、洛河、嵩山、邙山这些地方时，我很积极地与之共鸣，与当下的那些景物共鸣。

在城市里，人的痕迹会很快消失。公元547年，杨衒之重游洛阳，看到宫室倾覆，寺观尽毁，在追忆中写下奇书《洛阳伽蓝记》。这个人生平不详，只以这本书传世。这是一本记忆之书，也是一本幻觉之书。记忆和梦幻本来是模糊的。音乐被时空限制，它的特质让它不试图在时空中保存什么，反而是一种最接近永恒的艺术。它不再分别记忆与虚幻、时间与空间、真实与虚构。《广陵散》任何时候都是绝响，但反而有些东西在空气之中留存着。

我依然觉得那个夏天梧桐树荫下我骑车穿过的洛阳城，与中散大夫临终前弹《广陵散》时的洛阳城就是同一个。也跟白马驮经、曹子建面对洛河遐想的洛阳城是同一个。

它们是同一个枕头上发生的一个个梦。

出　走

回到梦的起点。

那是典型的世纪相交的边远小县城，在黔西南，是贵州与云南、广西交界处。南明永历小朝廷在流亡缅甸被吴三桂彻底摧灭之前，曾暂留此处，所以这个县城叫"安龙"。这是安龙与历史为数不多的交涉，其余时候这个地方都在历史书写之外，另有种原始的天真与粗暴，很难和什么古典意象牵连起来。

在安龙，我的童年浑浑噩噩。我的父母不可能想到他们唯一的儿子以后会去学古琴，乃至以这种乐器为生。在我背着一张琴四处游走时，我对它一无所知。那时琴对我而言只是一个模糊的画面，是少年时开始就不能收脚的梦。跟多年之后我离开古琴一样，那次逃离的起点是一个词语、一个声音。

贵州素来有"天无三日晴"的说法，但我真不记得安龙是否经常下雨。小时候的记忆里十分干燥，除了夏天雨后的鸡枞菌外，我不记得太多下雨的时候。但干燥可能也只是一种想象中的感受，未必是真实。它只是像漫长夏日的午后一样，游完泳后趴在太阳下面，直晒得皮肤生疼。更大以后，我才开始有了关于湿的记忆。大部分是在冷天，所有东西都笼在一团阴湿的气氛里。

夏天透明的空气让景物和时间变得分明，而冬天的湿气使它们又成为整体。

在我知道大漆这种物质之前，我对干和湿全无概念。后来，干和湿成为我的两种记忆的状态。

在我的干燥记忆中，小时候常有来安龙走穴的马戏团和歌舞团。马戏团是搭个大帐篷就开演，常常是在体育场的中央，学校为了赚钱也会把操场出租给马戏团。他们搭的大帐篷脚下并不十分密实，趁人不注意时，绕到侧面把篷布掀开，我这小小的身体就可以钻进去看。歌舞团都是租用县人民会场或者电影院，有时演出方会向妈妈赠票，因为有个章需要在工商局工作的妈妈来盖。这些都是我直接了解外界的途径，我在这些演出中第一次听见了真人讲普通话，看见了外国人跟和尚，狮子和老虎。

稍大后，我爸妈喜欢跳舞，常把我带到舞厅去。舞厅顶上有两个旋转的圆球灯，一个是黑色的，每个灯孔都贴着彩色玻璃，射出彩色的光，它有好多种转动模式，不仅左右转，也可以上下翻转，有时还会急转弯；另一个是银色的球灯，贴满了小块的反光银色玻璃，它只会慢悠悠地转圈，洒出一地的银色光斑，让这个小城舞厅变成一个镀银的浪漫宫殿。此外有个大灯是跳迪斯科的时候开的，那是像闪光灯一样明亮刺眼的白光，也像闪光灯那样一闪一灭，人的动作就成了一动一静的切片。这时候我喜欢在舞池里快速走动，看上去像个机器人。舞厅是那时县城公职人员的社交场所，社会青年们会掐准迪斯科的时间进来，我父母和跟他们同来的叔叔阿姨就退到一边，社会青年们跳完后呼啸而去，圆球灯再次转起，舞厅又回到前面那种柔柔靡靡的氛围中。

有一次，他们带我去了一个新开的舞厅，也许是叫大华舞厅，说那里有乐队伴奏。我问我爸什么是乐队，他解释说就像电视上那样有电吉他啊架子鼓啊什么的。这当然和电视里的普通话来到了眼前一样令人惊奇。后来那个乐队的乐手们散落到县城的各个中小学里，做音乐老师，多年后也先先后后成了我的音乐老师。舞厅老板因为赌博跟我们家借过一点钱，在我开始学吉他后，早已废置的架子鼓被我借来练习。后来它又在小城流浪了多年，在不同的朋友间传递。直到我离开小城的前一年，发现它又出现在了一个朋友的家里，音色已经跟塑料水桶差不多了。

初一时因为开始向往街头，我没完没了地逃课。结果我转学并留级了。新学校教音乐的韦老师是我爸的朋友，就是那个舞厅乐队的前萨克斯手。在学校，他常常把萨克斯带到教室里，教我们唱课本里的歌曲之前，必给我们吹一曲肯尼基。业余时间他又开了个小酒吧。去他的酒吧，除了喝酒，也可以付费点曲。他们家两兄弟都擅长管乐，哥哥吹唢呐，弟弟吹萨克斯。他们的父亲也喜欢音乐。我爸说了一个故事，说那时在乡下，他们的父亲在玩什么乐器时，别人跑来说他家猪掉到茅坑里了，赶紧去救，他说吹完这一曲再回去，等他回去猪也死了。

父母想让我学习一件乐器，他们希望能有一个东西困住我。我爸就领我去了韦老师家。韦老师借了我一支萨克斯，用皮箱子装着。我每周到老师家一次，拎着皮箱子走过顺城街，往城外的方向走。到他家，取出乐器擦干净，装上哨头，吹出一个颤抖、尖锐的声音，像是在完成一件很庄严的事情。但两个月后我就放弃了。肺活量不够是一个原因，另外也觉得没有意思。我开始想学吉他，因为我的一个同学跟我说："吉他是爱情的冲锋枪。"

我到百货大楼买了把吉他，那时百货大楼已经缩水为一个卖文化用品的小商店，其余全都出租做商铺。在我小学时，这个百货大楼的一楼是百货公司，三楼是安龙最早的一间舞厅，我的舞厅记忆大部分是在这里。百货大楼挨着的十字路口是安龙的中心，百货大楼的对面是邮电局。十字街头的另外两侧一边是民族饭店，里面二楼是那家大华舞厅，就是有乐队伴奏的那个；另一边是间歌厅。往北过两幢楼的顶层是一间旱冰场。到1999年发生了变革，新世纪来时，最后一家舞厅关闭，原来歌厅的位置开了一个叫作"千禧年"的迪厅。

目前这些地方都成了废墟。

前半年只是松松垮垮地弹，但突然有一天，我开始觉得手里的吉他有点好听了。学校里有几位学吉他的同学也开始来向我请教，我发现我喜欢上了音乐。家里也很支持，他们的支持方式就是给我买一把电吉他。安龙县城那时还没有琴行，我爸骑着摩托车载我跑70公里到市里，我们带上吃的，路上随走随停，在路边的树林里野餐一顿后再出发。到了市里的琴行，我选了一把电吉他，然后把它背在背上，跨上摩托车，再开70公里回到家。

学吉他的同时，我又颠三倒四转了几次学。最后一次又转回我的第一个学校，音乐老师是我的邻居王老师，他是那个90年代舞厅乐队的吉他手，在小城音乐爱好者的口碑里，人品和技术都被公认是最好的。我初中的第一个音乐老师也是他，但那时我们是另一种关系。王老师对我印象很深。"印象很深"的意思是，我总逃学，如果我出现在教室里，那其他人也很难安生上课，每次上课时他会对着全班说："不想学的出去，不要影响其他同学。"我知道是在指我，就大摇大摆走出教室。

再回到那个学校时，见到王老师，我不免有点尴尬。发现我们是邻居之后，我开始去他家学琴。我才知道他喜欢摇滚乐，此后我们的关系就很不一样了。他不收我学费。还给过我一块BOSS效果器，是90年代初他在广州买的。

如果我在家听音乐音量过大,他上幼儿园的女儿就从窗口对着我家喊:"杨阳哥,小声点!"当然我听不到,这是王老师跟我说的。王老师依然有个乐队,晚上在酒吧演出,我经常翘了晚自习去酒吧找他。

由于小时候总是跟父母去舞厅,我熟悉了很多老歌。小学三年级,家里有了家庭音响,放 VCD 的,一次可以放三张碟。我妈爱放邓丽君,所以我对邓丽君的熟悉远远超过同时代的流行音乐,爸妈的朋友来家里唱卡拉 OK 时,我也会跟我妈的女同事对唱杨钰莹的情歌,这些都让我的音乐品味非常老派。直到初一时,同学给了我一张 VCD,是摇滚合集,里面是窦唯、何勇、唐朝什么的,从此另外一个世界打开了。其实原来老听我爸唱《一无所有》,但那时这种音乐还没有跟个人意识相关联。小时候听的每首歌都是一个抽屉,里面储存的是当时的空气、味道、场景,不用对抽屉感兴趣,打开它也不想刻意翻找些什么,只是每次打开那个抽屉,第一次打开抽屉时感受到的东西,就全涌上来;但从那张摇滚合辑开始,记忆的抽屉变成分门别类的抽屉,贴上了标签,在里面有明确要寻找的东西。在摇滚乐中,开始有了个人意识,会去留意歌词。开始听摇滚乐,童年就结束了。

隔三岔五我到音像店去打听,看有没有这样的磁带或 CD。我记得终于买到一张欧美摇滚合集时,才第一次听到披头士的歌。因为即使我听说过一万遍披头士的名字,也没有一个机会能够听到他们的音乐。

我家是县城比较早买电脑的家庭，用 163 拨号上网，需要从电话线里分一根出来接电脑，上网时电话是占线的，网费就是电话费。那样的互联网还无法听音乐，打开一张图片都要一分多钟。两年后，拨号上网变成了宽带，装宽带前，我在电脑公司试网速，打开一个音乐网站，点"试听"，音乐就可以在线放出来，那时我感到了什么是幸福。

我依然在逃学，只是我不再去街头闲混。我疯狂地爱上摇滚乐。晚上在被窝里，耳机就是全部世界。我开始觉得待在学校里完全是浪费时间，我愈发不可收地逃学。学校的生活和漫长的升学让我感到窒息，在叛逆时期，我不知道那跟教育有什么关系。有时候我逃学后，只在河边田野里晒一下午的太阳。从我们家到学校，如果走小路的话可以穿过一个清代的堤坝，堤坝两侧种了冬青树，一面是个很大的荷塘，另一面还是田野。我在那片田野里消磨了很多漫长的下午。无数个梦想的泡沫在午后的阳光里蒸腾、消散。

初二有一天我妈正在做饭，我走进厨房，用一种故作清淡的口气跟她说我打算退学，像在说我不想在汤里面放葱花一样，希望她以同样的无足轻重来回应我。

我得到的是一个正常父母的回应。愤怒，"你爸会把你腿打断的"，然后淡忘，他们没有把我的话当真。他们的不当回事让我有胆量去有计划地实现这个想法。他们也终于明白我不是说说而已。

　　"不上学你以后怎么办呢？"我认为我有两件事情可以干，一个是搞音乐，一个是写小说。不知道我的信心从哪儿来。半年来我面对无数人的劝诫，矢志不渝，有时我也认真地阐述我的观点，学校是个与学习无关的地方，我也不会因为离开学校而停止学习。天知道我是真的这么认为，还是为了说服父母而编的鬼话。王老师也来劝我，他90年代也到广州做过摇滚乐手，以他的前车之鉴，为我规划了一条可以靠音乐为生的学习途径，等大学毕业后再去闯荡，退路是至少可以回来做个音乐老师。但那个时候音乐对我来说已经不重要了，我只是单纯地想退学。

　　无数次的冲突与调停过后，我甚至说服了当时是我所在学校副校长的姨父，他逐渐同意我由部分时段旷课（例如我以练琴为由逃避晚自习），到部分科目不上，最后在中考那半年我完全没有去过学校。在父母意识到我已经完全没有继续回去上学的可能性之后，我也承诺了离开学校并不代表我会停止学习，他们最终接受了这个结果。由于没有一个仪式性的时刻，我爸的愤怒也被时间分解掉了，我的腿也还完好。

　　2003年初，我在初三寒假之后结束了学生时代。

　　在意图得逞之后，我却陷入犹豫，好像做个摇滚乐手也并不怎么吸引我。我是以献身摇滚乐的名义离开学校的，但我知道那并不是因为喜欢摇滚乐，我根本还不明白摇滚是什么。尽管我没有多少阅读量，也不写作，但有时候我觉得也许搞错了，我最喜欢的可能是文学。摇滚只是给了文学一种生理支持，给一颗幼稚的脑袋安了双脚，让我有胆量走出去。

但家人开始催促我，无论做点什么，得行动起来。他们的愿望是我尽快碰壁，好回到正常轨道当中。

有一天跟我爸在家中，我们在看《笑傲江湖》，2002年央视版的。那版的道具和配乐都用了真的古琴，那种音色很吸引我。我很好奇：这种乐器还存在吗？一番搜索下来，我学会了一套常规说辞，就是无数琴谱的序言中抄来抄去的那些，也是我对琴还一知半解的时候，跟人们解释这个乐器是什么时说的那些：五根琴弦象征五行，文王武王各加一根成为七弦，琴长三尺六寸五分象征三百六十五天，十三个徽位象征十二个月再加一个闰月……加上琴谱中对指法所做的描述和插图，简直像武功秘籍一样刺激。可以想象对面坐着一个古人，我在接受他的心诀。

2003年秋天，刚刚退学半年，我昼伏夜出，常常上午六七点才睡去，傍晚五六点醒来。我常在一些网络论坛上打发时间，其中一个叫"中国古琴论坛"。

家人半带愁容地问我以后准备做什么。刚退学时我说打算去北京，做个摇滚乐手或者写作，我真是这么以为的。但在家中虚耗的那些时光，我的心气有些耗散，慢慢地没那么坚定了。他们决定快点推进，好过我在他们眼皮子下耗磨时光，并且开始热切为我打点出发事宜。但这时我临时改变了想法，并且与此前反差巨大。为免让家人觉得我过于善变而将我拽回学校，我就藏匿着这个愿望。

我原来的名字叫"杨阳"。那时我给自己起的网名叫"杨岚"，因为"岚"字是山间的雾气，我脑子里充满了这样的遐想。有一天我爸在街上看到有人用电脑给姓名打分，花一块钱把我的名字和出生日期输进去，出来一张纸条，结果是"杨阳"这个名字分数很低。电脑给了几个改名建议，其中一个竟然就是"杨岚"。我看到后，索性就把真名改成了这个。顺带把我的出生年月也改大了两岁。这样我身份证上的年龄就是18岁，出门会方便些。

父母给我安排了送行的晚餐，叫来很多亲戚，跟他们说我要去北京，去做个摇滚乐手。但我心里已经有了新的打算，找一座山待着，学古琴。

我怀着隐藏的愿望，有些愧疚。

第二天我带着刚刚办好的身份证，上面写着我的新名字和新年龄，像个重获新生的成年人那样，出发了。

斫

琴

初研记

椅桐梓漆，爰伐琴瑟。

——《诗经·定之方中》

梓

2015 年初，我在老家买了八棵梓树。

奶奶去世前给了我一点钱，不多，却是她一点点省下来的。奶奶没有收入。她曾经是个裁缝，与在镇政府工作的爷爷抚养六个孩子。在我小时候，我们相处得很少，我跟母亲一边的亲人更密切些。离开家乡后，我们见得更少了。但她有种近乎执着的爱，这种爱并不是基于相处而渐至于深的感情，只是因为我是她儿子的儿子。这是一种向下的倾倒。一盆水往下倒时，不会有同量的水涌回来，只会溅起一点水花。但她全不在意。奶奶没有别的生活，爱就是她的全部。这是我当时很难理解的。后来想到奶奶，我都是很愧疚。至于她的钱，无论花在什么地方，都很快就不见踪影，感觉会很辜负她。终于我想到这些钱最好的用处是买树，再把这些树做成琴。

我通常是买已干燥的木料，面板都是百来年的老料，底板也至少是存放了十余年的，买来即可用。这次我想试着从一棵树开始，去做琴。我想知道我用来斫琴的木材的来处，看看它们还生长时的样子，去切身感受它们生长的环境，感受环抱着它们的雾气和风的速度。我不是自然主义者，但我希望我的工作跟自然多一些关联。

我有一个偏见，觉得生活中很重要的部分就是要与事物的来处发生联系，看看它们的来龙去脉。这会让生活更有趣。我们当代的生活方式似乎在切割这种关联，而且不可逆转，任何东西都能快速便利地来到自家门前。但起码在斫琴这件事情上，我想重新用复杂一点的方式来获得材料。当我试图这么做时，想到这是奶奶的钱，似乎我也在以某种方式与自己的来处发生了关联。

我打算去买一些梓树，梓木是用来做底板的。通常我用老杉木来做面板，斫琴师们的普遍习惯，都是去寻找老建筑中拆下来的梁柱，江南民居中用来做梁柱的多是杉木，这是斫琴的良材。若是买活的杉树则不可取，因为面板需要的存放周期太长，不是一棵树砍下到使用的短短几年就够的。但作为底板的梓木则可以取用新料，妥善处理的话，一棵树砍下六七年后就可以用。按照我的斫琴速度，它们会很缓慢地消耗，做到中后期，大部分木料也已存放有许多年了。

选择梓树做乐器底板，因为它是常见木材中最适合做底板的，这是古人总结的经验。它的质地略比桐与杉坚硬，但又不是完全的硬木，拥有良好的弹性，可以有效地反射声音。这种选用比面板略硬的材质制作底板的做法在世界各地的弦乐器制作中都很普遍。古琴制作的理论中不会提到弹性、共振、反射等概念（事实上古琴并没有一种严格意义上的制琴理论，只是斫琴师的经验之谈与古书里的只言片语），一般是把略软的面板视为阳木，而将梓木视为阴木。有一种纯用杉木或桐木做面、底板的琴，就称为"纯阳琴"。

在我家乡，梓树也分阴阳，当然当地不会用"阴阳"这个词，用的是"公母"。母的称为"角角楸"，用贵州方言读"咯咯楸"，像鸡打鸣；公的称为"棒棒楸"，或者相反，我记不得了。贵州方言中的名物常有些稚气，爱用叠字，而这些带有稚气的词语却往往只在老人口里会说起。这两个词是我听农村的舅公说的。我特地查了一下，《齐民要术》中真的记载了一种梓树，似楸而有角的，就称为"角楸"，不知是否就是乡人口中的"角角楸"。

楸和梓是同属，通常楸木较梓木色深而略硬。有时"楸"字也用作形容词，指质地近楸的梓树。《洞天清禄集》中说斫琴要用"楸梓"，就是指质地近楸的梓木，锯开后色微紫黑。

我的家乡遍地梓树。而我此前却不知道。

这种树叶像鹅掌，秋天稠密的叶间滑溜挂着豇豆样垂条的是什么树？从没人告诉过我，当然我也无从问起。之前我看别人做琴用的底板是枫木和松木，枫木易变形，松木多脂，都不算是理想材料。2005年我开始尝试做琴时，想用更传统的材料，于是开始打听哪里有梓树。我在书上看到了这个名字。最初我甚至不知道"梓"字应该怎么读，认字认半边，我开始跟人打听"辛树"。

贵州的偏远僻处，是否存在这样一种文献记载中的冷僻木材，我很是忐忑。我向家中见多识广的长辈询问，在对方摸不着头脑之际，我进一步描述："辛树，木字旁，右边是辛苦的辛。"得到回答却让我大喜过望。

"梓树？到处都是！"

在我家乡，屋旁种梓树非常普遍。我们的语言里，家乡被称为"桑梓"，因为《诗经》里说："维桑与梓，必恭敬止。"桑梓是父母所种，所以要尊敬它们。至迟在《诗经》的年代，人们就会在房屋附近种下桑树与梓树，桑树用于养蚕，梓树用来做家具与寿材。一代人的时间梓树还难以成材，全靠父辈的荫庇，所以"桑梓"也代指父母之邦。我大姨父家老宅周围还有十几棵梓树，是他父亲年轻时所种。

我们也把出版称为"付梓"，称木匠为"梓人"，说明这种木材一直很常用。我在梓树旁长大却目不识树，如今因为做琴才真正认识了它。

在我定居杭州后，每次回到贵州，一件很重要的事情便是搜集梓木。直到那年冬天回贵州，到乡下去，遇到一个亲戚，是我姨父的堂弟。他长着一张圆脸，身材亦是圆短，见人就笑，很憨朴的样子。他告诉我他家田垄上有棵梓树要砍掉，能用的话就送给我。那时我所有的亲戚，包括远房亲戚都知道我在做琴。不知道在他们的口耳相传里，做琴是怎样的营生，但他们就愿意帮我。

我跟着他去看了一下，那棵梓树可做约二十张琴的底板。他找来镰刀，与我姨父一起，当场在树干上剥掉一圈30厘米左右宽的树皮。因为冬天树叶脱尽，水分不多，把树皮剥掉一圈，次年春天水分上不来，树会自然枯死，秋冬再砍时就可避免变形。这个过程他们称为"下水"。

我请这位亲戚代为收购更多的梓树，最好买别人本来就打算要砍掉的，不要特地为斫琴而砍。他随即打听到有个熟人想要卖掉一些梓树，距离不远，主人正好在家，我们马上过去。

我们到了一个水库边的村子，水库的名字提示着它的修建年代，红旗水库。

主人正在一间瓦房里烧火，木柴噼里啪啦地响着，烟气把屋顶的木板熏得黑油油的，再从瓦片的缝隙渗出屋顶，成为那个仿佛静止的村子里唯一流动的东西。

那天天气阴冷。如果是冬天，天色阴沉又在水边，冷感就会加深，所有东西都变成冷的一部分。

特别是贵州的农村，冬季湿冷，那边的人又不喜暖色调的东西，墙体、瓦片、树皮、石头、衣服的颜色……全是黑灰的冷色。

也许是我的牵强附会，但南方的湿冷会给人清寂的感觉。古琴特别看重"清"字，而清气往往要带些冷感。比如暖气熏蒸的阳春，就太喧闹，一般感觉不到什么清气。而提到清寂，都是想到雪、冰冷的石头、冬天的山林……如果太过冷冰冰，雾气正好给这种清冷之境蒙上一层感性。同是湿冷，贵州有别于江南。有种野生的忧郁，弥漫于整个空气。

水库边的苞谷地里长着八棵梓树，个头瘦瘦高高。顺着树干往上打量，头顶的枝杈把天空切得零零碎碎，像块爬满线头的铅色亮布。按照主人的说法，他四十年前搬到这个村子，那时树就在这里了。不单卖，八棵加起来2000元。我从奶奶给的钱里拿出一部分买下了它们（剩下的后来回杭州买了杉木）。虽然我是受益者，这个价格还是让我惊异，而不是惊喜，还有一点悲哀。八棵树，每棵都结结实实在这块地上伸展了几十年的枝条，为这么点钱就可以卖掉。在当地，这种遍地都是的树木并不是值钱的东西。

在主人家覆着黑腻油烟的天花板上的隔层里（农村斜顶瓦房，屋顶天花板上方的三角区域通常用来储物），我又找出一些旧料。是主人十余年前砍下的，烟熏了十余年，表面已如黑炭。我把它们寄回杭州，作为接下来几年里的过渡。

第二年姨父替我雇人砍下那些树，连亲戚送的，共九棵。

那些木料一直存在大姨父在农村建的房子里，在他准备用来做猪圈的小偏屋的二层隔间。他已先帮我把木材处理成了一块块厚木枋，我要用时再把这些枋子解成做底板所需的一厘米厚的薄木板。

在我开始准备使用这批木料时，有次回乡，我去选了几块木枋，把它们堆在路边。准备找车拉到木材厂处理成薄木板时，那位圆脸的亲戚又出现了。他正好买了辆三轮车，平时兼职拉货，姨父请他帮忙把木料拉到了木材加工厂。我们给他买了两包烟，推搡一番，他拗不过接下了烟，等他缓慢从容地走出木材厂，经过我们的车子时，突然把烟放到我们引擎盖上，然后麻溜跨上自己的三轮车，咯咯笑着开走了。

半年后我突然听我妈说起他已经去世了，似乎是家里各种不顺，便喝农药自杀了。我很难把自杀和他一直笑着的圆脸联系起来，因为他看上去是个柔韧有力的人。实际上我也只见过他几次，甚至不知道他的名字。我们最深的交集就是他送我的那一棵梓树。我想在一大堆已经锯成木枋的梓木中找出他送我的那一棵，可是混在一起，已经分不出来了。

前年我开始用这些木料做第一张琴。

漆

古琴由两块木板拼合而成。在面板的面部刨出弧形，背部凿出腹腔，再粘上底板，中间形成一个共鸣箱体，最后用鹿角霜与大漆调成浓厚的灰胎由粗到细反复刮涂包裹住整个琴体。这就是琴的基本结构。

面板通常是桐或杉，而梓木是做底板最好的材料，或者说是有记载以来最好的材料。《诗经》中说："椅桐梓漆，爰伐琴瑟。"面桐底梓，鬃以大漆，还在先秦就是这么做了。

大漆是一种树脂，就是把漆树树皮割开后直接流出的汁液。庄子曾经做过漆园吏，他写道："漆可用，故割之。"因为有用而招致伤害，在庄子眼里，漆树是个反面典型。

漆割下来，没有经过处理的是生漆。而通过加热、搅拌，漆的结膜硬度、光泽度和透明度会相应改变，不同程度又有不同的用法。

这是一种天赐之物，相较于其他涂料，它对时间的抵抗力可称奇迹。许多考古挖掘出来的漆器历经千年仍熠熠发光，一些唐代制作的古琴现在仍可演奏端赖于此。但从现代生产端来说，大漆是极奢侈的产品，不仅人工要求高，费时费力不说，产量还小得可怜。清晨时分或前天下午，割漆人就要爬上漆树做先头工作，他们的割漆手艺多来自家传。他要在树皮上先割一个 V 形切口，从切口下方插入一片蚌壳或竹筒承接流出的漆液，等上一个白天，到了傍晚时分，方能上树收漆。夸张的说法是"百里千刀一斤漆"，说明漆的来之不易。

大漆除了采集困难、干燥时间过长之外，还有个最要命的问题，皮肤如果沾到就会严重过敏。如果不慎碰到，那将是一个普通人所能体验到的最严重的痒。一滴大漆落到手臂的嫩皮肤上，就足以让人整条手臂红肿，甚至全身红肿。这让许多想要尝试斫琴的人望而却步。

直到五六年前，大漆在我家乡还保留着一种传统用途，就是漆棺材。同样的，梓木在我家乡的主要用途也是做棺材。在做琴之外，这两种材料放到一起时，我首先想到的都是棺材。

有时我梦到琴，就像一口棺材一样。

我第一次买大漆就是在一个棺材匠那里，他是我大姨父的熟人。我在家乡搜罗斫琴材料，主要就靠大姨父去联络。他本是中学校长，却多能鄙事，结交了很多山野村夫，人脉遍及小县城的各种传统行业。我说的传统行业，不是能申报非物质文化遗产的那种，而是做棺材、砌石头、挖土、打方之类的。如果家里有什么事情，无论找工人砌墙还是请风水先生看地，我们家能想到的人都是大姨父。什么问题只要找到他，即便不能解决，心也定了一半。

起初我四处打听哪里能买到大漆，县里本来有个国营的土产公司有售，但当时这个土产公司已经走到了行业命运的尾声，名存实亡了。那是 2005 年，购物网站上也还没有那么多东西可买。我四处寻觅大漆无果时，自然就想到大姨父，而他立马就想到了这个做棺材的老熟人。

棺材匠住在县城的边缘，一座矮山下，离过去的文庙不远。文庙破旧却仍以仓库的身份发挥着余热，从它后面拾级而上，有条小道通向山上"文革"前建的广播塔。半山坡上有几间旧瓦房，走进去，堂屋里的条凳上码着几口黑漆漆的棺材，三长两短，每一面都圆坨坨地鼓起。这就是那个棺材匠干活和生活的地方。他穿一身蓝灰色的薄中山装。这款衣服，从"文革"到 21 世纪的头几年，我们那边的乡人一直在穿。他依然穿着过去的衣服，至于漆棺材，却只用更方便的化学漆了。他的身份也从一个职业棺材匠变成了门卫兼业余棺材匠，看守着一个国有公司的仓库。

虽然已不再用大漆，但谁家有漆树，他很清楚，要到几十公里外的一个镇子去。我托他替我买两斤，他应下来，但我还有些担忧，因为他也不确定这么突然过去对方是否就正好有漆。

贵州主要的大漆产地是在北部的毕节地区，特别是毕节下面的大方县，放在全国来说，也是质量最优的产区。我家所在的黔西南，漆的质量也很好，但在我们那边，大漆从来没有产业化，通常就是谁家分包的山林里有漆树，就割几斤来卖。买漆的人必须很熟悉哪些人家会割漆，然后突然造访。

"如果跟卖漆的人讲好什么时候去买漆，他们就在你到之前掺水，因为提前很久掺水漆会变臭，就会被发觉。"那个棺材匠跟我说。所以买漆最好的办法是不要预约，直接上门。

过了几天棺材匠打电话给我说漆买到了。我到他那儿取漆，他给我示范如何鉴定漆的好坏。例如用木棍插进漆液里，挑起一根漆丝，漆丝断时，断处弹回来的瞬间会弯成钩状，他说这样的就是好漆，说明漆的水分少、黏性强。他还口授了许多操作要领，并再三强调千万不要让皮肤碰到漆，他给我绘声绘色地举了几个极端例子，例如有人过敏到全身肿起来，连裤子都穿不上。我一边想象那个画面，一边警惕地拎着漆桶，心里满是犹豫。

后来我外公去世，我见到另外一个漆匠，和第一个棺材匠不同，他自己不打棺材，只负责上漆，他上的是大漆。

很多年前，大姨父就为外公外婆准备了几棵梓树做寿材，放在后院等候晾干。但棺材还没有来得及做，外婆就走了。办完外婆的葬礼，就赶紧去请人为外公打了寿材，但没急着上漆，一年后外公也走了。于是就一边筹备葬礼，一边请来漆匠漆棺材。天气炎热，一边上漆一边在地上洒水以增加湿度，两天漆就干了。这种民间的简化工艺，是不上布胎与灰胎的，上漆后也不打磨推光，闪着原始的粗粝光泽。

在我之前，小县城里跟大漆有关系的活人就是这些棺材匠了，一般人认识他们都是因为家中有人去世。而现在，我因为另外一个理由去找他们。

斫

我们把制作古琴称为"斫琴"。

"斫琴"听上去像是个比较古雅的说辞，一些人可能不太熟悉这个字，其实就是刀劈斧砍的意思。非但不文，还有些粗暴。例如《左传》又称"相斫书"，因为里边记载了许多诸侯间的征伐与斫杀，这个称呼在这里是有些贬义的。《庄子》里提到过一个叫作轮扁的人，他善于斫轮，《庄子》原文就是这个字眼——"斫轮"。

"斫"是一种相当原始的动作。它适合描述初步制作古琴时的状态，斫琴的第一道工序就是用斧头把木头劈成琴形。相对于后面的工艺化和雕琢感来说，我更喜欢这种简单朴素的描述。虽然那个时候，这种说辞只是我手艺不够好的借口。

我对于自己变成斫琴师这件事情向来很糊涂。做琴十余年后，我都还没自觉是一个职业斫琴师，一直还是最初斫琴时的心态：先是纯粹的兴趣，继而变成能够用以谋生的兴趣。

第一次试着斫琴时我18岁，是个很具象征性的年龄。虽然说这个数字是成人的标记，但一个少年并不会在18岁生日那天突然变成一个青年，这个过程还需要一些历练。但对我来说，到了这个年龄，身份又不再是学生，父母的钱花起来就有点沉重。我感到了一种压力，好像我得做点什么事情来证明我可以养活自己。

我计划靠做琴赚点钱。

这个赚钱计划并非关于人生大计，而只是想要做几张琴去卖掉，证明我能靠做琴赚到钱，同时有笔旅费，去旅行。我那时特别想去西藏，后来我又想去登雪山，这些都需要用钱。这是我人生的第一个经济计划，但这个计划仅止于下一步，而我的下一步只是去旅行。我希望未来几年的生活都以旅行为中心，或者是找个地方住着旅居看书，至于更远以后的事情则毫无打算。支撑我做琴的动力，现在已经从最初做一张好琴给自己弹，变成了做些琴卖掉以便去旅行。

我先在姑父家的楼道里发现了一块泡桐，就拿来练手。但那块泡桐太过松软，挖出槽腹后料想声音不可能好，随即被我抛弃。后来我爸每次外出留意到可以做琴的木料就给我运回来。有次他带回几块杉木，我就开始把这些杉木按想象的样子做成琴形。面板做好，他又到乡下给我找来一根梓树木料。没有干透，上带锯时，锯片一过，木板就炸开，裂成两半。最终我在这堆裂开的梓木里找到两块可用的。

我在阳台上做，我爸在阳台上种满了植物，白天我都是与他去兜风爬山游泳，夜里才做琴。

我爸开始在我的影响下听琴，听张子谦，成天放着。他让我妈也跟着听。不听的话怎么跟儿子有共同语言呢？他说。

每对父子都曾经是敌人，而那两年我们和解了。虽然仍有许多紧张的时刻，但我们开始理解彼此，主要是他理解我。我想他有种特别浪漫的情怀，这种情怀他并不打算在自己的生命里去实践，而只是顺延到我的身上。他去做了特别世俗的事情，但又会在很世俗的事情上寻找诗意。我不知道他当时怎么看待我，我没有跟他聊这些，我们只是整个夏天几乎每天开车出去兜风，有时下到江里游泳。从安龙出发往广西方向，沿着国道一路下坡，在盘山公路间弯弯绕绕，到公路的最低处，就是贵州与广西交界的那条江。

除了听张子谦外，他把自己想听的音乐抄下来，让我帮他下载，再刻录成 CD。他喜欢一些旋律比较浪漫的老歌，像一些老电影歌曲、苏俄老歌之类的，也有一些语录歌和军旅歌曲，还有两首罗大佑。路上他就放着这些音乐。

他特别希望我能够把琴弹好，以后弹给他听，可我那时对弹琴兴趣缺缺。我只想把琴做出来、卖掉，去旅行。

我半夜在阳台上斫琴。阳台没有封，外面有一片田地，更远处是一些城乡接合部的房子和几座光秃秃的山。这些山没有多少树，都是灌木和石头。当然夜里是看不到的，夜里只能听到潮水一样的蛙声。也许外面的人借着阳台上的灯光会看到我，在一堆植物之间，伏在窗台上，凿些什么。

那阵子我总是在半夜凿木头，大概两三点的样子，持续一两个小时。把木头劈成大致的琴形，然后刨出弧面，再用我一块钱买来的小凿子掏出槽腹。凿子太钝，我得用榔头猛砸。整个半夜弄得叮叮咚咚的，声音被阳台外的黑夜吞下了又吐回来。

有天我妈上班时看见邻居聚在楼下议论纷纷，才知道大家在谈论一个闹鬼事件。说是每到深夜时，就听到有咚咚咚的声音传来，不知所起，经久不息。人们纷纷附和。

我妈为解脱邻居们于恐惧，告诉了实情，当晚我继续在阳台上凿木头时，骂声就响起了。

我零零碎碎地工作了一个夏秋，几块木头终于有了点琴的样子。我还不知道合琴的方法，就用乳胶把它们先粘起来，再拿502胶粘好配件，等待上漆。

第一个打击就是来自大漆。

那个棺材匠告诉我的所有关于漆的常识里，并不包括漆要在温湿的环境中才会干燥。

大漆理想的干燥环境，是温度20度以上、湿度80%的封闭空间。古人做漆都会配置一间荫房，夏天洒水、冬日烧炭，用来保持理想的温度和湿度。这是我后来读了王世襄先生的《髹饰录解说》才知道的，但我要到一年后才知道有这本书。

我在那个冬天试着上漆。在我们家与我做琴的那个阳台相连的房间里，地上桌上铺满报纸，再把身上所有外露的皮肤都藏住，戴上我妈洗碗用的手套，把漆层层涂到我最早做的两张试验品上面。

漆涂上之后放在屋里许久没干，我以为需要风干，就把它们放到阳台上。我爸每天会去看看这张琴的情况，他比我还关心。我妈多年后跟我说，我爸对她说我是不可能做出琴的，如果做得出，"我拿手心给他煎鸡蛋"。他总是会说些很极端的话。我妈也很疑虑，他们怎么看这个儿子也不像个手艺人的样子。但他们从来没有把这种不信任表达出来，只是随意让我做自己想做的事，结果无所谓。

至于我，我从来没想过要当个手艺人。我只是想把这批琴做完，留张最好的给自己，其余卖掉去旅行，我的斫琴生涯就可以结束了。

有一天我通宵没睡，不知道是不是由于这个原因，我发现我爸起床后有点不太高兴，他本来应该会去阳台上看看植物，再顺便看看我的漆有没有干，那天这些都没有发生。我本来要与他一起出门，我已经习惯如此，但他的脸色难看，我也就没有提出。中午时，家里的座机响了，电话那边是邻县的交警队，说我爸出了车祸，此外没有多话，只是通知我们去现场。

同几个亲友碰面后，一起赶往出事地。途中小舅又打了个电话询问详情，挂掉后告诉我们说不甚要紧，受了点伤。接着大姨父说了声肚子痛，便要下车，小舅也说顺便方便一下。等他们回来时，大姨父说肚子实在痛，得回城就医，就不与我们同去了。他自己在路边拦车回城。小舅回到车上，一路无话。

又是那种湿冷的冬天，雨蒙蒙的，公路盘桓在群山间，山色黯淡中透出一点绿。

到现场时，没看见车，也没有人，只有辆警车停在路边，车顶上的警灯无聊地转悠个不停，人们站在靠近山崖的路边指着下面交谈着什么，我到路边去看，原来车子是在山崖下，车头已变了形。小舅在电话里已经知道了结果，大姨父也看出来了，他回到安龙，就去找那个棺材匠去备好棺材。

父亲还很年轻，对未来有很多期待。从小他就带我与大自然去连接，养成了我后来很多行为的基底。20来岁时他当兵，写打油诗。在我写到这些的时候，我翻到他的一首打油诗，写他在滇西兵营的伙房里听着外面的雨声读《封神演义》，说真想离开无聊的兵旅去寻找一个仙乡。又是个异想天开的少年。他在兵营里拿钢笔盖弹秦琴，只能弹单音旋律，边弹边唱；多年以后，还有远在四川的父亲的战友打电话给我，夸赞父亲是个很有才华的人。在我，他唯一的儿子，十七八岁的时候，选择一种自我流放的生活，而且是以如此幼稚的方式，他竟然没有任何阻挠。现在想起来，他对我的回应有时候真的是很天真。

大殓之后也是雨天，是土葬。在山上，我跪着爬上湿滑的棺材盖，要控制重心避免摔下去，也试图理解正在发生的一切。握着锄头，稳住身体，发力，挖下第一铲土。终于在18岁那年我变成了一个大人。

连着一阵子都是雨天，阳台上整日浸着湿气，终于在我上漆的两个月后，琴胎上的漆全干了。

父亲的去世让我妈更加不会干预我的生活，她希望我快乐地按自己的方式去生活。

由于没有人照顾，那个阳台上的植物很快枯萎了。很快我们也搬家了。我继续做琴，每天刨刨木头，成为一种疗愈。

外公去世前，一个农村亲戚家办喜事，我们全家就我、外公还有大姨父三个闲人，作为代表，我们仨一起去了。当年，大姨父还是一个年轻而窘迫的乡村教师，是做校长的外公一眼相中了这个女婿。

我捧着一本朱光潜的《诗论》在那个农村婚礼上看着。有亲戚问起我在哪里谋生的时候，外公跟他们说我在做琴。

那时斫琴成了一个保护壳，用来回避我的身份焦虑。作为一个年轻力壮的社会人，我什么职业也没有，斫琴可以挡住那些问我的嘴。不仅我可以使用，亲人们也可以用来挡住来自那些不那么亲的亲戚们的压力。我的亲人都不是真正意义上的知识分子，却对知识和文艺有种企慕心，只要我拿着一本书，就能够得到他们的理解。前阵子我妈来我这儿住，她在看一本张爱玲，她说起年轻时，外公有很多书被烧掉，他那时只是个乡村小学的校长，在70年代却还会悄悄让我妈读《红楼梦》。

当然后来她的主要读物是《故事会》。

具有常识比占有文化稀罕得多，我最大的幸运就是生长在一个具备常识的家庭吧。他们的知识也许有限，可是会尊重我的选择，而不强加干涉。当然也有很大原因是我身上有种肆意妄为的野蛮力量，他们也约束不住，只能任由我去释放。但起码他们对我并没有什么世俗价值上的要求，这让我后来可以自由地生活。当同龄人都在升学、赚钱、成家的时候，我的生活是书籍、音乐、旅行。

　　父亲去世后，为了排解，我买了很多书。这个时候我稍微成熟了些，知道哪些是好书。开始时我读《在路上》和《万历十五年》，但很快就变成了《卡拉马佐夫兄弟》和《柳如是别传》。我的阅读就这么顺藤摸瓜地蔓延开来。年轻的时候看书并不是那么纯粹，因为根本没法进入到那个文本世界里，有点故作姿态。外公住院的时候，因为要陪护，我带了一本书。遇到两个朋友，他们都是小城隐秘的文艺爱好者，过着一种纵情声色的生活。我们在病房楼下聊天，我手里拿着一本书，一个朋友问我这是什么书，我说是《苏鲁支语录》，就是徐梵澄翻译的《查拉图斯特拉如是说》。后来在我说了些什么的时候，他突然插了一句："没错，就像加缪说的。"然后他把《西西弗的神话》中的第一句话完整地背了一遍："真正的哲学问题只有一个，自杀，判断生活是否值得经历就是在回答哲学的根本问题。"
　　其实那时根本不明白自己看的、说的究竟是什么。但说不准生活与文本是谁在模仿谁，慢慢地就模仿进去了。

我想自己选择斫琴为生跟《庄子》有很大的关系，更早一点这种关系可以追溯到武侠小说，我向往里边浪漫的高手。书籍和安龙是我的两个平行世界，而第三个世界存在于我的想象里，就是琴。

我在家乡闷了五年，其间的兴趣转移了几次，早已不在古琴上，甚至不在音乐上。说到底其实根本没有真正喜欢上古琴。它不过是个少年时期的梦境，脆弱得像个气泡，只是我的生活简单，周围都是空白，没有什么外物可以把它碰散而已，它自己也没有能量扩张充满这个空间。

我似乎并不很期待做出琴来，最早的几张琴还在完工之前，我就把它们拿到田野里烧掉了。我感觉这几张琴的声音可能不会太好，就拖了几麻袋的刨花，散在地上，把那几张琴，连后来做的几块木坯，架在一起，点火烧掉了。看着田野里巨大的火光，我不知道我为什么这么做。

有阵子我希望到乡下待一阵子，正好我姨父返回他的家乡建房。之前他为了实现教育梦想，接手了县城的职中，那本是个死水似的烂摊子，一番书生意气的改革后，冒犯了许多混日子的人。他被捏造了一些问题告发到《焦点访谈》，一下子事情闹大了，毕竟安龙从来没有上过央视。姨父被里里外外调查了几年，最后什么也没查出来，安排到教育局挂一个闲职。那几年里不需要上班，他也心灰意冷，就返乡盖房子。他给我一个房间用来做琴，窗外即是几棵梓树。我就每天从县城骑车去那里，有时也住在那边。

实际上我也并没有怎么做琴。

相对于做琴，我更喜欢跟他去做各种粗活，搬运石头、挖地、种树、砍树……有次搬运石头还受了伤，拇指被一块木头刺穿，缝了六针，恢复后我的虎口被拇指缝合处牵扯住，没办法完全张开了。这对我后来弹琴有些影响，特别是《乌夜啼》中，中指内勾大指外擘，需要牵扯到虎口，用力时会有一些牵制。但当时觉得完全没关系，那时也不弹琴。

有一年多的时间吧，我就是与姨父在乡下干活。我这以斫琴为主题的生活，变得与琴越来越没有关系了。

斫琴对我来说成为一种劳作，它是我崇尚一种简单生活方式的生活实践，或者假装是一种生活实践。那时我只是向往一种朴素、自由的生活方式，精神是在生活中的最底处，而不是高悬的。这种生活理想其实是带些知识分子气的。我同样满肚子的现代病，并且在后来的日子里我更清晰地接受了这点，这种自我认识是与我斫琴弹琴的经验同步增进的。

2008年的除夕，南方凝冻，空气都成了冰，道路上也是冰，我依然从县城骑自行车到乡间去，去了之后拾柴在空地上生火，烤了半天火，出了一身汗又骑车回去。我为了做琴，大年三十顶着严寒在湿滑的路面上骑一小时自行车，到了却压根儿没有做琴。

不出所料，五年过去了我一张琴也没做出来过。

我不过把一些木头做成琴的形状，然后又劈开烧了。我现在还会花那么多时间去做没有什么收获的事情吗？我现在也许会更讲究效率。效率就是以最少的时间达到目标，但省去时间的同时也省去了经历。

2009 年秋天，朋友邀我来江南居住时，我手头还有几张在做的琴，其中有两张将近完工。

有朋友来送我，跟朋友同来的姑娘问这是做什么的。

她指着一块仲尼式面板说："看上去挺好看的。"

我把它们收拾好，另外还有一些木坯。我们家附近已经没有田野了，我把它们拿到楼下，点火，付之一炬。

都是枯木，遇火便着，黑暗的幕景下，透明红色的火焰跳腾着爆炸着烧了很久，我第一次听到这些琴的声音，竟是在火光下爆炸的声音，从周围的房子那边传来毕毕剥剥的回声，有时炸出一丈高的火星，散落在四周。木料烧尽时，就只剩一堆火炭还在拼命燃烧，火光扑腾闪烁，远处看去，像从高空俯瞰一座灯火通明的城市。

并不觉得心血付炬的可惜，也没有心愿未遂的遗憾。我没有恋物癖，也不那么期待看到结果，那时我所沉迷的只是做梦。

未完成的琴

雁　村

从宁波出发，经一个叫塘溪的小镇，然后地势走高，过一个水库。公路顺着水库上方的溪流向山的深处伸展，穿过几个村子，直到最高最深的一个，就是雁村。

叫"雁村"是因为有条溪水穿村而过，沿岸的房屋码在溪边像肥壮的雁身，而另外一些房子沿着支流往山坡上的高处建，就像打开的翅膀一样，护翼着溪流，青山又环抱着大雁。这是先到的朋友跟我说的，我没有跟当地人求证过。那一带几个村子主要都是童姓，还有夏姓，临近的两个村子分别就叫童村和童夏家村。

我到雁村是 2009 年初秋，住在村委会的二楼，从房间的后窗可以看到村口。跟所有的老村口一样，有座小桥，几棵大樟树，老人们爱坐在树下聊天。村委会对面是一座祠堂，正月里会请戏班唱戏。

有个喜欢古建筑的朋友先到的雁村。朋友热心于古村落改造，但他并非建筑专业出身，正好有个旅游公司计划开发雁村，邀请他，他就加入了。希望可以借此转行。我们原来也只是网友，因为我看了些古书，他认为我喜欢传统文化；我们偶尔在网上聊一些建筑的话题，他知道我喜欢建筑（其实相对于古建筑，我只喜欢现代建筑）；他知道我在做琴，以为我已经会做琴了；而琴是木头做的，于是就认为我懂木头。虚荣心作祟，我也没有特别申辩。由于这个误会，他邀请我到这个村子里一起研究古建筑的木结构。

我完全不清楚，去了那里，可以做什么，不过我已经决定离开贵州了。

那阵子我很躁动。把自己封闭起来已经好几年了，正青春的时期我都在与书籍和木头打交道，到这时我想改变自己。我已经不再到乡下姨父的地方去做琴，每天都会出去喝酒，算是有社交了。贵州话形容一种无所事事的游荡状态叫"cuo"，我觉得应该是"撮"字吧，但不念一声，念二声。我们把铲除东西也叫"撮"。不管用铲子也好，撮箕也好，直直地从底部抄起，会有个摩擦声。而当人无所事事走在马路上时，鞋底慢悠悠地摩擦路面，脚底就像是一把铲子，好像在撮取街道上的灰尘，步伐虽缓，刮擦出的声音却也利落，越是无聊时脚下越重，那样的过程就也叫作"撮"，是动词也是表行为的名词。

就是我那阵子的状态。

我妈把家里的一个空房间腾出来，让我在那间屋子里做琴。在家乡待了太久，而且那阵子我突然打开自己。有一阵子家人以为我会稳定下来，例如跟本地姑娘谈个恋爱之类的，但我知道我肯定不会继续在家乡待下去，我的计划是做出一批琴来卖出去就离开。可我买错了木料，把松木当成了杉木，我只认识锯开的木料，没锯开之前是分不出的。松木并不适合斫琴，处理起来要麻烦得多，这让我的计划又添了些周折。我还没来得及明白，即便做出来了，怎么卖出去是一个更难的问题。

我最接近完成的一张琴还在面漆上反复。那张琴我做了三年，它其实本可以完工了。我大约上了十多层面漆。我买到一把发刷，是用少女头发做的，刷毛短短的，另有十多厘米藏在刷柄里，前边秃了，把刷柄削开一段又可接着用。这种刷子最适合刷面漆。那几个月里，我上漆、打磨、上漆、打磨，没完没了。这些漆层之间出现了一些色差，我以为是漆的问题，由于我只有生漆，而没有更适宜做面漆的推光漆（一种半熟漆，通过反复晾晒搅拌生漆而成），我就一直在按照《髹饰录》里的方法自己晒漆，增加漆的透明度。后来我明白不同漆层间的色差是不可避免的，随着时间流逝，琴在手上摩擦生光，在视觉上它们会慢慢成为整体。但当时我依然想要解决这个问题，所以迟迟未能完工。从那时到现在，已经过去十多年了，它还是以当时的样子躺在我工作室里。我已经不知道应不应该把它完工了。因为我觉得灰胎上得薄，但如果加厚灰胎就必须磨掉我当时耗费了无数时间的面漆，心里不忍。只好放在那里。

当我一边在反复处理这张琴的面漆，一边好不容易把那几块布满节疤、油脂丰厚的松木做成琴胚时，我得到了去雁村的邀请。

几天后我选了几十本喜欢的书，打包成一箱，再加上一箱斫琴的工具，沉甸甸的两箱先寄到那边。生活用品和衣服倒是什么也没带，空身就去了宁波。

雁村被重重的山围着。山上都是毛竹，村里许多人靠它们过活。每天清晨，腰里别着砍刀的篾匠就进山去，下山时已经有了满满一手推车的毛竹。有时也看见重装的猎人上山，下来时拖了一头野猪。晚上睡觉的时候除了各种奇形怪状的昆虫会到访外，就是水流拌打石头的声音。

刚在雁村住下时我完全不知该做些什么。我先看了一段时间《营造法式》这样的书，很快就不再装模作样了。朋友认识的一个扬州斫琴师去过那边一趟，借给了我一张琴，我终于可以开始弹琴了。声称在做琴的这几年，我一直说要做张好琴给自己再开始学琴，没想到真正开始，还是借的别人的琴。

刚在雁村待了几天，旅游公司承诺的为村里修一条进山的公路，很快就开工了。那条路从村里沿溪通往山上，尽头是座山神庙。毛竹通过山间小道运到这里，茶叶则用溜索滑到这里，这些山货再通过这条路运回村里。之前是条普通的黄泥山路，现在是要在上面铺一层混凝土。

我每天拿一本《文选》到工地上，路边找块遮阴的大石头就坐下看，书看深了再抬头，发觉工人已经修到很远处了，我就再往他们那边挪挪，假装自己是在场，工人收工，我也就回去吃饭。

在山里的修路工地上看《文选》是很有意思的体验，我在工地旁边的树下读《二京赋》《琴赋》这些文章时，旁边的拖拉机正在倾倒混凝土，工人再七手八脚把混凝土扒拉整齐，用一个机器把它们捣实，在初秋的山谷里发出巨大声响。

工人有时会问我关于修路的意见，他们叫我"杨工"，例如他们问我某个涵洞应该设在哪个位置，我一边支支吾吾地应付，一边心想他说的"涵洞"是个什么东西。至于更多的事情有村干部盯着，路是给村民用的，他们才最上心。

我对这条路唯一的贡献是，他们水泥放少时我能够马上看出，这来自我做琴调灰胎时的经验。大漆、鹿角霜混在一起，有个理想的干湿比。漆与灰完全交融，达到这种状况的灰胎应该是黏稠而不凝滞的，表面会有光泽。这个经验可以反馈到修路上，当拖拉机倒出来的混凝土出现水和砂石分层的状况时，就说明泥水比例有问题。经常熬粥的人应该明白我说的意思。

虽是工地，因在山里，临着小溪，两边都是竹林，景色却很宜人。秋意渐渐浓了，会有落叶掉在未干的混凝土里，然后永远被封存在里面。

等我把一套《文选》看完时，那条路很快也就修好了。

很快我明白了雁村的那个项目是个闲差，只需要两个人在那里挂个名，我并不需要做些什么。我有大把的时间继续阅读。读书之余，就是弹琴与斫琴。后来项目终止了，朋友也撤了，我彻底闲下来，就一个人在那个村子里继续待下去，前后在那里住了 15 个月。

在雁村，我把杨时百[10]先生的《琴学丛书》通读了一遍。这套书是数百年来琴学研究领域最有野心的一次尝试，梁启超在《中国近三百年学术史》中也介绍了这本书。杨时百接近中年时才学琴，一学成痴，后来在北京以"九疑琴社"的名义设馆教琴，学生中最著名的就是大琴家管平湖先生。我因为喜欢管先生的琴声，那阵子在学管氏《流水》，追溯到杨氏的这本书。同时我反复琢磨里边记载的藏琴笔记，来获得斫琴的理论知识。

我去之前朋友已经把我会做琴的名声传开了，宁波有一些琴友听说我做琴，于是向我订了一批琴，共十张，任由我怎么去做。我真就接受了。

我先租下村里的一个老房子做工作室，在北仑霞浦的旧木料市场买下了一批老杉木。后来我跟那个朋友去测量了几座老房子，这些房子是要拆到别的地方去重建的，我们用琴谱的逻辑来标记房子的结构，就是把各个部件名字、位置的部首拆解开，加上数字编号，拼成一个新字，用来指代一个复杂的名称。看到这个我们就能够还原它们的位置。我们先测完一座晚清的老房子，就开始让工人来拆卸。然后我把一些没有用的楼板拆了下来当作底板，就这样我开始做第一批琴。

我终于像个正儿八经的斫琴师那样开始工作，经由这批琴，我斫琴也终于算是入了门。

自　然

由于住在山里，我开始想到我跟自然的关系，这似乎也是我跟琴的关系。

我喜欢山，但我对乡村谈不上多么喜欢，我并不怀抱田园牧歌的生活理想，更不是一个保持传统价值观的人。也许之前由于少年的幻景，我不是很清楚这一点，但此时已经非常明确。

山带给我一种情绪，当我走在山上的时候，感觉与山在对话。树木也会给我这种感受，有时候我会有点难过，因为我的工作不可避免地要伤害它们。有次看到一本书提到日本的漆匠会祭祀漆树，因为他们觉得自己是以伤害漆树为生，只能以祭祀这样的行为向树木说抱歉。

尽管我觉得现代人的生活有些问题，但我没有那种反现代的倾向。我并不打算到大自然中安居，虽然我的工作方式会给人这种错觉——几乎不用电动工具，凡事亲力亲为。但这并不是为了坚持什么。我使用手工工具仅仅是因为我喜欢干活，它给了我丰富的体验，这么有趣的事情我不想让给机器。同时，在许多时候，我们用身体去感受一个事物时，会得到更多意外的经验。任何一件事，你干上多年就会有所获得。而干得越麻烦越复杂，你的获得会越多，不管好的坏的。我只是一个倾向于把某些事物搞得复杂，又把某些事物搞得简单的人。

我觉得斫琴应该培养一种谦逊，拿着一件手工工具用汗水来交换果实，这是一种向木材表达谦逊的方式吧。手工一点点凿出来的琴腹并不会比用机器掏出来再手工调整的声音更好，但手工劳作的过程却也是在向木头表达一种态度，它也会回应我。刨刀滑过木头表面时，薄纸片似的刨花应声卷成一团，散出香气，这是一种肌肤之亲。我在劈、刨、凿的时候，感受木材的肌理、顺逆，那种快乐不言而喻。

我理解的古琴是一件很朴素的乐器。虽然我斫琴，但对手工艺，我从来都不是特别有兴趣。我并不喜欢收集手工制品，也不是很热衷于欣赏它们。到博物馆去，我对工艺品兴味索然，对一门手工艺在历史中的消逝并没有那种惆怅的人文关怀。

也许我从来就没有以琴的音色结果、专业性作为我斫琴的导向，而是以一种生活态度作为导向。这种态度不是自然主义、不是复古，我认为是一种还原，它不是把生活变化成另外一种特定的方式，而只是从自己现有的生活中还原到生活的基本面。

古琴是一件容易让我们想到自然的乐器，但琴的发育一直是城市文明的结果，文化史的书写与文化史的真实是两回事，不能被文本给骗了。对自然的描写在琴曲中是较晚期才出现的，在早期的琴曲目录中，我们可以看出早期的琴曲主要是写人事。历来琴学最发达的地区也都是城市。当然在传统社会中，即便是城市，人们对自然的感受力也远远强于现代人。但我觉得作为一个琴人，他应该从琴声本身去获得感受力，而不是弹琴的环境。

很多人厌倦城市而向往山村，他们厌倦的只是自己的生活。无论到哪里，这种厌倦都会如影随形。因为他们需要解决的是厌倦本身，而不是厌倦的对象。

我在雁村住那么长的时间只是一种惯性而已。后来到现在的十年里，我从来没有产生过再住到山村里的愿望。虽然最初就是这种幻景吸引着我走向古琴，但在我摸索自己与古琴的关系时，我更加明白了自己要的是什么生活。

我觉得很多人学习传统艺术已经变成了一场模仿秀。

传统的形式保留下来，去学习，就行了。之后它应该化为另外一种东西，像蚕吃了桑叶，吐出的是丝，它没必要再吐出另一片桑叶。今天，琴依然活生生地存在于我们的生活中，不需要再把它安置到一个传统的情景中去。强调自然，本身就是件不自然的事。

同样我觉得也没有太多必要去对琴做刻意的创新。如果它产生一种新的东西，那应当是从它内部、从我们自己的生活里长出来的，它就是我们的当代文化。一切在今天被我们听到的音乐，都是当代音乐，它们是平等的。

我更喜欢那些正在发生、流动的东西。这也是我为什么更喜欢早期琴曲的原因，不是因为它们更古老，而是因为它们离发生时的状态更近。

未完成的琴

在雁村我几乎没有跟当地人来往，因为我听不懂宁波话。

有个阿姨会来给我们烧饭，是旅游公司招来的，六十来岁，寡居在村里，有个女儿，但不在身边。旅游公司撤走后，阿姨也会常来关照我的生活。她经常十点来钟就把午饭烧好了，这是村里的午饭时间。一年多来我们都听不懂对方说什么，但大概找到了一种交流的默契。我们是靠语气而不是语言来交流。她知道我的口味。雁村近海，当地人多吃海鲜，我是一点儿也吃不来。而除了鱼虾，阿姨只会做三四个菜，她只好把这几个菜反复做。有次她见我包饺子。没出过远门的江南人是不会包饺子的（她只在那一年才第一次离开宁波到上海旅游）。她家有亲戚来时，她也想做点不同风味的饭来招待客人，就叫我去帮忙调馅包饺子。

另一个会来找我的人叫小头。我不知道他真名叫什么，村民这么叫他是因为他的头很小。他有智力障碍，可能是大脑发育不完全，头是锥形的。他已经二十来岁，心智只有三四岁。他很想帮我做点什么，可是他都做不好，有时候我挖槽腹，他就帮我扶着琴，他感到自己参与了一件事情，就会很开心。

我已经知道所有斫琴的工艺和流程，在雁村让我绞尽脑汁的是如何把声音做得好听，虽然我不是为了音色而斫琴，但真做起来时还是有强烈的得失心。

那会儿我斫琴有个参照系，是《故宫古琴》这本书，里面有故宫从唐到明代许多藏琴的琴体内部 CT 扫描图。我照着里面的结构去做，但实际上不可能通过这样的图片做出好琴。琴是动态的，每一张好琴的产生都是无数奇妙因缘的聚合，而不仅仅是一个粗大的结构所能决定的。我无法从这套书里寻找出结构与工艺、音色之间的联系。

后来是到了杭州，得到郑珉中[11]先生的《蠡测偶录集》，这是他关于古琴鉴定的论文集。郑先生是故宫唯一的古琴专家，也是《故宫古琴》的编者。他是管平湖先生的弟子，在古琴鉴定领域是当代唯一的高峰。长期以来，琴家们普遍迷信琴款、铭文和一些套话，例如"唐圆宋扁"，逢圆即唐，遇扁即宋，如果音色佳妙又有腹款为证更是板上钉钉。他为古琴的鉴定祛魅，以典型器为坐标来分析，找到了一套完整理性的鉴定法，许多被他的老师和太老师收藏过、鉴定为唐琴的，他也毫不避讳，厘清了斫琴史上的许多重要关节。我就把这本书的字字句句、连字缝也不放过，读了无数遍。再回去对照《故宫古琴》里的图像与数据，对许多传世古琴有了更深的认识。再到后面有了实际接触老琴的机会，发现模仿老琴对于学习斫琴并不是个有效途径。

对初学者来说，老琴的资料可以作为入门范本，但对有了一些经验要在音色上有所突破的人，就不再适合学习。因为通过资料无法动态地感受它们的音色，这样的模仿几乎毫无意义。若直接模仿实物，传世老琴有太多由时间、造化造成的偶然性因素，同样会干扰判断。而且我后来才知道的是，大部分老琴的音色都不太好。

我初学时没有范本可学，提高阶段又在关于老琴的文字、图像上花了过多时间。

我不知道怎样才能把声音做好，还在做第十张琴的阶段就去考虑第五十张时才能解决的问题。由于我没有找到理想的解决方法，就有点回避斫琴。

由此我发展成了严重的拖延症患者。前边大半年我只做了一张琴，反复修改，想要把音色问题解决了再做其余的琴。后来明白了这些问题是无法即时被解决的,我需要耐心。那不过是我的第一批琴而已。那时我不知道,我需要的只是把琴先做出来,而不是要做到多好。我迟迟不敢完工。后面时间已经不太够用了。我答应别人要做十张琴,但大部分工作全都拖到了 2010 年的下半年。

拖延斫琴的时候,我每天都往山上跑。时维秋冬之交,收获了一大段时间的好天气。那时我在读《礼记》,读到《月令》,每天也听山上有丁丁的伐木声,树倒下时,山上传来轰隆一声响。我觉得能有一段在山上观察自然四季往复的经历也非常难得,每天吃完午饭就往山上去。村里有很多通往山上的小路,胡乱选一条,然后往高处走去。有时候离开路,往树林里钻,一直钻到稠密的灌木深处,到无处可走时再回。

每天如此,几乎成瘾。

上午读书,中午饭后就急不可耐地往山上跑,这样我只能在夜里斫琴。

山里的夜沉得很快,傍晚六七点已是夜深的景象,我就从那时工作到凌晨。

我一直喜欢夜里斫琴,木头发出的声音会很体贴。

把一块杉木锯开,用斧头劈出琴形,再拿刨子与锉子修整细节。接下来挖琴腹,就是这个关节决定一张琴的音色。这几个过程是我斫琴中最愉快的部分。我可以不厌其烦地一直干下去，直到我的手臂酸痛为止。

夜里我就这样不停地干。

到冬天时，我还是输给了拖延症。整个秋天我大多数时间都往山上跑、看书，没想到很快就入冬了。我所有的琴都还停留在上述的工序，离完成尚远。那时的情势是我要在当年年底把这些琴做完，然后离开。那是我在雁村过的第二个冬天，不想再拖了，于是我开始疯狂工作。

2010年是我在江南经历过的最冷的冬天，那段时间我每天都工作到深夜。到离开前的一段时间，赶上那年的初雪，雪下得大极了，屋檐下挂了半米多长的冰凌，大雪封山。夜间气温低到了零下七八度，我每天晚上工作到凌晨，最冷的那几天水管被冻住了，只能到河里去洗漱。

那是零点以后隆冬的夜晚，整个村子都沉睡了。走出门外，雪地被冻成一块白色的光板，在夜里硬邦邦的。雪停后的天空也光亮如洗，两相映照，空气变得洁净明澈，天地澄明。

慢慢下到河边去，水冰得彻骨，但深冬雪后的河水是最清澈的。

雪后的几天里，公路也因积雪封闭了。煤气用完了，菜快吃完了，每天我就只能劈柴煮面，后来面也快吃完了，只好吃面包。我问原来给我做饭的阿姨可不可以去她家吃，她说她家也快没吃的了，在这个时代我们首次遇上断炊之虞，真是一场惊喜。

在我的面包吃完后，雪渐渐化了，公路也通了。赶紧到镇上补充了食物，正巧冬至快到，为弥补前几日的饥寒，也因为即将离开，我邀请了一些朋友来雁村包饺子。不用的木料和做废掉的琴都劈了当柴烧。吃剩下很多饺子，在离开前，我天天都在吃饺子。

最后一天我工作了通宵，直到天明，等我去洗漱时才发现我整张脸都是乌青的，牙龈也变得酸胀，我最终还是没能把那些琴完成。收拾收拾，即离开了。

斫 琴

桐

我写了那么多文不对题的事。我的生活总是在跑题，经常被引到莫名的地方。特别是我的斫琴经历，就完全是个不断离题的经历。

现在我试图拉回来，讲讲斫琴。

前面写过，琴是两块木板构成的，底板是梓木，而面板通常是桐木。

早期的《琴赋》都会从一棵梧桐树写起[12]，这是古琴在物理上的原点，同时也是古琴象征意义的原点。它是一个具象的符号。这种对具象之物的象征性的偏好，使早期的《琴赋》作者会花大量篇幅来描写琴的物质性。在后期琴史里，物和理就分离了，理论的泛道德化，造成它与技术、物质的分裂，这是琴道衰落的主要原因，也是像黄成那样的工匠在一本讨论漆艺的著作中表现出极度自卑的原因，后面我会写到这本书。

琴是琴道的身体。作为一个符号，这棵树的生长环境，包括它的姿态都十分重要。在西汉枚乘的《七发》中，他写了一棵"龙门之桐"，被冬雪所激，夏雷所撼，身后是千仞的高峰，下临百丈深渊，最后这样的树木被斫匠斫而为琴。能演奏这样的琴的人当然也是耿介拔俗之士。先秦记载的一些琴师，他们的身份在人神之间。两汉到魏晋的琴赋都是按照这样的叙述模式，孤桐在这里有巴别塔的隐喻。音乐家来自巫，他们都是宇宙知识的掌握者，像春秋时的乐官师旷，他的形象就是一个半巫。

音乐无形，而能感人心魄，直接在身体上被人感受。我们无法像逃避形象那样逃避声音，耳朵不像眼睛那样可以闭上。乐师跟巫师一样，在绝地天通的时代沟通人神。《秋水》中说，凤凰由南海飞至北海，只在梧桐的枝头停留栖息。如果说凤凰等神鸟是带有神秘信息的使者，那么它所栖居的树木则是象征天地之柱。我觉得这种象征性是人们选择梧桐制琴的重要原因。

在古琴内部的槽腹里也有这样一个天地之柱，它甚至就被命名为"天地柱"，用来支撑面板与底板，并且一根为圆形一根为方形，象征盖天说的宇宙模型——天圆地方。我猜测它只是在后期发展了声学功能，早期却未必是由于音色需要而设计，因此在乐器功能的实践中并不是完全的必要。虽然今天依然有许多斫琴师坚持设置天地柱，但大多只是因循旧制而已，并非真的了解音柱的声学功能。在不了解它的实际作用时，依葫芦画瓢只会对音色起反作用。我们应当学会理解古人的语境，而不是学古人说话，无论斫琴弹琴都是如此。

天地柱不知是什么时候产生的，但古琴的琴体都在指向一个宇宙模型，平坦的底部和圆拱的琴面，这是对盖天说的模拟。甚至可以想象里面的空气振动。就像《齐物论》中说的"大块噫气"，后期的斫琴想象中常常把声音理解为像水那样流动，但更确切的拟象应该是风。从更具体的角度来说，声音的属性就是风，它是气息的流动。物体的振动没有意义，它只有通过空气传到我们的耳朵里，声音事件才真正发生，这种气息的传导即是"风"。空间是风的依托，而实木是大地，整个琴体都是风的依托。古琴的形制到后期慢慢确定为一个人形，它也慢慢确定为一件人器。

今天做琴用梧桐的比较少，首先梧桐不是指路边常见的被称为"法国梧桐"的悬铃木，而是指青桐。桐是一个大类，古书中用到"桐"字的时候，并不会根据严谨的植物分类学，它可能会指多种同类木材，例如泡桐。《礼记·月令》说："季春之月……桐始华。"这里的"桐"是指泡桐。从白居易的《答桐花》来看，唐代就有用泡桐来斫琴的："截为天子琴，刻作古人形。云待我成器，荐之于穆清……为君发清韵，风来如叩琼。泠泠声满耳，郑卫不足听。"诗里虽没有特别说到泡桐，但桐花是泡桐特有的，可知白居易赞的是泡桐。而常建在《江上琴兴》中则写："始知梧桐枝，可以徽黄金。"这里提到的琴材又明确是梧桐。所以古代所用的琴材到底是指梧桐还是泡桐会有一些争议。

"桐"字可指梧桐也可指泡桐，但如果单用"梧"字的话，就是确指梧桐无疑。傅毅的《琴赋》中有"历嵩岑而将降，睹鸿梧于幽阻"，嵇康《琴赋》中也有"惟椅梧之所生兮，托峻岳之崇冈"，以及《庄子》中说"昭文之鼓琴也，师旷之枝策也，惠子之据梧也"，这几处提到的"梧"都是梧桐。虽然对于惠子据梧一段，成玄英的疏解中认为古书中没有惠施善琴的记载，据梧不过是靠在梧桐所制的矮几上谈论而已。但从上下文来看，其上两句都与音乐有关，下句指的也应是弹琴。只是已经写到昭文鼓琴，若再写惠施鼓琴则在修辞上重叠啰唆，故用据梧代指。历史上惠施本人是否擅长弹琴不必斤斤计较，这里只不过是庄子的修辞，以及修辞中反映的事实（以"梧"字代琴）。

从记载中看，古书中所说的桐主要当指梧桐，像盛唐琴中的代表"九霄环佩"就是以梧桐斫成。但泡桐也偶被用到斫琴实践当中。唐代时杉木的使用打破了桐木一统琴材的局面，四川斫琴大家雷威便使用杉木斫琴，据说他风雪天入峨眉山，根据木撼于风的声音择良材斫琴，所选的松杉妙于桐。现存的唐琴中仍有几张是杉木面板的。包括大名鼎鼎的"春雷"琴，系雷威的代表作，被宋徽宗列为宣和内府藏琴之冠，入金以后，陪金章宗殉葬十八年，又复出人间，为耶律楚材所得。这张琴现在仍存世。故宫藏的联珠式唐琴"飞泉"也是杉木。另外成公亮先生所藏唐款琴"秋籁"亦是杉木所制，音色细腻绵长，恬静而布满明亮光泽，同时具有强烈的下沉感，一拨弦，声音即似沉入大地。

现代人斫琴主要是用杉木和泡桐。按照一般的习惯，泡桐主要用来制作品级较差的琴，较好的则用杉木。这只是目前一般的实际状况而已，并不代表对这两种木料声学性能的评价。实际上每块木料都有它最理想的状态，等待被斫琴师发现。例如四川斫琴师何明威先生从来不认为材料对琴的音色的影响是决定性的，起决定性作用的只是人。他完全不挑琴材，打破很多人对琴材选择的固定认识。木材的声学品质肯定是有差异，使每块不同的木料达到自身最好的状态，这是斫琴的乐趣与成就感所在。

现在少用梧桐斫琴，主要是因为梧桐难得，特别是梧桐几乎没有旧料。杉木有许多老建筑拆下来的梁柱可用，梧桐既不适于做梁柱，也不适于做家具，它是一种无用之材。也是由于这种无用，它才具有了一种象征性。像《诗经》中说的：

凤凰鸣矣，于彼高冈。梧桐生矣，于彼朝阳。

郭璞的《梧桐赞》云：

桐实嘉木，凤凰所栖；爰伐琴瑟，八音克谐；
歌以咏言，喔喔喈喈。

人们用梧桐并非仅仅因为它适于斫琴，更是因为它是一种祥瑞之材，这样的材料才能匹配圣人之器。早期的《琴赋》中，都以孤桐作为叙述的开端。后来桐即琴的代名。像王昌龄的诗中所写：

孤桐秘虚鸣，朴素传幽真。
仿佛弦指外，遂见初古人。

至于我，我依然选择杉木与梓木斫琴，这是一种基于情感的选择，并没有那么多理性和科学的原则。我熟悉它们，它们与我发生了关联，仅此而已。

合

古琴琴体在同体量的弦乐器中算是非常重的，它的音色不能太飘扬，所以需要一些重量，这重量来自木头和漆。但也有一些劣工专以沉实为务，忘掉声学的基本原理，即庄子说的"乐出虚"。

在琴中，"虚"就是面板与底板之间的空间。

无论是什么材料的面板，根据它的特性和自己对音色的理解，把槽腹挖好，底板制好，选个好天气把面板和底板合上，这就是合琴。

合琴像一个仪式。用大漆加上鹿角霜，调成稠厚的腻子，将面底板黏合在一起，用绳子绑紧，俟漆干后再解缚，这个过程可以视为成琴的标志。面底板黏合在一起，两块木板成为一体，琴就有了生命。

一些腹款会留上合琴的日子，《西溪丛语》中记录唐代雷威的一张琴腹款是："唐大历三年仲夏十二日，西蜀雷威于杂花亭合。"我原来也学着这么留款，留下名字与合琴时间。可是若想修改音色，常常要剖腹修琴，再重新黏合时原款就有些尴尬。我有些心理洁癖，无论铲掉旧款写上新日期，还是将就原款、原封不动地合上，心里都会有疙瘩，在原款外再补一个"某日重修"又显啰唆。所以有阵子我就不留腹款，因为字本来也写得难看，签个名字就算了。而现在我的理想是不再剖腹重修，一次做完无论音色怎样都如其所是，所以我又开始在槽腹里留下日期。

古书中记载的合琴配方更复杂些，是用大漆、牛胫骨灰加鱼鳔胶三者混在一起。我现在的做法是大漆加鹿角霜和糯米粉，也非常牢固。

在贵州时我打算熬些明胶和大漆调在一起合琴，结果把许多猪皮放进锅里，熬了一个下午，煳的煳、稀的稀，明胶没做成。我后来做琴有过无数挫败的时刻，无数的好木料都耗费了，无数的时光心血付之一炬，都毫无所谓的样子。我这么多年的斫琴经验里感到最沮丧的时刻，却是那个面对一锅煳烂猪皮的下午。

髹

待琴合毕，后面即是整个斫琴过程中最烦琐也最耗时的髹漆工艺，就是把大漆分层涂到琴体上。

在我第一次上漆失败后，我开始认真地研究大漆。第一步我知道了有本书叫《髹饰录》，然后根据里面的内容去一点点实践。

《髹饰录》是明代的著名漆工黄成所写的一部漆艺专著，也是历史上唯一的漆艺专著。一个匠人去著书是不合体统的。出于自卑，他通篇穿凿附会，就像一些古琴著作的序言那样，生怕被文人视为形而下。在《髹饰录》里，他把漆工艺甚至工具都胡乱附会天地寒暑阴阳五行，使人难以卒读。但因为他本身是一个著名的漆工，虽然缺少工艺细节，但整部书的结构包含了漆工艺的所有方面。王世襄先生在这个架构下采访漆工，考信于文献，写了《髹饰录解说》。这本书是我当时唯一可得的漆艺教材。

在《髹饰录》中，我通读下来，对我帮助最大的是《质法》一篇，它描述了漆层的基本结构。实际上唐宋以来的琴都是按照这个结构来制作的，它包含的流程粗略分为：木胎，布胎，灰胎（分粗、中、细），糙漆，面漆。在明代的《琴经》当中也叙述了这个工艺流程，除了关于布胎的部分。布胎是用夏布（通常用葛藤来制，"葛藤"也被禅宗借来形容不能见到本质的冗余理论，也是"纠葛"这个词的来源），明代的琴通常是不用布胎的，所以明代的《琴经》里说其他的器物都用布胎，但琴不同。这个有些失误，因为唐代的琴都用布胎，但并非通体裹布，只是用布裹住底板和两侧。唐代以后的琴几乎都不裹布，这应该是为了音色，但偶尔也有裹布的。然而在当代，裹布又变为一个通用的工艺。这是来自漆艺的反哺，因为恢复古琴的漆工艺时，斫琴师往往要向漆工学习。重新向漆工学习，除了带来裹布环节的复活，也带来了琳琅满目的面漆处理工艺和各种彰髹变涂。

在传统的漆艺髹饰里，主要就是黑红两色，黑的属性是水与阴，红是火与阳。我想这种阴阳、幽暗与光明、水火的二元象征是最初漆艺施色为漆黑、朱红的主要原因，像马王堆汉墓出土的漆器便是黑红两色。古琴主要是黑色，兼有紫色，《髹饰录》中提到有雀头、栗壳、铜紫、骍毛、殷红等紫色。对古琴颜色常见的描述是栗壳色，唐代的琴通常就是栗壳色，以朱黑二色混合调成。宋代开始以纯黑为主，我喜欢宋代的漆艺处理，那种素雅的哑光炭黑色，《琴经》说开光如鸡青，退光如乌木，这种乌木色是我最喜欢的漆色。漆碰到铁就会氧化成纯黑，古人制作黑漆的方法是在漆里加铁粉或铁锈水，红漆则是加朱砂。现在能看到的斑斑驳驳的黑朱交错的老琴大多是清代和民国修复的，现代则开始刻意模仿这种斑驳交错的效果。

灰胎是整个漆工艺的核心，历来都是选用鹿角霜，即去掉胶质后的鹿角，是熬制鹿角胶后剩下的部分。普通漆器也需要灰胎，但古琴的灰胎更厚。它的作用不仅仅是硬化胎底，也会积极参与振动，对音色有非常大的影响。在今天来说，灰胎厚度甚至反映了一个斫琴师的斫琴思路。灰胎不仅仅是保护结构或作为结构的补充，它就是结构的一部分。部分斫琴师会留较薄的木胎，使木胎更充分地振动，这样的琴，声音容易单薄空洞，而这种单薄感可以通过较厚的灰胎弥补，木胎提供一个振动的基底，灰胎对其进行增益和平衡，相当于用灰胎给木胎增厚了。灰胎内部有很多酥松的微小空隙，密度又平均，是理想的共振材料。同时，用鹿角霜制成的灰胎具有很高的硬度，也很稳定，所以很多明代用瓦灰做的灰胎都剥落了，但时代更早的用鹿角霜制作的却保存得很好。

故宫曾发现过一张琴，整体因积水受潮生了一层水垢，被鉴定为"破琴一张"。对北京官、私所藏唐琴非常熟悉的王世襄先生发现后觉得此琴不是常品，提议故宫博物院请管平湖先生修复。后来这张琴的水垢被除掉，漆色灿然生辉，胎体没有受到什么影响，琴名为"大圣遗音"，与王世襄先生珍藏的另一张"大圣遗音"同为中唐的典型器形。这样的琴全靠灰胎的保护，才可以从唐代保存到现在。

上面说到，明清时期开始用另外一种灰胎，即瓦灰。瓦灰是斫琴以外的漆工艺中常使用的普通材料，一般用在家具和建筑上。到明代后期，一些琴也开始使用瓦灰来做灰胎，到清代瓦灰已是主流。另外有种八宝灰，历代都有，但不流行，因为这种工艺主要是为了装饰。八宝灰是用各种宝石金银的碎屑做灰胎，然后上透底的面漆，使这些斑斓的宝石金银在面漆下面像星辰一样若隐若现。现代的斫琴师受这种工艺启发，就用大颗粒的鹿角霜配以颜料，琴面涂透明推光漆，使面漆下的灰胎现于琴面。

灰胎完成之后是糙漆，是在面漆之前，上一层生漆打底。有时加上细鹿角霜，或者用桶底带沉淀物的漆，目的是用细灰填补灰胎表面的微小孔隙，再用生漆做一次最后的封闭。按照《髹饰录》的记载，糙漆分灰糙、漆糙、煎糙，与以上的程序相仿，就是先用漆灰、再用生漆、最后是半熟漆来做三层的打底。

待整个胎体做好，用头发做的刷子把推光漆涂在糙漆灰胎上。推光漆是一种半熟漆，由生漆经过晾晒脱水制成，基于不同的制作程度而拥有不同的透明度。打磨后，用手蘸菜油与细瓦灰在漆上推出热度，漆的光泽会显现出来，这个动作就叫推光。

为什么要使用大漆呢？缓慢的干燥周期和超强的过敏性显得大漆非常地不友好。我自己经历过的最严重的一次过敏，整个手臂奇痒难耐，越抓越痒，但又忍不住不抓，那种痒的程度是恨不得拿个小刀来割皮肤。前阵子有个刚学做琴的朋友，过敏后用很烫的水淋在皮肤上来止痒。有过这种过敏经验的人一点儿也不会觉得这个做法夸张。过敏症状好了还是得接着上漆，实在受不了的人就只能放弃斫琴了。但大漆是不可替代的。如果没有大漆，唐代的琴不可能到现在还能演奏。真正的斫琴师只会用大漆做琴。这也就是为什么我第一次看别人做琴发现用的不是大漆时产生那种失落感，觉得那简直已经不能算是斫琴了。这种执着之深，就像南方人一定要吃米饭一样。

我按照《髹饰录解说》里的方法调漆刷漆，浪费了许多漆，也没有把漆做得很好，但勉强可用了。由于上篇所述的原因，我觉得我的工艺水平也难再有增进空间。

徽

在前现代，大家都相信先王制琴。而关于它的成熟时代，由于有大量的文献记载，一直以来也被认为是毋庸置疑的，古人总是天真或假装天真地在琴谱序言中引述先王制琴的故事和象征意义，先秦关于琴的故事一直在启发后代的文人。直至战国和西汉的一些琴器出土，才让人重新怀疑古琴的成熟年代比文献记载的要晚得多。因为这些琴表面坑坑洼洼，箱体狭小，也没有徽位。很难想象伯牙用这样的琴弹出巍巍乎志在高山的感觉，也更难想象这样的乐器可以让孔子沉浸数月，在里面发现文王的形象。

历史上第一个有记载的斫琴师是伏羲或者神农，他们创制了五弦琴。最早的两位乐器改革者是文王与武王，他们各自为琴加了一根弦。但这些只是记载，是后人写的。这些故事只是为了给琴安排一个非同寻常的出身。

从不可知的茫昧上古中去探索古琴的起源没有太多意义。探寻乐器的起源是徒劳的，它既与我们的认知相差，也与古人的认知相差。音乐来自巫术、部落的祭祀，"琴瑟击鼓，以御田祖。以祈甘雨，以介我稷黍，以穀我士女"（《小雅·甫田》）。《诗经》里面提到琴的祭祀用途，在绝地天通的时代，它成为礼器，再后来它长大成人了，成为一种人器，琴的形制就是一个人形，你可以把它当成朋友，甚至当成自己。

嵇康《琴赋》里提到："徽以钟山之玉。""徽"的产生关乎琴的成熟时代。

它是琴面上标记音位的十三个蚌壳点，或者像《琴赋》中所说的，用钟山之玉，但这比较罕见。富丽一点的一般是用黄金。中间为第七徽，两边按照一定的比例依镜像排列。它们是琴弦的音位标记。如果没有这个标记，老到的琴人依然可以辨别音位，但在进行复杂的演奏时还是有点困难的，而且初学的琴人也不会有机会从生疏到老练。那样的琴也许只能停留在右手弹出空弦音、组成简单旋律的阶段。所以徽的产生标记着古琴出现了散音、泛音、按音的音色组合和完善的左手技法，这是古琴作为独奏乐器的标志。从文献来看，古琴在战国时期已经是一件独奏乐器了，所以现在需要面对的问题就是那时的实物是否能够与记载相符。

20 世纪 80 年代有多位学者讨论过琴徽产生的年代。由于《琴赋》里写到"徽以钟山之玉"，于是可以确定至晚到魏晋，徽已出现。至于上限呢，枚乘的《七发》中也提到了"徽"，有的学者认为这里的"徽"只是指弹琴的动作，而非琴徽。也就是说到西汉为止，古琴还没有发展出徽位，其中器物类证据就是马王堆汉墓出土的琴类乐器之上没有徽位。并且无论是战国还是西汉出土的琴类乐器，它们表面都凹凸不平，并不能做出左手的指法。由此就推翻了从先秦到西汉关于古琴表现力的记载，无论是伯牙子期，还是孔子与《文王操》。

但饶宗颐先生认为《七发》中的"徽"就是琴徽，在汉代琴已经是一种具有表现力的乐器。

而故宫琴家郑珉中先生认为那种琴类乐器并不能代表古琴的实际状况，由于地域性的差异，那种乐器也许只是琴类乐器的一种特殊形制。

如果这些琴类乐器是专门为死者制作的明器的话，那就可以解释上述争论，因为明器本身是"似而不用"，例如将一个容器的底部去掉，外形被保留，但盛物功能已不在。孔子对此的解释曾以人们故意将琴瑟的表面做得凹凸不平作为例子。他说如果以对待生者的方式对待死者，是不智；而以对待死者的态度来对待死者，则是不仁。在明器当中保存器物的特形、消除其功能是面对这个矛盾时的折中做法。民间烧纸屋和其他纸糊的器具来祭奠死者也是这种思维的延伸。巫鸿《黄泉下的美术》中提到五种制作明器的方法，除了消除功能性以外，还会刻意模仿更早期的形制。

关于古琴的创制与发展的关键时间节点，我没法提出一个意见甚至哪怕猜测。也许这是个永远也无法解开的问题，好像一条河，我们站在入海口，却要根据上游漂下来的一些东西猜测整条河流的流势一样。这里只是介绍一点背景信息聊作参考。

形

民国琴学大家杨时百在《琴学丛书》中说古器之中琴最可贵，琴不像钟鼎书画只可陈设，通过琴可与古人晤谈。我想他指的是琴是有声音的，像会说话。手指在琴上摩挲，琴就回应你，特别是古器，一触即响，像在你下手之前，已经知道了你想弹出什么声音。但演奏古琴需要一些门槛，并不是任何人都可以唤醒一张琴，必须得是懂琴的人。琴与人莫逆于心，有一种穿越时间的亲昵感。想象一张古琴，断纹陆离，它在无数的时刻被奏响过，它的声音被上千年前的人们听到过，沾染了高人逸士们的手泽。器尚且如此，更不用说凝结着数代人精神的传世琴曲，以及这些琴曲所代表的精神谱系。

古琴现存有五十多种形制，它们大多以古代圣贤的名字命名，并将他们归为创制者。现在常见的有"伏羲""神农""仲尼"，等等。唐代时流行体型阔大、面板圆拱的造型，轮廓以弧形为主，代表形制是伏羲式。北宋早期也有模仿唐代风格的作品，到后来慢慢形成宋代的风格，以造型简洁清雅、面板扁薄、髹以素漆的仲尼式为主。这种风格的影响对后来的斫琴史是决定性的，整个宋代到明代流传下来的琴十之八九都是"仲尼式"。

也有几种明代产生的形制，由于明代尚奇、尚意的风气，有两种形制是明代的代表。一个是蕉叶式，整体模拟蕉叶的叶面和卷边。芭蕉是明代文人非常喜爱的植物，常常种在庭院里，下雨时就在书房里听雨点打在芭蕉叶上的噼啪声，故宫有张著名的明代蕉叶式古琴即叫作"蕉林听雨"。这种形制现在依然被视为斫琴师技艺的试金石，一个是考验造型能力，蕉叶式的仿生造型和精巧度很容易做得十分恶俗，所以如何把这个形制做得清雅，对斫琴师的技艺与审美都是考验；此外蕉叶的结构本身不同于常见形制，卷边改变了面板的厚薄分布，音色也是难以把握。

另有一种形制是正合式，它是一个全琴都由直线构成的矩形琴体。除了这几种少数形制外，其他形制都保持了一种固定的结构。最上方是"琴额"，岳山下方开始收缩，成为"项"，"项"下是整个琴最宽厚的位置，称为"肩"。"肩"通常起于三徽左右，如果高于三徽，就称为耸肩，那是北宋以后的做法。唐琴都在三徽下起肩，这种垂肩与耸肩的区别也是判定不同时代形制特点的依据之一。例如南宋的琴就被描述为"肩狭而耸"。肩以下是琴身最长的一条直线，到八徽左右又开始向内收缩，可想而知，这个收缩的部分称为"腰"，而腰以下的部分就是琴尾。这个结构就像一个人形。

传宋摹顾恺之的《斫琴图》中描绘了斫琴场景，但画中场景已经失去了那种挥刀奏斧的朴拙感。画面上是十个宽衣博带的魏晋文人，以一种略显做作的恬静表情专注于斫琴的各个流程。散在画面上的各个名士面目相似，也许他们是一个人，在做着不同的流程。这个人是没有细节、没有性格的，他只是一个符号，也许是作者的自况，或者是作者想象中的高士。

里面描绘了制作木坯、挖槽、制作配件、听音、制弦等工序的场景，画面上还有制作好的底板。虽然并没有画出整个斫琴的过程，但对琴的结构和工艺流程的描绘依然有很高的准确度，画面的写实程度与人物姿态的象征性形

东晋顾恺之《斫琴图》，绢本设色画，宋代临摹本。现藏于北京故宫博物院。

成很大的反差。

《斫琴图》中的琴外形呈长方形，接近后世的正合式。

唐代以前的传世古琴已不可见，如上所述，零散的出土器物难以说明早期古琴实物的真实状况，从出土器物到唐代中间漫长的时间里只有图像和文字记载可作为猜测的依据。现存的传世古琴表明，最晚从唐代开始，古琴的主要形制已完全定型，后来没有任何改变。在唐代之前，就像一张琴的物身在斫琴师手里被斫制出来那样，琴的外部形制结构、它的符号性以及它所传承的精神谱系，也在无数的琴人手里通过漫长时光被斫制出来。

《斫琴图》中古琴的主体结构跟现存唐宋古琴的结构是一致的，就是两块木板拼在一起，在面板中间挖出共鸣箱，四周留下充作边墙的实木，再把底板合上。面底之间的这个空间，一般称为"槽腹"，看上去非常简单。图中底板上也留有两个音孔。在斫琴时，对应音孔的位置面板会增厚，留出两块突出的实木，称为"纳音"。顾名思义，纳音的作用是收纳音响，使音声不至平白地流出腔体。唐代雷氏家族的纳音做法是在中央最厚处再挖一深沟，苏东坡说这种做法使声音溃而不溢，徘徊不去，说这是雷琴的不传之妙。这完全误会了纳音的作用。把声音想象成如水流一样在槽腹间流动，它的源头是"岳山"，就是面上架高琴弦传递声音的硬木。岳山下的硬木是承露，它实际不产生任何传递声音的功能，在这里只是一个隐喻，它在提醒声音跟水有关。这个系统暗示水从山间流出，坚实的琴体像大地，它们的沟壑形成空间，水流入腔体，缓缓溢出。

无论风还是水，它们只是象征，并不是在空间中增加如风水般的回旋流动就可以改善音色。质地、结构、厚薄、空间对声音都有影响。但声音就是声音，它以自己的方式发生在两块木片间，振动、扩散，声音成了音乐，被人感受，然后提醒人们去想象那渺无崖涘的茫茫太古。

琴斫我

2020 年我只做了两张琴，如果以从头到尾做完一张琴来算的话。

一张是在年初，另一张是在写这本书的过程中见缝插针做的。同时我修了一些旧琴。

我在立秋时开始做第二张琴，那时坏掉的电脑刚刚修好，我重写这些文稿，在写作、搬家的间隙斫琴。同时我工作室的房东要卖房，我租了间农民房暂时存放材料，没有另找工作室。因为我新的住处较大，今年也没有太多的斫琴工作，就先在阳台上做琴，像 2005 年在老家阳台上斫琴时。

秋分那天我合了琴，楼下的桂花香飘上来，充盈整个屋子。杭州桂花最盛时会伤于浓郁，反倒不如初开时，偶然飘来一丝，忽然又不见。这虽是最盛时，但从楼下飘来，空间的间隔起了时间的作用，正好与初开时的幽微隐约相似。木头也天天被花香沾染着，我就采了些花瓣混到灰胎里，等到立冬时那张琴就完成了，我想既然这是一张秋天的琴，就该在秋天里完成它。

我通常不会把琴做得这么快。我的琴一般都保持两年左右的制作周期，这意味着当我做了一张琴，通常要一两年后才可以得到反馈。再把经验运用到下一批琴，获得第二次验证的时间加起来就要三年左右，这样的成长是很漫长的。那些大量制琴的人，可以通过大量的试错和排除来获得经验。可我平均每年做的琴就五六张而已。

初斫琴时，花上好几年时间做出的琴，付出了腰肌劳损的代价，双手也打磨出泡，音色竟然极其难听。而后又要经过许多不眠之夜，思索究竟一张琴好听的原因是在哪里。这恐怕要做上无数张这样的琴之后才能慢慢看到一些端倪。况且有关古琴音色的审美莫衷一是，自己想要的是什么样的声音？斫琴师对琴的要求与琴人对琴的要求是不一样的。这让我在斫琴上的进步变得很慢。所幸到现在也十多年了，那些由时间带来的累积，让我慢慢有了信心。

让每一块木料变成一张实实在在的琴，虽是经我的手完成，但隔些日子再看，它们却像个礼物似的突然出现，而不是在自己手上一点点成形。想想自己竟然做了这么久的琴，也感到惊讶。

我一直靠斫琴为生。在我终于把琴做出来后，我开始出售它们，解决我的经济问题。慢慢地，这就成了我的工作。

通过每年做几张琴来养活自己，剩余时间看书弹琴或旅行，这是我这些年的全部生活。

靠在雁村做的第一批琴得到第一笔收入，从此我变成职业斫琴师。虽然在心理上我并没有这样的自觉，那时我还没有爱上斫琴，我只是爱干活而已。但往后十年里，我所有的生活都是靠斫琴来支持。所幸我的生活所需并不多，我也能够以一个半吊子斫琴师的身份活下来。但不管我多么虚荣，我也得承认我当时的琴声音并不好。

对我来讲，斫琴弹琴都是我喜欢的事情，而斫琴与物质有关，无论就这件事情本身的性质，还是它对我生活的实际意义而言，都是这样。有个实体的东西完成，并成为我的生存之本，这给我一种实在感。这是我以斫琴为业的动因。好像我的性格是如果不把一件事情在逻辑上理顺，就很难心安理得地做下去。所以"君子不器"并不适合我。而斫琴多年，我也一直不是在工艺上有追求有理想的那种人，自然也算不上个匠人。既非博雅不器的君子，又不是苦心孤诣的匠人。这有点两边不靠。但我觉得斫琴可以是件很朴素的事情。它有自由的方法和朴素的界面，这就是我这么多年在这件事情上感到自在的原因。

相对《庄子》里心无旁骛的匠人来说，我的理解更偏于禅宗的日常化。唐代百丈禅师整顿禅门清规，提出一日不作一日不食。禅是普适的，因此我觉得百丈的这个提倡也是普适的，斫琴对我而言就是一种很好的日常劳作。

我做琴无论是工具还是工艺都相当简陋，我享受这种笨拙。我喜欢的是斫琴这件事情本身，或者是我更喜欢劳作。我本能上对奇技淫巧有一种抵触，有几次斫琴经验之后，我开始明晰自己在这件事情中的状态。我想我永远也不会成为一个技艺精熟、精雕细琢的人。

　　只是现在越来越有信心。

　　时间长了，我感觉我终于能够做出一些让自己愉快的琴。原来只是斫琴的过程使我愉快，斫琴的结果则未必。而现在，像一个一直给自己做饭的人，一直在做，直到某天发现自己有了一些变化。

　　作为一个厨艺还不错的人，我在做饭上面学习做琴。

　　好比说，我从来没有过要把饭做好的自觉，只是做给自己吃。我不研究菜谱，也不是个饕餮之徒，不常外出，并没有吃过多少餐厅。我的成长完全是以自身为坐标，食材与配料也只是一般的家常。

　　对我来讲，做饭是很简单的事情，在做饭之时不用预尝，我就能够判断今天的菜做得怎么样。它取决于做饭的状态，是否在做饭的过程保持一种自信。我认为"得心应手"不是取决于能力，能力与目标相对应，而状态并不指向目标，它只是当下的感受。要在做这件事的时候从头到尾都保持一种完全自信又全不在乎的状态，这样的状态做下来我就知道味道不会差，吃起来还真是这样的。

　　而如果做饭的时候犹豫和勉强了，那就会不好吃，屡试不爽。越想要修复可能会越糟糕。

我觉得自己最理想的斫琴状态就有点像我做饭的状态，我与斫琴的关系也像我与做饭的关系。

我每天都会做饭，我热爱它，但它就是做饭而已。它是我的生存之本。就像我每天要吃饭，我通过做饭来供给我吃饭，同时也正是通过斫琴来供给我弹琴。但我不需要时时都去做饭。

我不会是个每时每刻都在思考做饭的人，理想点说，也不要每时每刻思考斫琴。最好是在做这件事时心思完全在上面，而一旦离身，这件事就与自己毫无关系。如果吃饭时想着菜应该怎么烧，这顿饭就吃得不好；同理如果弹琴时分析琴应该怎么做，也很难弹得下去。但事实是，很多时候，由于我在斫琴上思索过多，我弹琴时会去分析琴的音色，让我都没法好好弹琴。

在我弹琴最多的时候，我并不怎么在斫琴上花心思，能够每年做几张，用心去做，对得起售价即可；而我在斫琴上心思花得最多的时候，对音色有了更多的思索，我就无法弹琴。这根本上在于弹琴和斫琴的时候，对于琴器的理解是不一样的。我在密集斫琴的阶段，只要上手弹琴就避免不了分析音色，这样我就无法全然地享受演奏本身。分析音色是斫琴师必要的一部分工作，好的斫琴师必须在任何时候都在思考音色，而不只是斫琴的时候。而作为琴人，我对琴的要求很低，只要可以满足演奏的基本条件即可。相对于寻求一张更好的琴，如何把手里的琴弹到极致才是琴人应该考虑的。

弹琴和斫琴是两种完全不同的状态，只有调和了两者，我才能够好好弹琴。否则就会像个厨师或美食家一样，永远无法享受一顿简单的饭菜。

所以斫琴最终还是不像做饭，那不过是我的理想。

当斫琴成了工作、成了一件不平常之事后，就掺杂了得失心，就会犹豫。

斫琴不像做饭，还有一个物理制约，就是斫琴的周期那么长，想要在那么长的时间里保持一种状态是挺困难的。

所以我试着把时间缩短一些，起码把决定性步骤的时间缩短一些，而把一些需要留待时间来参与的工作放到后期甚或放到完工后。这样我可以先得到反馈，再把琴慢慢放着，任其灰胎内部继续收缩，到差不多时再上面漆完工。

当然一个季度是个极端尝试，通常半年左右是个合理周期，这样就能够保证每层灰胎的充分干燥。实际上斫琴90%的时间都是在等待灰胎干燥。

槽腹我会在几天内一鼓作气做好。原来不是这样，原来我挖槽腹有时得花上两年时间，犹犹豫豫、反反复复。我知道有的人适合在短时间内集中爆发，有的人则适合以漫长而稳定的节奏来工作。我最好的工作状态是前者，如果没有把握好第一个步骤的话，我的工作就会变成后者。

由于我经常变化，如果没有在变化之前把工作完成，就会变成漫无边际的左右摇摆。现在我开始把这两种状态分配到木胎和漆胎两个步骤中。集中精力、心无旁骛地把槽腹完成，然后在日常中完成灰胎。

为什么不在制作过程中获取反馈，并同时修改呢？像大部分斫琴师会使用一种弦弓，把琴弦绷在一个架子上，在制作槽腹的阶段，就可以把两块板叠在一起，再把弦弓架上去试音。这样可根据试音结果同时调整腔体结构。或者是在制作过程上弦，再调整。

我不用这样的方法一是因为这样的音色反馈会误导我，二是由于习惯。

解释下我的斫琴方法。

在我做完第一批琴以后，我就决定不在制作过程中试音了。这是我一种非常主观的习惯，我觉得我不适合这种方法。我在做第一张琴时反复试音过无数次，后来就停止了这样的反复。我选择信任自己。宁愿彻底完成之后，再剖腹修改。之前我几乎每张琴都要反复修改，但由于我继续相信自己，会把每次的修改都当作最终结果，不留下余地，这样下来就做了很多无用功。例如每次都是完成了面漆再修改，修改之后面漆又需要重新上。这种习惯并没有什么理性根据。我确实浪费了蛮多的时间。

做琴带给我的收获是耐心，慢慢与做无用功时的懊恼感共处，享受无聊。以及，我真的爱上了木材的肌理，刨子滑过木头表面的那种声音让我深深着迷。

在我刚开始斫琴时，我并没有预料我会以这种方式生活十多年之久，而且目前看起来我未来也没有改行的打算。在当时，只是简单的想法：卖琴维持简单生活，有时间弹琴看书而已。自己未来的职志，我从来没觉得会是古琴。多年来我一直拒绝教琴，因为我不想让弹琴跟经济发生关系。斫琴是我的工作，但如上所说，我像个为自己为朋友做饭的人，我热爱这件事情，却未必有成为一个大厨的野心。原来我有一个习性，就是我从来不忧虑未来的生活，如果我的积蓄只够维持一个月了，这一个月里我依然维持之前的那种状态。往往在一个月快结束时，突然会有一个买琴的订单。我就这么晃晃悠悠靠着斫琴生活到现在。只是在后来，我才开始有了一点职业琴人的自觉，并重新思考自己和物质的关系。这是一个严肃而基本的问题。而因为我做琴，它可以很具象地类比给我看。

我在古琴这一件事情当中发现了两件事情。它们支撑起我后来的生活，无论物理还是精神层面，斫琴和弹琴像是这两者的完美隐喻。同时在生活状态上，斫琴所完成的是一个物质转换，把木头变成琴，以此它又供给我物质上的需求，而弹琴纯粹是我精神上的私人庭院。我给自己的生活找到了一种统一性。斫琴与弹琴，对我来说像是物质与精神的隐喻，它们是互相滋养，又包含彼此的。

我努力在接近自己理想的状态，才明白我一直都在理想状态的包围中，只是比较后知后觉。事情非常简单，在斫琴的时候，我专注其中，深为工作而开心。离开工作台，不再思考关于音色的问题。弹琴时，我只是弹琴。就好比，做饭时，专心做饭；吃饭时，好好吃饭。

这十年我通过这两件事情来打磨自己的生命，我选择了一种特别棒的工作和生活方式，我知道我的生命会与琴一直交织在一起。

习

琴

远　游

出　离

2020 年初我在印度，两段旅程的间隙在班加罗尔停留了几天。酒店房间的阳台外是几棵笔直的棕榈树。那几天我没有出门，除了吃饭的时间，每天就坐在阳台上看书，偶尔听音乐。

摘掉耳机，街道上的声音传来。嘈杂的车流和人声作背幕，缀着几句印度旋律，像纱丽上面闪烁的塑料亮片。

我突然想听一首印度歌曲，是已故琴家成公亮先生拷给我的。不安于传统的成先生创作过一首印度风格的琴曲，主题就化自这首歌，一部印度老电影的主题曲。一个男人唱着爱而不得的幽怨，缓悠悠的曲调来来回回，拖出一条温热的线。这样来自异域的忧伤旋律被成先生安放到古琴里，居然匀称妥帖。

成先生同时给我的还有上百首宝莱坞歌曲，他平时就把这些音乐放到一个随身的播放器里随机播放，就是跳广场舞的老人们用的那种播放器。

有次我们在一个农家乐吃着西瓜，那个播放器随机放到这首歌，他说："听，《沉思的旋律》。"

《沉思的旋律》，就是那首印度风格的古琴曲。

第一次见成先生，是我对古琴热情最盛之时。那时他在安吉的山上避暑，晚上在成先生房间里，听他拉拉杂杂聊了许多关于风筝、旅行的琐事。我想把话题转到古琴上。他突然说："说出来大家不信，我对古琴已经没有兴趣了。"我错愕之余，他就咯咯地笑起来。

那时我不太明白他为什么会对古琴没有兴趣，也不了解他说的"没有兴趣"只是针对缺乏创造性的重复演奏而言。

我不理解一些弹了很多年琴的人为什么会突然不弹了，成先生为什么不继续练琴、打谱、研究琴学？彼时我正乐此不疲。而去年此时的我，也已有五年时间没怎么弹过琴了。我无法理解的事情又变成为什么有人可以一直做着重复的事情。

我是怎样对古琴失去兴趣的呢？

2014 年，我搬到一个新住处。有天夜里正在弹琴，突然有人来敲门。开门看见是保安，他身后是一对三十五六岁的夫妻，说是楼下的邻居。保安问我是否在弹琴，我尚未回答，女邻居抢过话头，说每天晚上都会听到声音传来。

在我搬入之前，这间公寓一直是空房，由于我的作息不太会与邻居有交集，她并不知道我这个新邻居的存在。我的琴声成了无源之声，她开始以为自己幻听。但她跟男邻居说起，男邻居说也听到了这个声音。他们排查了几天，把所有的邻居都排除后，终于在保安的帮助下，找到了我这个隐藏的新邻居。

女邻居说她患有神经衰弱，深夜的琴声让她几乎崩溃，她用一种几乎崩溃的语气说出，以示她所言不虚。她的丈夫则是忧心忡忡，说担忧琴声干扰到他们儿子的功课。他们提出能不能在晚上八点以后都不要弹琴？面对这个小心翼翼的三口之家，我也不忍力争。我只喜欢夜间练琴的习惯就这样被打破了。

后来一段时间我尝试清晨练琴，于是敲门声又响起。是位老先生。我对他有些印象，在楼道碰到过几次，住在楼下那对夫妻的对门。从单元楼下经过时会看到他家书房，书架顶端放着大卫的石膏像，偶尔会有拉小提琴的声音从房里传出，我想他对练琴应该会理解。但他说自己患有心脏病，早上需要多休息。还说大清早被琴声吵醒，心率血压都升高了，出去散步一圈还是焦心，一边说一边轻拍胸口。

那阵子我练的刚好是《广陵散》，主题是关于刺杀的，明代的宋濂说这首曲子"愤怒躁急"，心脏病人确须慎听。

总之，早晚都不能弹琴了。这理应是种重大的失落，可我似乎也没觉得有什么缺失，反而是个很自然的结果。

好像心里暗自做了某项决定，连自己也不甚清晰，只等一个外部事件来充作客观理由，让它可以明朗化，以对自己有所交代。

我想最主要的原因是，我那时开始对古琴产生了一些逆反。

我有点厌倦日复一日的练习。跟任何乐器一样，古琴需要高强度的训练，这种训练在业余状态中很难达到。它需要每天坐在琴前数个小时，研究这个乐器跟自己身体的关系，获得一种心与手的同一，自身和这件乐器的同一。为了让自己成为一个训练有素的人，需要在一个狭小的范围里做到极端的熟练。但达到这种状态后，操琴者容易变得老练而充满习性，变得不知这个狭小世界之外为何。这时候需要练熟还生，由精返粗。

我开始理解为什么成先生说他对古琴没兴趣了。

那时我差不多完成了基础的训练，得到了老师的认可，再进一步，似乎看到未来有一条怎样的路径等我踏入，进入职业圈子，教学、演奏；或者维持我当时的状态，保持一种看似清高独立之态。但对我而言，那样的生活依然像一场模仿秀，哪怕模仿的只是某个阶段的自己。我对两者都缺乏兴趣。我知道我依然热爱古琴，但我想清零，再回到零度的古琴。音乐也好艺术也好，只是从自身出发，再抵达自身，过程中所有的参考点，都只是地图。在古琴这样的传统艺术当中，很多人用地图代替旅行本身，而忽略掉我们的真实经验。

我们跟经验的关系是：我们是经验的产物，要接纳它；另一方面要避免重复经验的游戏。在艺术中就是，一方面我们要清点我们拥有的所有东西，我是指一切的生命经验和与之相接的外部环境，而不只是你所学习的被称为传统或专业的那部分；另一方面我们要开始与它斗智斗勇，不要滑落在里面。这就是一种自我训练的开端。在精熟于一个传统之后，真正的训练才刚刚开始。

我还不知道如何处理这点，我想到的是先逃开。

五年前在成先生的尾七，我把一些朋友邀请到家里来，给他们弹了成先生所有的曲子，创作的、打谱的，当然也包括这首《沉思的旋律》。来的朋友里有在印度旅行多年的比利时朋友菲利普。吃饭时，有朋友说你不是要练英语吗，跟他说英语啊。我一字一顿地说：下次我们一起旅行吧！菲利普说：当然，印度。

菲利普没有去印度，但我去了，我想出离高山流水的世界。

印　度

班加罗尔不算很热，在普遍炎热潮湿的南印度，算是挺舒服的，像春末或初秋的杭州。我凭着记忆加上网络搜索，终于还原了那个歌手的名字，他在印度很有名。我在网上试听了那位歌手的近百首歌曲，每首听个开头，遗憾的是他的曲量实在太大，最终也没找到我想听的那首歌。于是就在南印度温暖的气息里听了《沉思的旋律》，由成公亮先生创作并演奏的古琴曲。

这是我第三次印度之旅。

我对印度的兴趣是从音乐来的，而对印度音乐的兴趣是成先生引介的，他像是我的印度使者。

成先生除了给我拷过那百来首印度歌曲外，还给过我几张刻录的 CD，有拉维·香卡、用印度笛子 Bansuri（班苏里）伴奏的日神颂歌，还有印度电子乐。之前我只知道拉维·香卡是乔治·哈里森的老师，看过一段他在蒙特利音乐节上的演奏的视频。那是拉维·香卡第一次参加摇滚音乐节，他为自己要在露天场合为一群衣冠不整、躺在草坪上醉生梦死的嬉皮士男女演奏感到郁闷。要知道古典拉格在印度的演奏场合和时间都是有严格要求的。有的拉格属于日落时分，有的拉格属于深夜，而有时候拉格会通宵演奏到第二天日出。它们对应着不同的情绪与状态。

那时我搜罗各种音乐的兴趣刚刚被开启。有次我看到约翰·凯奇向他的印度学生请教什么是印度音乐的精神，学生回答说："虚静自己，聆听宇宙的回声。"我对印度音乐全部的理论认识就只有这么一句话。这很容易让人想到那种令人昏昏欲睡的冥想音乐，但其实印度音乐具有非常复杂的界面，它的节奏模式、技巧和乐曲展开的方式都是其他东方音乐难以比拟的。六七十年代，印度音乐向西方广泛渗透，无论是爵士、自由即兴、摇滚，还是在学院派作曲中。例如后来我开始对极简主义的作曲家感兴趣，他们受印度音乐的影响极大，也在印度做过广泛的旅行和学习。极简主义的始祖拉蒙特·扬简直成了一个精神上的印度人。

相对大部分琴人来说，我的音乐兴趣比较广泛，现实感也过于强烈。我喜欢一切当代的东西，也喜欢异域。琴有一个面向，是"不在此处"。它带人飞越现实与意象，神游千古。琴的音色具有暗示性，它向我们提示另外一个世界。当清泠悠远的琴声传来，我们的精神随之驰骛。琴像舟乘和马，而声音本来就是带人前往另外一个世界之物。我承认我沉迷于此，而我同样关切的是音乐与我此刻生活的关联。

我想知道，例如，在今天去弹一首明代的琴曲，它除了让我愉悦以外，还有什么意义？这像远游，让我暂离此时此地，抵达一个诗意的空间。但我总要回到真实的生活情景中，一种真诚的音乐应该要与我的经验、环境相关联，我弹琴时需要对我的经验作出回应，而不是躲进一个理想情景中。当我穿越一片田野回到郊区安静的小区时，我路上会听古琴。十年来，这片田野在变化，当它变成一片工地时，就唤起我另外一种感受，那是另外一种诗意。说来奇怪，穿过一片工地时，我会像穿过田野那样，打开我的细胞，去感受那一切。这是我有阵子痴迷约翰·凯奇的理论、听噪音的原因，这是种本能。但我有另外一种本能，是作为抒情动物、音乐上的享乐主义者的本能。我想看看别的音乐传统是什么样的，所以我的现实感又莫名其妙地以一种物理上的远游作为开端。

总之我去了维摩诘的故乡。我先是去印度待了两个月，跑遍了沿途城市的唱片店，在旅行包里塞了 80 多张唱片背回来。有点像我最密集练琴的那阵子，我跑遍杭州的唱片店搜罗古琴 CD，一些在网上已经绝迹的唱片，我指望在实体店生灰的角落里仍有被遗忘的库存。像这样用双腿来搜寻音乐的时光多么美好啊。

后来陆续去了几次，我在印度和尼泊尔总共待了半年多。加上在其他地方旅行的时间，这些在外的时间我都无法练琴，我一下子走远了，不只是物理上，也是情感上。

我想起那次我试图把话题转到古琴上而说的话，我问成先生的是："您旅行时会带上琴吗？"

声　音

成先生的那个叫"《沉思的旋律》创作素材"的文件夹里有一首"恰瓦里"，一种苏菲派的圣歌，流传于印度与巴基斯坦。我初听，身体就像被声音托举起来盘旋，音乐无始无终，人也像长久旋在半空，不住地头晕目眩。这种音乐像古琴的反义词。

2016 年第一次去印度时就特地去拉贾斯坦的一个苏菲派圣地待了三天，每日在那儿听恰瓦里。

阿杰梅尔有很多恰瓦里的演唱队，用印度风琴和手鼓伴奏，其他歌者一边合唱一边拍手相和。他们每天在圣陵里唱歌，或者在街边卖唱，人们以供养而非布施的心态向他们施予金钱，他们便以此为生。我想录下一些恰瓦里的音乐，但此地曾经遭受过恐怖袭击，我带了一个 TASCAM 录音机，它黑乎乎的，像砖块那么大，安检人员不能确认它是否真的只是录音机，拒绝我带进圣陵。

我就把录音机带着，四处看看。在一个湖边，有几座古旧的伊斯兰风格的大理石亭子，一个头发卷曲油亮、半长、面形俊爽、黝黑的年轻人与他的同伴在那里唱歌。他们赤脚盘腿坐在光滑的大理石地面上，没有用风琴，只用了一面手鼓。左手持鼓，右手有时是指背有时是用手指的骨节快速变换着弹敲，手指快得像在弹钢琴，其他人拍手相和。那位头发卷曲油亮的年轻人是领唱，他的轮廓有古希腊人的雕塑感。天气炎热，他依然穿着长袖白衬衫，并搭配了一条橙色围巾，给他刀刻般的黑脸添了一些温柔。我录下了他们的演唱，他后来给我写下他的名字，叫维杰。

维杰的声音有点尖细、有点干，但很有力量，他以感染力而不是音色引领其他歌手。他在其他歌手重复合唱时加入一些类似赞颂性的高音旋律，蹦出来一下，再回到众人中去；有时是他唱出一段旋律，其他人再合唱重复一遍，一点点叠加，但无论怎样，他们都会继续回到前面那个无休无止的合唱，那一浪又一浪的高潮。

一些游湖的居民、几个浪荡苏菲在那儿听。人们把十块的卢比放到他们面前，有时递到维杰手里，他就会拿钱碰一下自己的额头，以示尊敬，再放到面前的钱堆里。他有时也从自己的口袋里掏出十卢比放到公共的钱堆里。

他们一直唱着，人们来来去去。后来一个印度教苦行僧也加入进来，头部跟着节拍摆动。在音乐声里，太阳慢慢沉入湖岸边的山脉里，大理石地板变得冰凉。夜黑人散后，他们依然在那儿唱着。他们是真喜欢唱，而不是表演。

第二天我又到那个圣陵去，有几位苏菲派高僧从圣陵里朝拜了出来，穿着旧旧的明黄色长袍。油黑的污迹铺满了袍子，下摆磨得油亮，在明黄色的映衬下显得尤其脏。他们地位应该非常崇高，一露面就被人们簇护着。他们停留在几位歌者前面，歌队唱着恰瓦里，内容应该是赞颂陵墓里那位把苏菲派从波斯带到印度的圣人。人们把金钱供奉给几位高僧，每一卢比到他们的手中，就被他们扔到歌者的面前。远处有妇女因为某种宗教体验而颤抖不已，几个妇人扶持着她的腰背，握住她那只长长伸出的，像西斯廷天顶壁画里亚当那样前伸、战栗的手臂。

在那个地方，我第一次见到那么多苏菲，穿着怡红快绿的各色衣服，有的披头散发，有的戴着几个世纪都未变的高帽，有的每个手指都戴满戒指，有一个绿袍长髯、包着绿色头巾的苏菲甚至还在腰间佩了一把剑。我像来到了《一千零一夜》里的世界，这与我在录音中听到恰瓦里，是两种不同的感受。

我沉浸在这个苏菲和恰瓦里的世界里，有当地人问我"你是穆斯林吗"，我说不是，他说"那你怎么会在这里"，我该怎么解释？我跑那么远到这个将苏菲派从波斯传到印度的圣人的陵墓前坐三天，却是因为一首古琴曲？

被归为极简主义作曲家的菲利普·格拉斯在他的自传里写到他 20 世纪 60 年代初到印度的经历，那时他已经跟随拉维·香卡学习过了。60 年代一部分作曲家在约翰·凯奇的影响下成长起来，与高度概念化的凯奇相比，身处嬉皮士时代的他们走了另外一条路。学院与地下文化合流，他们先受摇滚、自由爵士的影响，然后开始留意非西方文化，到印度、巴厘岛深入学习，尽管他们彼此风格各异，但外界以极简主义作为他们的标签。

作为作曲家的菲利普·格拉斯所关心的当然是音乐，和所有那个年代前往印度的人一样，他从土耳其出发，搭便车走向古老东方。他带一个半导体收音机，沿途收听当地的音乐，地理坐标缓慢东移，所听到的当地电台也在缓慢变化。车子每往前移动 100 公里就会有一种风格上的变化，这种听音乐的方式浪漫极了。在他的旅途终点，在西里古里火车站，一个藏族青年用一幅唐卡交换了那个已经快报废的收音机。

我们现在的快速旅行很难感受到这种缓慢移动带来的变化了。我在印度旅行时，刻意用一种缓慢的方式进行，有时坐火车，火车规律的噪音和车厢里永不可止的喧闹声像极简电子乐配上具象音乐的采样；有时坐当地的巴士，200公里要开十个小时。坐在跟几十年前一模一样的巴士上（兴许那车真的已经开了有几十年），在尘土飞扬的印度村落间行驶，车上放着的印度歌曲与路旁的声音贴身而过，像一个金色的梦境。

旅行的时候要打开耳朵。火车站里人们的交谈、菩提迦耶佛教徒的唱诵、恒河边的普迦、街角神庙里的铃声，还有公共空间里播放的歌舞音乐。街上汽车的喇叭声有的带有拐弯，有的则是一段短旋律……瓦拉纳希有一个屋顶世界，那是少年、风筝和声音组成的。恒河边太超验，在街巷容易身陷逼仄压抑，在屋顶可以看到整个生活。清晨是印度教徒的铃声，而傍晚是唤拜声，巷子里的嘈杂声响、为着各种理由而随处发生的歌舞狂欢、乌鸦的叫声、虫子的叫声、猴子爬来爬去的声音、人们驱赶猴子的声音、风筝失去平衡时被风吹得噼啪作响、少年们交流风筝技巧的声音……在傍晚宣礼塔的唤拜声后，有人在顶楼做饭，妻子一边做饭一边与家人交谈，很安静。屋顶上猴子专注于偷东西，少年则专注于风筝，所有的声音传到屋顶就只是声音，而不是意义。那些声音、气味跟颜色全交织在一起，渗透进我的身体，无法拒绝也挥之不去。

第一次去印度时带了成先生拷给我的那些音乐，放到iPod里，打算一路聆听。到了之后发现此举纯属多余，那儿遍地都是音乐，根本不需要戴着耳机听。在印度没有一种可被称为音乐的主体，音乐随时发生。我带着录音机，想要录一些印度音乐，但印度的声音比音乐更有意思。我坐在特蕾莎修女的墓室里，这是闹市中的一间屋子。在那个纯净的地方，一墙之隔却是无尽的喧嚣嘈杂。车流声、叫卖声、吵架声不绝于耳，那间屋子被噪音包围着，但里面的气氛却很安静。身边是几个同样安静的西方人和当地人。打开录音机。端坐在那里和回听录音，是一种很有意思的对比，得到的是两种截然不同的体验，听觉和体感是分离的，在我们听大部分音乐时其实也是这样。这是一种主动的聆听。而我们的被动聆听从在子宫里时就开始了，我们听到的所有声音，舞厅里的靡靡之音、音乐课、方言、街边的滥俗流行乐……都进入了我们的基因。

经　验

我在写一本关于古琴的书，却在这里回忆印度。我是想回顾一下音乐是以什么样的方式作用于我。它像水一样浸泡我们的身体，留下一些发皱的皮肤，音乐是水，而不是那些发皱的皮肤。古琴留下了很多文献，许多都是在讨论那被泡过的皮肤，我们查阅这些文献以了解琴为何物，但体验古琴的方式其实很简单，跳下水去。

我以异域为本章的引子，西谚说"过去即异域"（The past is a foreign country），过去的时间就如同一个空间上的异域。我们可以在空间上旅行，却无法穿行时间，我们对过去的认识完全是想象，这点比感受一个异域更加困难。弹琴、驻足在山水画前、看一个废墟或者一片山川，过去的气息留驻在那儿，我们体验过去，也只是体验当下对过去的怀念。有一部分的美属于时间，有一部分美超越时间。时间有时以空间的状态存在，或者是我们以空间的方式对待时间，这个时候我们可以走进它，感知它。古琴流传到今天，它有两种身份，一种是博物馆化的对象，时间中遗留下的东西，以琴这个概念被保存下来，我们对待它的态度也只是继续保存；另一种态度是所有的文化传统，只要还在流传，它们就都是当代文化。

曾经有朋友跟我说《沉思的旋律》这首曲子很好听，但如果能换个名字就好了，这个曲名太不像琴曲。我想他的意思是太没有古意。设想在一个雅集上，一报出这样的曲名就会让人觉得尴尬；哪怕作为一个现代曲名它也显得有些尴尬，这显然也不像一个21世纪创作的严肃音乐的曲名。就像作曲家成先生本人一样，他身上是一种苏联式教育、江南文人和19世纪浪漫主义的叠加，有着深深的错时感。在保守派里显得现代，而在前卫的人眼里又过于陈旧，像个没见过世面的遗老。

成先生其实与德国先锋作曲家斯托克豪森有过接触，但他明确表示自己不喜欢先锋派，他坚持以旋律作为自己创作和演奏的重点；作为一个琴家，他的风格又有点不符合传统对琴人身份的期待。在古琴实践中，即兴、作曲、改编，他都尝试过，虽然他早期对传统曲目的演奏和打谱已经完全证明了他是毫无疑问的大师，他的指法和音色的根基也深深根植于广陵派的传统，但他不是那种在传统的曲目和美学中追求化境的大师。他有点像个孩童，只是在上面探索自己感兴趣的东西，不停地往边界走，但是如果没兴趣又退回来，因为他也并不在意"探索"。他在意的只是弹出最接近自己内心的声音，全不在乎琴史及文化上的坐标，不像那些坐在古琴面前就在想自己应该用哪种姿态和表情来弹琴的琴家那样。他对某些抽象观念也缺乏兴趣，对他来讲，旋律美是极端重要的，也因此，他无法超越浪漫主义。"沉思的旋律"这个标题就像一种过时的浪漫，但这就是他。

我觉得《沉思的旋律》跟《流水》《梅花三弄》这些曲子是一样的，它就是一首古琴曲而已，而不是用古琴来演奏某种异域风格的乐曲。这首曲子是从古琴的内部长出来的，它用古琴的母语写成。我把成先生创作琴曲看成古琴传统的延伸，而不是什么创新。

成先生说过他就是想取一个不像古琴曲的曲名，这不仅仅是他的叛逆，也来自他的深思。他写过一篇文章叫《为

〈沉思的旋律〉标题作解》，收录在《秋籁居琴话》当中，这肯定是历史上最长的一篇题解。我谈到"历史上"，因为弹古琴的人特别喜欢谈论历史，似乎跟历史无关的东西就缺少了一种合法性。对这首曲子标题不适应的人，其不适应也是建立于某种历史上的坐标吧。古琴这种乐器，一向是要与古人形成互文，虽然我们讲琴为心声，这种心声依然要建立在一种文化共识之上，建立于一套既定的艺术批评和艺术史的话语体系中，引发人们产生一种关于特定文化的特定想象。

我想到我最早听到这首曲子时的感受，跟那位朋友相比好不了多少，起码他觉得好听，而我几乎是拒绝去听。我当时无法想象此后会与这位琴家发生交集。后来我开始认真系统地聆听成先生的曲子时，内心总是有种惭愧。我想到有次在一个朋友家，她把成先生的唱片放给我听，应该是《良宵引》。我只听了两耳朵就说赶紧换掉，在场的人都觉得我太过失礼了。那时候我觉得古琴应该是管平湖、刘少椿那样的，情感隐于指下，而美学态度保守。成先生这么浓郁而直接地表达情感让我很不适应，他在冲撞我的理性，出于安全感，我表示了拒绝。

为什么会这样？在我有机会修正自己以后，我意识到了自己的成见是有多深。我们总会认为古琴应该是某个特定的样子，可谁在定义古琴？又是谁在弹琴？在一番深入学习之后，我才意识到自己之前的浅薄。成先生为我开启了一个立体的古琴世界，让深陷于文本与符号中的我得以回到由真实的音色所构筑的那个世界。虽然我依然对成先生风格中对于旋律与音色的偏重持保留态度，而他则说我弹琴太理性。这是我们的性情和审美经验的差异所造成的。我可以复制他的弹法，但无法复制他的经验，这是不诚实的。在现在的古琴界里，有多少诚实的声音呢？在听到很多自命不凡的见解和装腔作势的演奏时，我总会想到原来的自己。

有一点变得清晰，就是我不可能置身事外，我不能排除我的感受、我的经历、我的个人视角。每一个弹琴的人，要消化的都不是琴史，而是他自身的生命史。我得承认我并不是那种把全部生命都投入到一件事情上的琴痴，但到目前为止，我的生命跟古琴交织在一起，把自身与琴分开是硬生生而徒劳无功的事情。我要正视它与我的互相作用。这并不关乎精神与人格的养成，而仅仅是一种感性经验。在这个经验世界中，琴不是一个对象，而是嵌进了我的生活乃至生命，这是一个不煽情的中性描述。然后我突然意识到感性体验已经变成人们与琴亲近时最难以正视的一个部分。

我的古琴经验，如同在那个苏菲派圣地，以及在印度无数个街头、车站、屋顶的声音经验，让我知道了应该如何去聆听。它不应该跟情景剥离。音乐是我们感性世界中幽微而又显著的部分，它不可见，如果你聆听，它无处不在。

幽　忧

忧

我记得我是怎样开始大量练琴的。那是 2012 年春天，一个具体的时刻，在一次朋友聚会中。

我刚搬到杭州郊区一个安静的小区。此地和市区隔着一大片田野，只有三分之一的房子有人入住，其余都是空置的毛坯房。我租下其中的一套，一半斫琴一半居住。

朋友们来看我。那是个明晃晃的阳春日，日光轻溜铺下来，结束了持续两个月的冬日苦雨。人像发霉的植物一样在太阳下蒸发水汽、软化关节。

总之是赏心乐事的一天。

晚上我们吃了川菜，那时我还保持家乡的饮食习惯，喜欢重油重辣。吃完饭我们散步回我的新居，灯光较暗，屋子里空空荡荡，如果说话声音大些都会荡起嗡嗡的回声。客厅中间摆了一张沙发，斫琴用的老杉木在沙发前码起来当作茶几，四周除琴与书外别无长物。

大约有七八个朋友，他们先进屋坐定后，我把门带上，最后一个进去。才走到他们的前方，还没坐下，看着他们，突然有种感觉，好像我并不在这里。这不是修辞，而是生理上的感受。我看着他们，像看着一个电影里的场景。这个场景与我没有物理关联，我像个画外人，他们只是投射在我面前，不仅仅是他们，还有所有东西。

也许这更接近真实。想想，我们的生活就是在看一场电影，所有的感官配合起来创造了那些画面和声音。

我突然感到心脏咚咚咚地跳，肌肉紧张，虚汗浃背。这么实在的感受，反映出的是心里空空洞洞。回溯过去，这种经验从来没有发生过。

空和虚无是两回事。空能容纳万物，而虚无只是飘飞无主的空气。我很清楚我感受到的是后者。

除了心跳之外，别的事物都变得很虚无，但心跳却很真实，虚无感也很真实。我刺激一下自己，想让我对当下有所反应，于是这种感觉更加强烈。在当天，或者再往前推几天，都没有什么线索可以追溯这是如何发生的。就突然间，一下子整个人从场景当中抽离了出去，周围的环境和人都与我无关了。我不知道发生了什么，我想把心拽回来，却找不到心在何处。

我似乎在突然间对所有事物都失去了热情和反应，我还在那儿站着，面对着朋友们。时间也许没过多久，还不够他们察觉到我出了问题。但我觉得很久了，身体也变得麻木。我想唤醒它，唯一能想到的事情就只有弹琴，于是我走到琴的前面，坐下，弹了《渔樵问答》。

《渔樵问答》是一首安闲中隐含激烈的曲子，前半曲闲寂恬淡，乐曲的三分之二处开始一段激越的快板。先是一个"拂"的指法，就是用食指从低音到高音像拂尘一般快速扫过七条弦，是一个快速上行的五声音阶，但听起来只是"哗"的一声，落到高八度的"嗦"上面，接着是一段活蹦乱跳的高音旋律，再用"泼刺"指法弹八度双声。

古琴没有和声，凡是用到双声的时候，都是在强调力度和空间。这一段由于指法和旋律的提示，通常会弹得比较激越。一些当代琴家，例如成公亮、吴文光等先生，都会在这里突然变速。这个版本来源于吴景略[13]先生，就像他打谱的《潇湘水云》一样，他对这首曲子进行了创造性的打谱。也有人讥讽这不是"渔樵问答"，而是"渔樵吵架"。他们会选择把所有的曲子都弹得安闲平淡，一个音拖很长，触弦很轻，从头到尾保持同样的速度和力度。

有的人把琴当作一座声音的圣殿，弹琴要谨慎端严，不可造次。根据西汉的一个经学会议为琴下的考语，"琴者，禁也"，一切具有表现性和抒情倾向的演奏都是原罪。

但对我来说，听琴弹琴，人味儿最重要。

按我的理解，琴一直都包含了一种感性张力，只是或隐或显。好比"操"与"畅"这两种琴曲的类型，"操"的意涵是"遇其道闭塞忧愁而作者，命其曲曰操"，而"畅"则是"有所通达而用事，则著之于琴，以抒其意"（《风俗通义》），王粲《七哀诗》云："丝桐感人情，为我发悲音。"音乐可感通情志，激荡血脉，而琴人又多属耿介狂狷之徒，后代琴人大都偏好操体，所以传蔡邕所作的琴曲题解目录集即以"琴操"为名，"操"已然成了琴曲的代名，而以"畅"为名的曲子在琴谱中则少见。古人也如今天的大多数平凡人，总是操心的时候多于舒畅的时候。

早期琴史从不回避琴曲中的表现性，音乐语言更是琴的根本。只是在这里要区别表现与表演，两者一墙之隔、差之千里。可即便表演又何妨，音乐本来就是表演艺术。

我忘了那天我是怎么弹的《渔樵问答》，是恬淡的，还是激烈的？但弹完后依然感到不安。我去凿了凿做到一半的琴胚，临时抱佛脚读《金刚经》，那晚才勉强睡下。

第二天醒来仍不好受，我去挂了心理和中医门诊。陪同的朋友把我带到浙大校园，让另一个朋友陪伴我，听说吃香蕉有助于抗抑，我坐在草坪上晒着太阳狂吃香蕉。第二个朋友再把我带到西湖边，等另一个朋友接手把我带去梅家坞，一整天我被朋友们这样传递着。

在后来很长的时间里，那种感觉一直徘徊不去，伴之过快的心率。而且只要我阅读，情况就会加重。在那之前，我与文本为伴，虚构比真实更让我感兴趣。我仿佛一直生活在虚构中，一种很复杂又具体的虚构，喜欢古琴也是一种虚构，我弹琴做琴，但却始终没有跟真实的古琴去连接。

至今我也不明白当时发生了什么，如同欧阳修提到过的那个模糊的词：幽忧之疾。谁也不知道那是什么，只是让你觉得不对劲。

这种感觉像是看到一个巨大的空洞，每感到要往那个洞口下坠时，身心就激烈地想要反抗。每个人的心底都有这么个空洞吧，只是我们用各种事物来填塞它，或者在上面盖些东西，仿佛它是可以被充实或者是不存在的。直到有天我们直视它。就像梦到坠落时，不再被吓醒，而是敢掉到底部去看看到底会发生什么，最后发现，什么也没有。不会被摔死，洞也确实不存在。那只是个梦。让人不适的只是那个下坠的感觉，以及恐惧。

那是在四月，暖风流过树木间，带着野蛮生涩的气息，吹出细嫩的芽。艾略特写道，"四月是最残忍的季节"，正是那种生发与蜕变的残酷。

心

"我感觉得了抑郁症。"我走进那个心理门诊。

"你怎么知道得了抑郁症？"医生是个山东口音的中

老年男人。前面的病人还在诊室，他转头继续跟她说话。一个神色如常的少妇，从他们的谈话里得知她患了精神分裂症，在恢复阶段，她说已经开始上班，医生交代了几句，她离开了。

我把昨天发生的状况跟医生说明，包括这时，我的心还在毫无着落地快速跳着，情绪莫名低落，对什么也没有兴趣。我觉得这应该就是抑郁症。由于事发突然，我更准确地自我诊断为"急性抑郁症"。

医生没有就我的自我诊断发表看法，也没有给我倒一杯温开水然后聊童年，他什么也没说，只是让我去交费，取一份心理量表。

退出诊室，走廊尽头是一扇封闭的窗户，对着住院部耸立的大楼。左边是诊室，靠右的墙边是一排候诊的椅子。昨晚留下照顾我的朋友把我带到这里，靠在这个椅子上，在那个量表上画下一些钩钩叉叉，作为医生判断我的精神健康的依据。

我看了一会儿过道里候诊的人们。一个年轻人在过道上来回快速地走动，好像慌张的内心想要冲出身体，身体被心推着拽着，只好无奈地成为它的盟友，一起来来回回冲撞空气。大部分人像考试一样蜷着后背，伏在膝盖上填写心理量表。"看来你在这里面还算是好的。"朋友说。

偷看了一下别人的量表，如果我也跟着填写了，应该是会被诊断为抑郁症的。但我离开了心理门诊，我决定不要让一份网上随处都是的心理测试题来判断我的身心健康程度。特别是网上免费的量表，这里要十多块钱一份，我觉得很不划算。

我改到胡庆余堂开了点中药，有玫瑰花，还有些别的什么。临走前医生跟我说："放轻松点，不要对自己要求那么高。"我对自己要求很高吗？我只是不喜欢勉强模糊的状态，凡事如果没有尽我最顽固的努力，就觉得浑身难受。这种自我要求只有在谋生的事情上是例外的。

喝了一周药。不知功劳该安在时间还是药的头上，心率算是稍微平稳了些，但余下的症候如故。

于是我给自己开药，弹琴。

有史为鉴，欧阳修说："予尝有幽忧之疾，退而闲居，不能治也。既而学琴于友人孙道滋，受宫声数引，久而乐之，不知其疾之在体也。"不知欧阳修的"幽忧之疾"在现代可算什么，想是有些接近抑郁症的。

早在汉代傅毅的《琴赋》中就已称弹琴可"尽声变之奥妙，抒心志之郁滞"。倘若古人不欺我，那总算有点希望在前。

另外一个理论支持，是也许我有预感，在那之前我刚好买下许多禅宗方面的书籍。它们让我相信人本自具有的明觉和惊人力量，这一切都是心在玩的一场把戏。如果没有这番遭遇，我可能还不会相信这一点。这时我确信无疑。

身体是心的一个界面，我没法直接训练心，但可以训练身体。弹琴既是一种身体练习，又直接以声音作用到人的情感。你躲不开声音，而声音变成音乐的时候它就开始牵引你。也许听琴或是单纯的身体练习都可以改善我们的精神状态，但似乎不够完整；弹琴则是包含了两者，而且不是简单的包含，是把两者变成同一个事物。我庆幸是古琴，也许别的乐器很难做到。

身

我已经自学了十来首曲子，从入门曲到《流水》之类的。我应该有一些天赋，几乎没有音准上的问题，一首曲子听过几遍，再对对谱，就能在琴上摸出来，所以我也从来不用听琴来校准学习中的问题。当然我也从没有走访请教过琴人，现场看人弹琴的经验也只几次而已。虽然学起琴来比大部分人要容易得多，但运指细节、指法的精微我始终摸不着头脑。

有时我在弹琴时会突然深吸一口气，"咝"的一声，脚尖踮着，一口凉气吸进喉咙里，上不着头下不着地。有时嘴里包着一口气，牙关紧锁，甚至眉头也紧锁。用传统的说法这个该叫"调息不匀"了。同时我脚掌没有支撑。庄子说真人的呼吸至踵，这超出了我的理解范畴。不过弹琴时如果不够松弛，气息不沉，脚跟就是不贴地的。近代琴家杨时百在《琴学丛书》中说他的老师黄勉之[14]弹琴特重姿势，两脚呈丁字型。他还说过："琴音远而声长，无柱隔阂，与弹者呼吸息息相关，是为有益性命。又弹时杂念一动，则指下必乱，非正襟危坐，心平气和，不能终曲。"姿势、气息跟琴声有莫大关系。杨氏有个斋号叫"舞胎仙馆"，来自《黄庭内景经》中的"琴心三叠舞胎仙"，以琴音喻身体和精神状态的统一和谐。他取这个号是由于耽于琴乐，李白有诗"琴心三叠道初成"，他以这个斋号自我安慰：习琴亦可入道，而非玩物丧志。

　　单看我当时弹琴的样子应该不会觉得弹琴是件可以入道之事，也不觉得我弹琴会有多大的欢愉。

　　正好在那个时候，有张琴，于是我就弹琴了。

　　但我想弹琴确实由来已久。那完全无关乎音乐，我只是被那个画面吸引，我喜欢关于它的故事，也喜欢它的声音；更重要的是，对我来说它代表一种生活状态，也许是自由。

　　对那时的我来说，琴还只是一个符号，是一件置于深馆而霉变的东西，并没有实在地落到我的生活中。那时，我也认为过多的装饰音是不当的、琴应该用丝弦、不应该把琴当作乐器，等等。我喜欢琴只是因为那些关于琴的记载，因此它应该符合记载中的样子，而非符合自己的心。

　　这么写有点觉今是而昨非的意思，并不是那样，那时我同样真诚地喜欢琴。而我明白我为什么会喜欢它，并且把它理解为清寂中隐含激烈。为什么会强调那种张力？因为我体内就住着这样的两种反差，像硬币两面，我不太喜欢单一面向的事物。实际上也并不存在那样的事物，只是我们倾向于接受事物的哪一面而已。

　　弹琴时身体很重要，但我不觉得非得有个理想的标准状态，像古书中说的你必须如何如何。可以说一个琴人的身体就是他的风格。我喜欢的琴家有几位是特不重姿势的，但他们弹琴时的身体姿态与动作，有一种统一性，人在统一的时候就会有种真诚的状态，好比佛家说的"真实语"，语言若是本于真实，也会具有咒语般的力量。在音乐中，真诚的声音也具有同样的力量。什么样的动作即会有什么样的声音，而这个声音又必来自内心最真实的感受。

　　这个问题真正关乎的只是自身的完整性。灵和肉、道和器，它们本身就是一种本体的关联，它们就是彼此，我后来学琴的经验慢慢让我明白这一点。在琴上，物理层面和精神的统一协调，琴器、技术、音色与美学、思维，这些都是琴道中完整的一部分。我天生有种对形而下漠不关心的恶习，殊不知技与道从来不是二分的，我白读了庄子。

　　琴的音乐性是其文化属性和琴道的根基。在大部分人那里，这二者是分裂的。对于当时的我也是如此。古琴是一个模糊的意象，它唤起我对遥远过去、对诗意空间的想象。而在听觉层面上，或者说身体上，琴还没有真正打动我。

　　我只是坐在一间堆满书的屋子里，昼伏夜出地看书，脑子里装满了概念，自以为是，我受到了报复。

愈

那年夏天开始，每天早上，我起来就开始弹琴。练琴成为我生活中最主要的事情。"假装"喜欢琴么久，琴也真正地从一个概念成为我的经验。下午太阳好的时候，我躺在草地上或湖边晒到身体发烫，回家坐着喝点茶，晚上我依然在弹琴。偶有朋友来看我。其余时间我会弹琴到深夜。

那是我对练琴热情最盛的阶段，有时每天可以弹七八个小时。弹琴的时候，时间过得快极了，一首十分钟的曲子弹一遍，十分钟就过去了，弹十遍是一百分钟。音乐中的时间和物理上的时间交叉在一起，这是音乐的本质，在时间的流逝中去体验另外一种时间。约翰·凯奇的《4分33秒》，演奏者坐在那里什么都不做，沉默，待上4分33秒，一些人说这是行为艺术。这跟行为艺术没关系，这是音乐。凯奇通过《易经》设定了这个4分33秒的长度，为这首曲子设定了音乐最基本的条件：时间。

以研究房中术和写《大唐狄公案》而在广大读者间闻名的汉学家兼荷兰外交官高罗佩[15]，他广泛的学术兴趣中也包括古琴，他不仅研究琴史琴论，也曾拜师学琴。他曾经师从多位名家，像叶诗梦和徐元白，还有九疑派琴家关仲航[16]。他曾悄悄测量关氏的演奏时间，同一首曲子在不同时候弹下来，时长完全一致。如果说北方琴家法度森严，那么南方琴家如吴兆基[17]，出版过众多古琴唱片的雨果唱片公司在为他录音时，同一首曲子演奏几遍挑选最好的版本，结果每遍时长精确到秒数也是完全一致的。这是他们在反复的练习中培养起的心理稳定感。

杭州的夏天四十来度，我在没有空调的房间里，就像古人数黄豆弹琴那样，我拿一些琴轸来计数，弹一遍就从左边的轸子里拿一颗到右边，完了清零重算。我以这样的方式来感受时间，它在指下流动、消逝，留下一些老茧硬皮，时间过得有切实感。

弹琴唤起我对身体的感知。当我坐在琴前，感受不到时间的消逝。手指划过琴弦，有略微的不适感。声音传到耳朵，有时不是很好听，但那是一个完全专注的时刻。有时候会想起别的事情，特别是在熟练之后，但有的时候能够全然地坐在那里，拨琴弦的动作和琴声给我的回应完全融合在一起。起码在身体上，这个时候是完全在与自己相处。它不放任和追逐我的大脑，而如其所是。弹琴最初给我的感受就是这样，它像体育一样，它提醒我关心我的身体。那个夏天我也做些别的事情，有阵子我去跳舞，有阵子去写字，那种感觉都很相似。

我弹得满身大汗，这种身体上的感受把我的心暂时拉回到椅子上，这种简单的体验让人心里很满足，觉得这样的夏天才是夏天啊。

那阵子看禅宗的书，读到一个公案，沩仰宗两位祖师间的。仰山禅师去见沩山禅师，沩山问仰山夏天都做了些什么，仰山说种了一块地，沩山说"子今夏不虚过"；仰山反问沩山，沩山答说"日中一食，夜中一寝"，仰山说"和尚今夏亦不虚过"。这种平淡如实，其实热情洋溢，是一种浓度极高的喜悦与诚挚。

我没日没夜地弹琴。当弹琴成为一种纯粹的身体练习时，它给人一种稳定感，也在增强一种习性，到某个时候需要打破这种练习的惯性。

开始的时候我弹琴跟音乐没有太多关系，我并不怎么听音乐，也不听琴。不仅斫琴对我来说像劳作，连弹琴也像是一种劳作。它无关乎弹琴的音乐结果，只是每天坐在那里，弦调准，然后去弹而已。我用它来拨弄身体上的那根弦，有点走音的不在本位上的那根弦，想想怎么能把它拨正。

后来我慢慢忘掉了身体，到达音乐之中。我弹一些大家都会弹的曲子，像《渔樵问答》《梅花三弄》《流水》《潇湘水云》之类的，相比原来，我的熟练度好了很多，一点点地看谱听录音，似乎我也慢慢有了一些细节。古琴在我的世界里开始变得立体，慢慢成为我身体的一个部分，也治愈了我那莫名其妙的病症。我开始感受到弹琴的那种得心应手，这与弹得好坏没关系，只是关乎自身。弹琴的时候不用去想任何问题，整个精神都可以专注在声音里面，身体由它自身的本能去弹奏，然后感受反馈回来，激发下一个动作，这种循环就在一个片刻里发生。

我也开始听琴了。每次从市区回到我住的地方，路上经过大片的原野，听着琴，想象琴声里的那个世界。有时候觉得另外一个时空重叠到这个空间里。

听着弹着，我慢慢地恢复平常。

过了一个冬天，是元旦，下了雪。与朋友在吴山上，屋子里有一张琴。白天时人来人往，言不及义。有人让我弹琴。那时我正在从头开始学起，许久没弹曲子了，每天都在机械地训练我的指法，像个不问分晓埋头犁地的农夫一样。就推却了。

黄昏，外面正在化雪，光线变得涣散，冷得透彻。屋里没有人，我坐到琴前，开始弹起来。

一首一首的曲子，很好听，那种感觉像是自由。

自　学

茧

大部分学琴的人都容易在学《酒狂》的时候放弃，因为里面的跪指。

这首据传为阮籍所作的琴曲是涉及跪指的最短小的一首。它其实最早在明代初期才出现，《神奇秘谱》的《太古神品》卷收录了它，虽然是一个来自更早期的谱本，但并没有证据说明早在魏晋的时候，阮籍就写过这么一首琴曲。

以阮籍的沉郁，恐未必会作狂曲。不过阮籍既好酒，又善琴，应该不介意有这么一首曲子归到他的名下。

这首曲子经过姚丙炎先生的打谱，成为流传很广的曲子，学琴的几乎人人必弹。

姚先生把这首曲子打谱成三拍子，别开生面，也因为这样齐齐整整又活蹦乱跳的节奏，它有很多改编的器乐版本。在五六十年代的音乐学界，会把打谱理想化地理解为复原，就是根据谱字信息找到琴曲的内在逻辑，还原它的历史面目。纵然知道这是不可能的，但打谱者有这样的愿望，音乐学界也有这样的期待。所以这首曲子被认为是中国早期音乐中存在三拍子的证据，而忽略了这其实是姚先生的创造。后来姚先生打谱的《酒狂》曲谱还被杨荫浏先生收录到他的《中国音乐史稿》当中。

打谱其实只是打谱者的主观努力，它接近的不是历史，而是打谱者的心。

演奏艺术与书法很像，演奏与曲子的关系有点像书法与汉字的关系。弹琴像是按照一定的时间关系，来操弄一根根有弹性的线条。写一个具体的汉字的时候，结构、外形和笔顺几乎是确定的，并不需要去创造一个汉字，或者改变字型，它有空间里的形态，同时在完成的时候有时间顺序。这像弹奏一首既定的琴曲，需要在特定的时间做特定的事情，你的动作是被设计好的，然后按照一个线性的时间过程去完成它。它的结构和形态被确定了，但过程和风格却非常自由。像一趟线路被设定好的旅行，你仍然不知道会经历些什么。古琴的文本给了我们很大的开放性，如果自身也足够开放的话，那会是无数的惊喜。

后来《酒狂》产生了许多的演奏版本，也经过其他琴家的再打谱，但却没有一个演奏版本是我心中的《酒狂》。最接近的应该是刘少椿的《酒狂》，他弹的是姚版，弹得慢慢吞吞跌跌撞撞，像个不怎么喝酒的人偶尔小酌，不胜酒力而反应变慢。

所以这是一个负的《酒狂》，狂者进取，狷者有所不为，这就像狷者的《酒狂》。

我的偏见，无论张狂还是老拙都好过中庸，乃至无论炫技还是甜媚也好过中庸。艺术不可回避倾向性，无倾向也是倾向，所以谈论音乐中的"负"，无论刘少椿还是约翰·凯奇，都是"正的负"。

我每次喝了酒都会把这首曲子弹得颠三倒四，我觉得它其实真不适合作为指法练习曲，因为如果弹得规整则失意趣，而初学却又不宜求奇尚意，就像学字不可从草书入手一样。

现在的普遍情况是，人们学了三四首小曲以后，就会学到《酒狂》，它被当作跪指的开指曲，然后许多人也就在这个阶段放弃学习。传统曲目里确实也没有更合适的曲子来为跪指开蒙。

跪指是把无名指的第一个关节折回来，用关节处来按弦，看上去像个下跪的样子。

我弹跪指的时候没有掌握好要点，加之练习跪指时过于勤奋，左右无名指第一个关节那里长出了一个黄豆大的茧，给我后来弹跪指制造了很大的障碍：我必须小心弯曲第一关节，精准地用那个黄豆大的茧按到琴弦上。由于那个茧太滑硬，稍有不慎就滑开了，这样声音就是闷住的，因为高高的黄豆茧已经抵住琴面，其他位置就无法把弦按实。但越是努力准确地按在那个茧上，那个茧就越被强化，更增加了按弦的困难。

另外一个相似情况是我左手拇指的第一个关节。在需要用拇指连按两根弦时，高音弦总是需要用到第一关节右侧的骨节突出处，那里也是长出一个豆大的茧，弹的时候也是要特别小心。

这么大的茧一旦生成就很难再消退，尤其我又不断加强它。有阵子狂练《梅花三弄》和《龙翔操》的跪指段落，用来提高准确度，但还是没法把这个练好。尤其是练得特别多的时候，那个茧变得又高又硬，越练越容易打滑。

我原来是自学的，没人告诉我应该怎么去规避风险，好像已经走上了一条险路，后退没用，只能继续向前。

梅

2009 年秋天，我住到雁村，正式开始学琴。

从《秋风词》《关山月》练起，到能够弹《梅花三弄》的程度，进度算是不错。但是指法细节都有问题。

那时距我买下第一张琴也已五六年了。后来我换过好几张琴，直到我把最后一张卖掉，决定自己做琴，想做张最好的琴给自己。年少自负，以为上手就能做出好琴，结果琴一直做不出来，几年里落得无琴可弹，到 2009 年我搬到江南时还只是带着一张半成品。唯一会弹的曲子是用之前卖掉的琴自学的半曲《平沙落雁》。

有句话说："半曲《平沙》走天下。"事实上，我还真是如此，但与刘少椿所说的那种状态是两回事。这句话可以有三层意思：一是真正的琴人不需要掌握过多曲目，即便半首曲子，也足以见出演奏的臻妙，你的所有琴学和心灵的经验都可以包藏在半首曲子里；二是说《平沙落雁》一曲的精妙，哪怕只穷其一半，也能受用无穷；第三则是讲完整和完成是两回事，一首曲子哪怕只弹一半，同样可以是完整的。这只是我的理解，理解不代表能做到，那时我只是真的只学了半首曲子而已，而这半首曲子里又有大半忘记了。如果别人让我弹琴，我就只能弹开头那么几个音。

我学《秋风词》时正是秋天，等到《梅花三弄》弹完时正好梅花就开了。

那年春节我是在雁村过的。我记得除夕那晚下了大雪，村子里有几株梅花，我就看看梅花，然后练练这首《梅花三弄》。那时觉得我如果能够弹得更好一点就好了。我的基本功不行，弹起来坑坑洼洼的。

大年初一有个越剧团在村里的祠堂演出，村里老少坐在堂屋里。祠堂高墙合围，中间是天井，堂屋对面是戏台。人们坐在堂屋的靠屋檐处，如果坐得太深了，光线暗视线低，所以坐在屋檐下，呵呵气，搓搓手。雪化了从屋檐上滴下来，对面戏台顶上的积雪也渐渐化开，滴着雪水。台上的演员穿着单衣。中国戏曲比较有意思的是凡事都提醒你这是假的，舞台上摆上一桌二椅，不必再费心造出一个人工世界，因为从一开始就告诉你了，那个世界与你无干。

戏台与堂屋两处屋檐滴下的雪水就像两帘幕布，隔着人和戏。就好像外面的雪景和台上的单衣一样，这个反差把当下的时间隔开。但若说戏与人全不相干又未必，在那阴湿的屋檐下坐着，感到一股深入骨髓的寒气，于是那个情景就刻入骨髓，我们就成了里边的一部分。

古琴也是如此，它与人似乎是相隔的。卢梭说音乐也是模仿的艺术，不过它模仿的是人的情感。大多数琴曲并无意模仿人的情感，但它们最终会成为人的情感。

在雁村的状态非常适宜学琴。

那里靠近大梅山，唐代禅师大梅法常是马祖的弟子，他听马祖说"即心即佛"开悟后，来到大梅山住山隐修，后来马祖派人去勘验他的悟境，跟他说："现在马祖不说即心即佛了，说非心非佛。"大梅说："这老汉总糊弄人，管他非心非佛，我只即心即佛。"来人回去报告后，马祖说："梅子熟了。"

我只读过这一段。多年后才看到后半段。大梅禅师开悟后在大梅山住山三十年，每日仍是刻苦打坐。别人过大梅山问他住了多久，他说"只见四山青又黄"而已。后人谈论公案，以为禅不过是那一两句话，不知里面的工夫。

我那时候总感觉有些过不去的坎，觉得是方法的问题，其实更多是练得太少工夫不够。没有人给我示范正确的方法也是一个原因。但其实只要工夫够了，一有机会了解到正确方法，就能够很快突破。

《梅花三弄》里有好几段都用到了"长锁"指法，是在同一个音位连弹九声。同一个单音在钢琴键盘上敲九下会特别无聊，在古琴里则可以通过控制力度与时值来变化出味道，好像声音被反复掂起来，不让它落地。

有次我当着几个琴友的面弹琴，有人说我的长锁弹得不错，问我是怎么弹的。我完全不知道。直到别人问起，我才关注到这个指法。之前我是听了录音，知道这里要弹出这么多音，按自己的理解弹了九声而已。我只是下意识地在抹挑完了之后加上两个轮指，后来查对琴谱发现我弹的完全是错的。

我弹的是《蕉庵琴谱》的《梅花三弄》，也就是平常所说的广陵派"老梅花"。这个《梅花三弄》的特点在于节奏自由。至于风格的话，同一个师承在不同琴家那里会有不同面目，例如广陵琴家张子谦先生的梅花像初春的梅，作为师弟的刘少椿先生则像寒冬的梅。后来我在一篇回忆刘少椿先生的文章里看到刘先生教"长锁"，准确弹法是：抹挑抹勾抹勾剔抹挑。

我才知道长锁应该这么弹。

法

不弹琴的人可能不明白我在说些什么。

解释一下。所有的指法都依靠除两根小指外的八根手指来完成，右手的四根手指往内外两个方向，分别叫作"擘、托、抹、挑、勾、剔、打、摘"。由它们的组合，又产生无数种套头指法。例如我上面说的九声连弹的"长锁"，如果是五声称"短锁"，三声连弹的是"小锁"，而把连弹的方向反过来则称"背锁"。可如果三声是三个指头轮流往外弹，那就不是"锁"了，而是"轮"。假如只有名、中两个手指轮流往外呢？那就叫"半轮"。这样的指法组

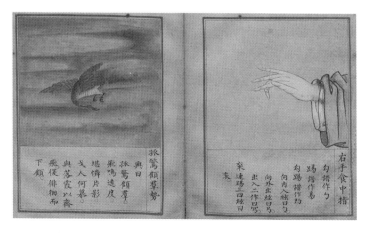

宋代田芝翁撰《太古遗音》，明代精钞彩绘本。藏于台北图书馆。

清代雍正二年（1724年）序刊《五知斋琴谱》。藏于日本国立国会图书馆。

合非常多，全扶、半扶、大间勾、小间勾、搂圆、勾拂历……由文字来描述一首曲子中由指法和琴弦位置构成的空间动作，就是琴谱。

唐代末年，有一个叫曹柔的琴家把文字谱简化为减字谱。就是把文字谱的偏旁拆解开，简化成一个个部首，再把这些模块化的部分组合，就可以在一个方块谱字中传达原本要用到七八个字甚至十多个字的信息。这样的信息在更早的文字谱中要花很大的篇幅来描述，"动越两行，未成一句"。像《幽兰》一曲的字数就跟一部《道德经》差不多了，这对于琴曲的传习是很大的限制。

经过简化的一个完整谱字，里面就清楚地表示了一个音的徽位、左手指法、右手指法、弦数这四个信息。

例如"擘、托、抹、挑、勾、打"等指法。在通行的减字谱中，就被简化为"尸、乇、木、乚、勹、丁"，一般减字谱的下半部分表示右手，而上半部分表示左手。如果我们要表示"挑五弦"，就在"乚"的里面加一个"五"字。

另外左手主要用大、中、名三指按弦，简化为"大、中、夕"，食指较少用到，简化为"亻"，在早期琴谱中，食指偶尔用于按弦，后期琴谱里基本只在泛音中使用。

指法本身带有一种逻辑的美感，虽然我相信在很多乐器中都是这样，但我还是带有偏见地认为古琴独胜一筹。什么样的动作就会有什么样的声音，古琴重视声音发生的过程，大于声音的结果。

指法是一种状态的提示。我们重视音和音之间的连接和间隙，有时用不同的指法在不同的位置弹同一个音，通过音色的变化交织而产生一种空间感。同时当同一个声音在一个固定位置重复出现时，指法也应该不一样。这需要理解我们的声音观念。声音是一种状态，这种状态反映我们心理的状态，同时也将这种状态反馈到生理。它成为我们自身循环的一个部分。

例如左手中指按弦应该像一座山一样，沉稳、厚实，而名指与拇指是一种应和的关系，它们两个构成一个圆环，通过大指的罨下和掐起，声音像水珠一样在指间传递。

而吟猱给人带来一种亲密感，它远不是在音符上面画一个颤音符号这么简单。一个颤音可以包含一个人所有的生命经验。

在《神人畅》中，右手食、中、名三个指头的反复轮替拨弦，形成一个圈，在反复中获得一种同时属于生理和心理的感受，想要让它一直循环下去。

又如《广陵散》《樵歌》《离骚》中都有一种左右手对称的指法，左右手分别连续使用食、中、名三指按弦与拨弦，左手食指按弦时右手食指拨弦，其余两指也依次如此，在《广陵散》中是出现在同一个音位，《离骚》中是同一音位隔一弦，而《樵歌》中则是在相邻的几个音位弹泛音。

这种指法上有意的对称在听觉上会有什么明显的差异吗？如果是连续用中指和无名指，两个手指在力度上的差异，会有音量响度的差别。例如成公亮先生说，如果在可用中指的情况下选用名指，是在提醒音量应该小一点。

在晚期琴曲《忆故人》《平沙落雁》中是另外一种情况。特别是《忆故人》中的百转千回，通过在一根七弦上的走手音[18]表现得淋漓尽致。右手只是简单的勾挑，曲调与左手的往复勾勒在弦上融为一体。这些都只有在实际演奏中才能够体会。

对于古琴这样的乐器，在作曲中考虑指法、考虑弦的空间，跟音乐本体同等重要。它不是排列音符这么简单。

它不是单纯地发展线性旋律。把琴谱记录为音符，再用西方音乐的方法来分析古琴音乐注定是无果的。琴的音乐如果用别的乐器演奏会觉得单调幼稚，但在古琴散、泛、按音色构成的空间和指法形成的变化当中，能够得到一种立体的空间感。

古琴重视声音发出的方法，而不是结果。例如长锁就是九个重复的单音，如果只记录声音结果，就只是五线谱上九个点，缺乏指法信息时它包含的音色提示就损失了大半。古琴谱记录的是声音发出的方法，它是不记旋律与节奏的，只记指法动作。整篇琴谱其实是一篇文章，它告诉你应该用什么样的指法弹奏哪根弦的哪个位置。节奏经由师承授受，没有师承的曲子要直接从琴谱上弹下来就叫"打谱"。现代琴人除了师授和打谱之外，还有一种曲目来源，就是像我一样看着琴谱跟录音学。

而这种学法遇到的第一个障碍就是《流水》。

水

先说说我学琴的方式。

刚买第一张琴时我看过一阵子录像，再翻翻琴谱，算是认识减字谱了，也知道了基础的指法，虽然有很大的问题，但不妨碍我用近似的动作把声音弹出来。

在我开始认真学琴时，我是任意找一个自己感兴趣的曲子，找到琴谱，然后凭着印象和感觉去摸索。有问题时再去找录音来听，也不管录音版本与谱本是否能对上号。如果有对不上的地方，就凭自己的感觉把音给圆下去。

这种方法面对《流水》时就很难再学下去。

现代流传的《流水》，最突出的段落在第六段的"七十二滚拂"，这是晚清青城山道士张孔山在当时流传的《流水》的基础上发展出来的。现在流传的《流水》基本以此为源头，然后又发展出多个衍生版本。这是琴曲传承的开放之处，古琴传承并不唯琴谱是从，演奏者是可以自由对琴谱做出增删的。

虽然川派《流水》以"七十二滚拂"知名，但其实他们弹的并不是通常所用的滚拂，而是被称为"转圆"的指法。渊源于张氏的现代川派，在弹滚拂的时候都是用的"转圆"指法历出勾进（食指连着向外快速弹出七根弦，再用中指向内快速连弹七根弦），而通常的滚拂是摘出抹进（名指出而食指进）。从音色上来讲，滚拂由于无名指力道较弱，有种连绵的水云声。而历出勾进，用的是力度最大的两个右手指法，比较干脆利落，这比较符合川派的性格。

这样的指法很难精确用琴谱来记录，因为琴曲的流传是动态的，特别是《流水》，在近代它一直在演变。

有个成都琴人跟我说，她有次参加北京的一个古琴活动，因为弹的是川派《流水》，就受到北京琴家的怀疑。因为那位琴家弹的是吴景略先生的《流水》，对川派的指法感到陌生，认为她是弹错了。

在我学习的时候，甚至连滚拂应该用哪个指头都成了问题。

晚期琴谱里，右手无名指只在两个情况下使用，一是轮指，二是滚拂。通常无名指的音色是黯与轻的，这是与中、食指相较，无名指的力量本来就弱。向外弹奏的时候尤其如此。在明代的琴谱中无名指是用得比较多的手指，除了指法逻辑的考量，这个指法也包含音量的信息——同时当然也就是音色的信息，在早期琴谱中如果可以用中指的地方要求用名指，说明这个音要弹得稍轻。早期琴曲比较重视通过右手指法变化来制造音色、音量的变化，而晚期琴谱则重视由左手技巧创造出的腔韵。

在晚期指法中，无名指要弹得跟其他指头力度相等，否则音色便是模糊的。在轮指中，它要求与中、食二指保持相当的力度，这样三声才能够清脆分明。滚拂也是如此，例如在《流水》中，如果名指缺乏独立性，滚拂容易混成一片，很难粒粒分明。在管平湖的《流水》中，他并不控制力度变化，但却能将流水弹得层次分明，连续的一串音，每个都弹得清晰明白，不含混带过。

但他应该也不是用无名指弹的。

根据一些坊间的传说，管平湖先生是遇到一个名为秦鹤鸣的四川道士传他《流水》，后来这首曲子成为他的代表作。然而他的七十二滚拂到底是怎么弹的？吴景略先生50年代后到音乐学院任教，培养了大量专业学生，而他的公子吴文光先生更是青出于蓝，成为当代琴学巨擘，并且曾赴美读民族音乐学博士，熟稔现代记谱法。经由他的记谱和传授，吴氏琴学在当代蔚为大观。但是管先生的情况则不同，他的遗产并没被后代充分习用。至今学习管派曲目的人，若要了解管氏的处理方法，根据原谱及录音反复对照也很难还原出指法细节。从管先生的弟子王迪先生的记谱来看，管先生的指法也是勾进历出，即是用中指向内连续弹一至七弦，再用食指向外连续弹出七至一弦。

管氏《流水》所依谱本向来说是《天闻阁琴谱》，我当时手边没有这本琴谱，就用了《琴学丛书》本，没想到反而用对了，因为管氏《流水》更接近于《琴学丛书》本。到底管先生的《流水》是跟谁学的，这首曲子在北京是如何传播，与杨时百的关系又如何，这些都是暂时无解的公案了。

《流水》在第六段滚拂开始前有一段"索铃"声，古指法中的"索铃"是名—中—食三个手指轮流弹出多弦，发出若干清脆的声音，就像一根绳子上拴住一串铃铛，绳索一拉，便发出叮叮当当的声音。在《流水》中这个指法是名指摘出，从七弦到一弦，而同时左手顺势按住七根弦并同时向岳山处移动。

我根据《琴学丛书》的谱本，学到索铃和滚拂时就有点不知所措了。把这首曲子笼统学过一遍以后，我才开始回头认真考虑这个问题，也才开始仔细对照琴谱和录音。这是相对精细化的学习，因为原来的学法不过是得到一个旋律的框架。现在显然细致多了，我重新对已学的曲目按照原谱整理，但是琴谱与录音并不能告诉我用指的细节，我的演奏依然停留在很粗糙的层面。

　　当我后来在《流水》上面下过一番功夫后，终于厘清了琴谱、录音中的一些问题，也摆脱了教条，开始以自己的角度来理解和演奏《流水》，这才知道管先生的厉害处。现代人弹《流水》，到滚拂处往往炫人耳目，但这首曲子的滚拂是弹快易弹慢难，弹得激烈澎湃易，弹得清亮透彻难。管先生弹琴不事纤巧，不通过音量音色和节奏的变化来获得生动感，但整个滚拂的段落又弹得气韵生动。目前已经没有任何一个琴家可以做到了。其实也没有必要做到，我遇到一些传承管派指法的人，严守师法门墙，令人可敬。但取法乎上仅得其中。宗门有言，见与师齐，减师半德；见过于师，方堪传授。管先生便是没有给自己设限，没有陷落在黄勉之的"广陵正宗"和杨时百的"九疑琴社"里，才有自己独到的音色和曲目。后人若斤斤计较于"管派"，管派自然要从高处跌落了。

　　我一直钦慕管先生风格，在对《流水》下了一番功夫之后，我才终于算是入了门。

练

离开雁村后我搬到了杭州，又面临无琴可弹的局面。因为我在雁村做的琴并没有全部完工，暂存在宁波的一个朋友处，我就空身离开了。我先回老家俩月，当然是没有琴弹的，基础不稳固，之前学的东西又都忘了。到杭州后为了把之前练过的东西捡回来，我发现浙江省博物馆的古琴馆有张展示用的古琴，那个展厅没有多少人参观，展厅的工作人员也弹琴，并不阻拦我。于是我就每天下午坐一小时公交车到那边去，带着琴谱，去弹那张琴。

有时候会有人围观，甚至有次有刚认识的朋友说想听我弹琴，就到那里去找我。虽然我的脸皮已经很厚，也还是觉得别扭，很快就没有去了。

后来有个朋友带了一张琴请我补漆，小半年后才来拿，我就用这张琴先弹着。但这个期间我琴弹得并不是很多。当你每天要坐一个小时公交才能练到琴时，你会严肃对待，仿佛在某种压力的鼓舞下完成一个仪式；可当家里就有一张琴时，很快就懈怠了。因为这件事情似乎什么时候都可以做，于是就什么时候都不会去做了。那种每天到博物馆去练琴的瞬间热情很快就过去了，我也没有练新的曲子。

在我初学时，我喜欢管先生的苍劲琴风，以自己的想象去模仿。那时沾染了大部分初学者急于求成的习气，喜欢学曲子，而没有扎实地训练基本功。在古琴的传统曲目中，其实并没有多少内容可以训练技法与基本功。而现代教学里，除了添加了少量的指法练习外，另外的方法是将琴曲中的难点拆解开单独练习。

在我意识到自己的问题，重新调理指法的时候，我停止了所有的曲目，从右手指法开始练起。练完一段时间的指法后，慢慢从最简单的《秋风词》开始重学一遍，一直又学到比较难的《潇湘水云》。

再后来便是将难点拆解练习。

传统上学琴都是用整首曲子练习的，实际上没有弹琴和练琴的差别，弹琴即是练琴。每次练琴都是弹琴的状态，好比一些琴论中说的，哪怕只有自己弹琴，也要像面对长者那样庄重。因为琴曲是一个整体，传统琴人会比较排斥分解练习的方法，认为这种肢解琴曲的做法是对琴的大不敬，获得技巧的同时，失去的是对琴曲的完整感受力。

如果我们把每天跟琴相处的这些时间称为"练琴"，那么"弹琴"是什么时候？

就现代的器乐练习方法来说，分解练习是更有效率的。在一遍遍弹奏完整曲目的过程中，细节的错误永远在重复，没有得到特别的修正。除了熟练度之外，并没有实际起到练习效果。这是传统弹琴的人掌握了一定曲目后水平很难提升的原因，因为这种学琴法完全以曲目为中心，没有针对方法本身，而且一直重复整曲的演奏容易失去对曲目的陌生感而变得僵化。

分解练习是针对难点单独强化，将错误放大修正，练琴与弹琴分为两种状态。但这种方法容易失去整体感，最终会见树不见林。听当代琴家弹传统曲目，技术往往都更完善，但那种早期琴家弹琴的神完气足的状态消失了。不过一种状态的消失并不是技术的完善导致的，那是弹琴者自身的问题。完善并不等于完整，但精微也并不会是整体的障碍。这两种状态的切换与平衡是一种天赋。如果有个好老师，他会在适当的时候让学生做适当的事，而不是自始至终遵循一个固定原则。

把事物拆开，研究它的部分，但这部分又包含了整体。这是见微知著。

除了针对琴曲难点的分解练习之外，古琴确实不太需要单独的技术练习。因为它不是一个很复杂、难度很大的乐器。但是它具有另外的难度，如感受力的难度，状态的难度，我们弹琴时的所作所为和所思所想，等等。这些都很难。而且这个部分不是像指法和曲目难点一样，是可以分解开练习的。

练琴需要练的是一种完整状态。如果细节不能支撑整体，它就不能称为细节；如果把它单独拿出来，不能成立，也算不上细节。如果只练一个音，一个指法，把它弹得到位了，那就是完整。反之如果每天把曲子弹上几十遍，遍遍含混带过，那也算不上是完整。所以练琴时最大的障碍是有手无心。

一套精确完整的训练方法，可以把学生训练得成熟，但是却无法训练得敏锐。甚至可能太成熟而迟钝了。张岱讲的"十分纯熟，十分淘洗，十分脱化"，纯熟是教授和练习可以做到的，而淘洗与脱化则非。对我来说，最怕听的是纯熟而无诚挚的琴声，但不纯熟的则更无从听起。民间与学院的琴人总会有的一个针锋相对就是，民间的认为学院的只有技术，没有琴味；而学院的则认为民间的连技术都没有。

这是一般来说的。实际上并不存在民间与学院的分野，只有弹得好和弹得不好。有没有"琴味"更不会与练习程度成反比。

风格和味道是很难认定的标准，但技术起码体现了弹琴人的诚意吧，毕竟这是需要花时间去练习的。在这个基础上的东西，其实有就是有，没有就是没有。

相对技术来说，古琴讲究的是"工夫"。这是个笼统的词，它涵盖了你在琴上的所有训练与努力，我想在技术和表现之外还有一种状态，它是用来连接两者的。

《礼记》中说："独学而无友，则孤陋而寡闻。"古琴能不能自学？大多数的看法是觉得如果没有合适的老师指导，可以先不学，前面走了弯路后来很难改。我倒觉得没必要害怕犯错，错误中也会有一些美妙的东西。即便没那么美妙，有机会改过也好过从来没有尝试。但是想要把琴弹好，需要在关键时候能有人把你带出关卡。

这需要天赋和运气，所以自学的风险确实蛮大的。一个活生生的人给你的提示，远只是技法这么简单。

自学最大的问题是无法看到自己的问题，也无法避开学习过程中的歧途。但我想并不存在完完全全的自学者。吴景略先生跟老师没学多久就开始自学了，但他一直靠跟琴友彼此观摩与交流来完善自己的琴艺。人在初学阶段无法区分风格与习性，会按照自己的习性去练习。如果没有恰当的反馈，一个习惯一旦养成，在后期再要改变就很困难。而在精微处，一些不当的手形、用力方式、练习方法或曲目的次第如果稍有不恰当，都会成为水平增进的困境。一个好的老师可以用几句话就带人走出困境。同样，如果习惯一个老师的教法，但老师的能力不能引导学生进入更高层次时，学生还是同样会面对这样的困境。

作为有过比较多自学经验的人，我不会轻易否定自学，但它对自身的要求比较高。除了需要一定的音乐天赋和音乐学习经验，还需要足够的理性，能够稳步把握练习节奏。也就是得有点"人格分裂"，在你投入一件事情的同时，心里面还能住着一个可以观察和督导自己的严师，让你可以按照稳定的节奏去练习，随时意识到自己的问题并去纠偏。

当发现靠自身力量很难突破时，心里的那个严师还会提醒你及时去寻找一位真正的老师。

　　对大多数人来说，撇开自学是否可行的问题，主要是得摆脱一种害怕犯错的心理。如果能以一种开放的状态进入古琴，那会在学习中得到更多的反馈。

　　我相信每个人都有自己与琴相处的状态和方式。弹琴给人的快乐，与自身在琴上的造诣并没有必然对等的关系，换句话说，一个弹得很差的人，也可以感受到弹琴的乐趣。很多人学琴时都会问如何才能达到某个程度，我觉得这大可不必。因为大部分人都不可能把琴弹得很好。但可以通过练习，让自己成为一个能够察觉精微的人。法度是从粗糙走到精细的拐杖，而不是正误的标尺。

传 习

秋

2012 年夏、秋，在我以全部的热爱投入到古琴上面时，我对什么样的琴声才算是好听依然摸不着头脑。

直到我见到成公亮先生。

我在夏天第一次去拜访他。在那之前，我就开始打听古琴老师，先是想去上海跟林友仁先生学，我听说他的一些性格，想来应该会投缘，可打听下来得知他身体不太好。我不知还应该去找谁。也许可以再努力一番，去北京找吴文光先生？那时他是我最仰慕的琴家。

总之我知道是时候找一个老师了，依靠自己的力气似乎已到了一个难以跨越的瓶颈。之前我完全是自学。关于古琴能不能自学，一般说是不能。那次见成先生时，他也说古琴不能自学，想弹好一定要有个好老师。

我从没想过可以跟成先生学习。听说他脾气不太好，很孤傲，而且都知道他不收学生。当时他也并不在我的聆听范围里，我没想过会与他发生任何的交集。直到有个普通的夏日，气候炎热，一个当时还未谋面的朋友联系到我，说成先生正好在安吉的一个农家乐避暑，愿意带我一起去拜访他，第二天就出发。

像古人入山访琴人那样，我与一个朋友换了好几辆公交大巴，在盘山路上七弯八绕地摸到了那个村子。在临近的地方与那位引介的朋友碰头，然后进村。到达时成先生在路旁等候，穿着短袖白衬衫和短裤，头发很厚，比照片里的白了一些、蓬松一些，手上拿着一根很大的狗尾巴草。

他有张照片被印在跟他有关的大部分宣传资料里，那是我对他唯一的印象。照片里他整个身体几乎扑在琴上，这种演奏姿势与传统上的认识相悖，很多师从传统琴家的人都会被要求坐得端直，离琴要有一些距离。而他会让我想到钢琴家古尔德，同样佝偻的背和兴之所至的哼唱。他整个人是在琴里边的。后来他跟我说像张子谦的《忆故人》是看别人在忆故人，而他是忆故人的那个人。

晚上我们在他的房间聊天，东拉西扯，他从欧洲的旅行聊到风筝，再到他喜欢的女明星，或者给我们展示他的一个播放器，就是那种普通两三百元，插U盘的播放器，他说音质很好。他对音质好像一点也没有要求，这点让我很诧异，毕竟他弹的是音质最好的琴。

第二天他提出大家弹弹琴，那次他在山里也正好在给几个学生上课。他让我弹琴，我突然紧张得没法弹。因为我的手型本来就有问题，这下就更紧了，感觉手像被冻住一样，所有的小关节都难以弯曲，整个手掌在发抖。我记得我又是弹了《渔樵问答》，他说音准不错，方法全错了。这让我很沮丧，后来我想也许没有"全错了"，不过我太紧张，整个手型全是僵硬的。但那时我是真的相信我"全错了"，也庆幸我这么认为，如果没有这样的认识，恐怕我也并没有"觉今是而昨非"的那种决心，也不会有后面的进步。

我回去彷徨了一阵子，朋友突然带话："成老师说，这个孩子挺老实的，愿意给他一些指导。"我立马给成先生写了信，准备了很多问题，一股脑发到他的邮箱，都是我那半年里自学古琴攒下的一大堆疑惑，终于有一个人可以问问了，而那个人是成公亮。

他很快回复说问题比较复杂，我们见面细说更合适些。我们约了很长时间，从夏末约到深秋，我一边练着《洞庭秋思》，一边等他的消息。

终于有一天接到他的邮件，让我去上海见他。

《洞庭秋思》这首曲子对我来说至关重要，在这之前我学过很多比《洞庭秋思》难得多的曲子，但这首曲子像把钥匙，学完以后我弹的所有曲子都跟着变化了，变得细致，有了更多的细节，也变得好听了。其实这之前我都没有听过成先生的《洞庭秋思》录音，我第一次听他弹这首曲子就是在现场，在安吉那个小村子，他示范和讲解了这首曲子，窗外有巨大的流水声。那时还是山区里热气渐消的夏末，这首曲子已经带来了秋天的凉意。

成先生的《洞庭秋思》，我更喜欢他早期的一个录音，那个版本的第四个音在两个音位间往复地猱，有一点点踉跄，相对来说，他更加满意的《如是宁静》中的录音则规整了一些。后来我把不同版本的《洞庭秋思》放在一起听，以及在不同的时候把这首曲子弹了很多遍，才真正理解弹琴是什么。一个琴音可以容纳无数的生命经验，它们被声音记录下来。

我不知道弹过多少遍《洞庭秋思》，在后来不怎么弹琴的几年里，这首曲子让我保持了跟古琴的联系。《洞庭秋思》是查阜西 [19] 先生以《琴书大全》[20] 为本，参合了几个谱子打谱的。由于来源复杂，他也有过几次修改，所以一直没有一个准确的谱本。后来是成先生参考几份古谱，再根据查先生的录音记谱完成的，这首曲子遂成为现代流传极广的曲子。

成先生的演奏完全模仿查先生，他把弦高调得跟录音中查先生的音高一样，然后一遍遍跟弹。很难想象当代最具创造力的琴家，在面对这样一首三分多钟的小曲时，用的是这种传统的笨功夫。最后弹出来的又全是他自己的味道。

现在对照两个版本，成先生也没有在节奏和弹法上做出什么变化，他依然完全按照查先生的版本来弹，但是出来的琴声与查先生的风格泾渭分明。他们的差别在于音色与语气，或者可以说是气息与气质不同。成先生记过谱之后，弹《洞庭秋思》的人很多，有的人很想弹得跟别人不一样，想要说出不同的话，但没意识到他们其实并没有自己的声音。而成先生只是用自己的语气说出跟查先生一样的话，这首曲子就完完全全成了他自己的。他的《洞庭秋思》里有很多百转千回的东西，又要把它藏住。这首曲子是他的曲目里我最喜欢的一首，也是弹得最多的一首。

我在去见成先生之前还赶练了他打谱的《孤竹君》。

仅见于《西麓堂琴统》[21]卷二十五的这首曲子是用"泉鸣调"调弦，非常生僻的调弦法，现存仅有的两首用了这个调弦法的曲子，除了《孤竹君》外是同卷的《凤翔千仞》。《西麓堂琴统》卷二十五收了很多冷僻曲子，另外一个调弦更奇怪的是《明君》，也是由成先生打谱的，也是仅存于该琴谱的孤品，用这个调弦法的曲子就这么一首。如果《西麓堂琴统》没有收这几首曲子，那这几种调弦法的实例就全部失传了。

《孤竹君》是一个秋意很重的曲子，这是我毫无来由的联想，也许只是因为我弹它的时候是在秋天。《孤竹君》写的是哲人之思，它的曲意与伯夷叔齐的父亲没关系。《西麓堂琴统》里对这首曲子的题解有些凄怆，而且望文生义：

家上一竿竹，风吹常袅袅。

下有百年人，长眠不知晓。

《孤竹君》是写死亡的，但不是深邃绝望，而是怅然悠远，好像叹口气说："就这样吧。"

里面有一段特别美的泛音，这样类型的旋律在琴曲里不多见。这首曲子有复杂的情绪，包含了多重的悲喜，不是大悲大喜，是恰恰好。

那阵子我耳机里也一直放着成先生的音乐。那个秋天我一直在喝桂花香的凤凰单枞，听成老师的录音。有时走在路上，有时在公交车上，我都在听他的曲子，路旁无患子的树叶成了金黄色，那些时光非常单纯，没有任何多余的念头。这些味道和声音交织在一起，成为那个秋天的回忆，后来我再听再弹这些曲子，所有的记忆就全部涌来。

师

那个深秋我到上海佘山去见成老师——这时候"成先生"成了"成老师"。

下着小雨。

我按成老师给的地址找到佘山，在他的一个学生家里。我到得比较早，他们还没吃午饭，我就先到琴室里自个儿弹琴。饭后成老师进来，我又是抖抖索索对着成老师把《洞庭秋思》和《孤竹君》弹给他听。我知道自己弹得不好，但不知道问题出在哪儿。紧张当然是个问题，我想也许技术也存在问题。我又弹了一首《乌夜啼》，这首曲子技术难点比较密集，也是那阵子学的，我想暴露一下我的技术缺陷，请他给我指点。

如前所说，我弹了《洞庭秋思》以后突然觉得学曲子变得很快。例如《孤竹君》和《乌夜啼》我都是一个礼拜内学完并背下来的。其实它们都比《洞庭秋思》难，而且长度都是《洞庭秋思》的三倍，但我学《洞庭秋思》的时间却是它们的好几倍。当我学完《洞庭秋思》时，我觉得我弹琴变活了。

当然这只是我的"觉得"。

成老师又强调了我之前的问题，手型、力度、语气。

"你还是得找个老师。"后来他这么说。

虽然他肯定了我的自学能力，但这么一说还是让我心一凉。不是因为我需要找老师，我当然需要找老师，不然我怎么出现在这里呢？而是看来成老师的意思只是给我指导，没有说愿意教我呀。回去后我不甘心，发了封邮件提出想正式跟成老师学习，他婉拒了，我带着很多的沮丧离开上海。我那时并没有预料到，他后来成为我学琴经验中最重要的一个人，不仅仅是关于琴，更是关于生命。

那天成老师弹了《太阳》，是他从一首钢琴曲改编成古琴曲的，跟《沉思的旋律》一样，是个全新又完全属于古琴的曲子。

我记得那天所有的气氛。

外面是南方被水汽蒙住的秋天。室内光线较暗，一束射灯照在琴桌上。成老师随意弹了一下，就要起身，他想带我们去花园散散步。也是那天去拜访成老师的一个女生说，您弹《太阳》吧。成老师弹出一段泛音，我看到了音符在琴上舞蹈，这些声音圆而柔韧，在空间里伸缩弹跳，错落成了一个环形，把我们罩住。我想在那个瞬间，我终于明白我的问题出在哪里了。我也知道了，他就是我的老师。

两个月前初见成老师时，如果没有朋友的带话，我完全没想过会跟他学习。我之前的猜测是我会跟一位老先生以比较传统的方法学习。

传统的方法是指，以学习某个传统流派的曲目为主；学琴形式，是例如对弹。成老师的方法是以分析为主，他会把乐句掰碎揉烂了讲。他并不在意你是否弹得像他，而是在意你是否真正理解了音乐，并且你是否能把琴弹得好听。他不会跟你对坐，你一句我一句地让你模仿，而是饱含情感地分析讲解，再加以热情澎湃的哼唱，让你去理解乐句的构成、强弱逻辑和情感，然后打断："重一点，不对，还要重一点！再重一点！"

我第一次见成老师时，他指出了我手型和指法的问题。

他握一个拳头，然后说慢慢把这个拳头放开，放到舒服的状态。大指藏到手心，这样可以将重心控制在手掌中央，吟猱时更加圆转自如。同时当大指控制在手掌重心之内时，是用整个手掌的重量在按弦，而不是把受力点放到大指的小关节上，这样的用力方式更省力，而且更灵活。那时我有个朋友在跟一位老先生学琴，民间的教法，老先生弹一遍学生跟着模仿，没有细致分析讲解用力方法。朋友那阵子练得较勤奋，大指关节受力过度，就得了腱鞘炎。

成老师对手腕灵活性要求很高，在某些传统流派中则没那么看重。右手要用腕力来弹弦，而不是指力，在拨弦的时候右手臂、腕关节和手指是一个连动的过程。他吃饭时拿着筷子比画，说就像摇橹一样，他在太湖边长大，所以用这个比喻。另一个让我心领神会的比喻，是弹泛音时要像触电一样，电一通，手就马上本能弹开。他没有用一般古书中说的要像蜻蜓点水那样，而是说触电。

这些方法在古琴界并没有一个共识，古琴教学从来没有一套完整的方法论。当时我的用力方法基本被成老师都否定掉，但我按照他的方法学习过后，又重新理解我当时的弹法，其实没有那么严重。但如果没有这一番的学习，我永远也不会明白这点。

我喜欢朴拙的东西，但如果没有精巧的能力，朴拙只是对粗陋的一种诡辩。这也就是成先生对古琴界那些坐而论道、不讲手上功夫的人从来没有好脸色的原因。

他跟我说弹琴不是弹减字谱，要有语气。很多人，或者说 99% 学琴的人都不过是把谱子上的内容搬到琴面上而已，一个指法一个指法毫无表情地搬。但是弹琴既不是弹减字谱也不是弹指法，指法是为了获得一种生理的支撑，而音乐则是在曲谱之外。什么样的动作会出现什么样的声音，琴谱中记载了几十种吟猱的方法，这些方法只是对动态发生的音色的勉强记录，实际上指法以一种立体的方式发生，它就像我们说话一样。

成老师常用"语气"这个词。一个熟悉的人说话，嘴一张你就知道是他。弹琴的时候就是在一个乐句中去弹出这样的语气感。它涉及很多具体的方法，特别是吟猱绰注。在我跟成老师学琴的整个过程中，他从来没有单独告诉我应该怎样吟猱。古书中记载几十种吟猱方式，飞吟、游吟、定吟、细吟……但如果离开具体的音乐情景去单独学习吟猱，是不可能弹好琴的。琴上的每个动作都会造成一种声音，这种声音的复合记载了琴人的状态，包括他的背景、他的训练、他的性格、他的情感……没有一样是可以被单独分割开谈论的。一个人说话可以包含很多语言外的信息，语言可以分析，而语气只能感受。

我一直在跟着成老师学习，由于他曾经婉拒过正式教我，我就没有再提跟他学琴的事。我们就这样自由地联系着。那时我已经跟他学过很多了，别人问我跟谁学琴，我也没有提成老师的名字。一直到第二年，有一次在成老师家，有个古琴专业学生来访，成老师突然指着我介绍说："他不是专业的，但他的老师很棒！"

传

在见过成老师之后的几个月里，我停止了练曲子。我已经认定他是我的老师了，于是我按他教我的方法重新调整我的指法。所有的曲子全都放下，为了重新纠正指法上的问题，那个阶段我就是练指法，抹挑勾剔按照不同组合来练习。晚期琴谱对右手的重视远不如早期琴谱，这个变化反映的信息是，后期的琴家不那么重视音量与音色变化了。这点可以从五六十年代琴家的录音中听出来，他们出生于晚清，成长于民国，是清代风格的最后一批直接继承者，当然也是最后一批以传统方式训练出来的琴家。后来的琴家重新留意到音色变化的问题时，往往是受到其他音乐传统的影响，再反馈到古琴上面。

弹琴是一种身体行为，弹琴的快乐就来自这种行为的反馈。它需要感受力，也需要想象力。而它的基础是身体，我们的身体容易接受暗示。例如当左手中指放在九、十徽之间的琴面上时，我们会想要把右手弹得厚重、结实。而在弹按音的时候，我们的情感幅度会与手指的运动幅度相作用。古书上用一些比喻来描述弹弦的方法和力度，例如"按令入木，弹欲断弦"，如果不能灵活理解这句话，很容易发力过猛，或者左手胶着而无法自如地运指。弹琴的人应该知道自己有多少力量，和需要用到多少力量。在这点上总是存在很多话语上的误解，例如某些琴家认为古琴应该不发力，古书中用的比喻是"其轻如摸"，这是有些负面的评价。

有次在成老师教我弹《袍修罗兰·地》的时候，他右手握着拳头，左手包住右手，攒足了劲，两相摩擦用力，想让我明白那种胶着凝滞的重。而《袍修罗兰·水》里的泛音，他又弹得很轻，就是像羽毛一样轻轻从四徽那里划过。

古人不会如此处理，这是基于他对某些段落的理解而做出的特别音色要求，因为他是曲作者，他有对曲子的绝对解释权。

我现在也在教琴。有一天我也在教学生弹《袍修罗兰·地》，我用一个下午的时间让学生明白其中一个乐句是怎么样，突然一瞬间感到好像回到了跟成老师学这首曲子的时候。

现在我教琴会用两种方法，首先还是对弹，主要是针对初学者。

对弹一直是古琴传习中最主要的方法。师生对坐，学生一遍遍模仿老师，一句完全相似前不教下句，两人同时弹奏，直至两人所弹一致为止。且初学时不教识谱。

杨时百师从号称"广陵正宗"的黄勉之。按照杨氏《琴学丛书》的记载，他与黄勉之学琴时，光《渔歌》一曲在四年间每周复课三次，每次对弹三遍，简单计算一下，一首《渔歌》师徒对弹足有上千遍。这是传统学琴的方式，现在看来有点儿不可思议，尤其是这个遍数。古人的说法，以黄豆计数，装一升黄豆，弹一遍捡一颗出来，一升黄豆弹完倒过来再弹；以及杨时百所称的，一首曲子不弹上万遍不可在人前演奏，并不是夸张。管平湖先生主要师承杨时百，郑珉中先生在回忆他与管平湖习琴时，也是这样的方法，先观摩三个月，然后一句句模仿对弹，一句完全相似后才可往后推进。

传统上，古琴一直是以这样的方法来传习的。

例如元代耶律楚材平生钦慕大琴家苗秀实的琴风，在苗秀实去世后，为探求苗氏琴风，曾用两个月的时间与苗秀实的儿子苗兰对弹五十余曲。可见这种方法自古而然。

所差别者是量，杨时百的记载即便放在古时也是相当惊人的，而反观古书中所记载的，就不嫌夸张了。但现代琴生恐怕不会有机会跟老师以这样的密度学习。而缺少量的累积，对弹的益处就没有那么显著了。

这种学琴方法，以当代的乐器教学法看来，效率是非常低的。对弹的好处是师生面对面，吟猱绰注等指法细节一目了然，节奏速度在熟练以后容易跑偏，可在回课时发现。在没有录音的时代，如果离开老师，就没有一个固定的范本可资模仿，走偏了也往往不自知。经由长期的对弹训练，可将指法和节奏信息结实地固化在潜意识之中。流派及师承特点由此而保存，例如耶律楚材与苗兰的对弹，目的就不是为了学得曲目，而是印证节奏及指法特点。但这种教法容易流于刻板，吟猱的幅度频率均有定则，时间长了便有匠气。

对于天资较高的人，则有例外的办法。例如姚丙炎先生从徐元白先生学琴时，方法是姚先生先直接按谱鼓曲，回课后再重新调理节奏指法细节，直接锻炼了他理解处理曲目的能力，为姚先生后来进行大量打谱做了很好的积累。

真正的教学当然是因材施教。杨时百本身天赋不高，学琴也晚，自然要下一番苦功。而吴景略先生则在学过几个月基本指法后，便靠自身天赋及琴人之间的交流拓展技法和曲目。

古琴教学其实有两个训练方向，一是帮助学生获得弹琴的体验，二是以训练本身为目的。

并没有第三种方向：以演奏为目的。

哪怕对于潜在的演奏家，也只是将第二个方法当作他们成长的拐杖而已。教学不应该以结果为导向。

实际上，无论在什么样的情况下学习，90% 的人都不会把琴学得很好。因此古琴的教授并不在于助人一步步进阶，直至进入高手的行列，这需要很多的因缘，最主要的不是老师，而是学生自身的天资与热情。通常的古琴训练不应该是以把琴弹好为目标，尤其是把琴曲进行难度分级，把古琴教学当作技术训练，这与弹琴的初衷本末倒置。通常的古琴教学应该是通过身体上的传习让人实在地体验古琴，让人在自身的条件下找到适宜自己的弹琴方式，在自身的技术能力内获得弹琴的自由感。

我最近也开始学着做一名古琴教师，我在认真思考如何去教琴。我的很多方法都来自成老师对我的教导，但实际上我跟他学习的时间并不是很长。我们并不是那种正式、定期上课的方式，而是我去找他，拿一首曲子——大部分是我已经会弹的，然后他就开始讲起来。

他曾经问过我要不要去某处教琴，那时我不想成为职业琴人，不知道该怎么面对他的好意，我说了一堆绕来绕去的话，他明白了，就没再提起。

后来我在家教过一次琴，是五年前，成老师已经去世了。有七八个朋友聚在我家，我一起教，一年后还剩三四个。

我们每周六上课，我讲一会儿理论，然后讲解曲子，他们再一个个地过一遍。每次都是一整个下午，有时结束了，再到其中一个河南学生的父母家一起吃面食，算是很美好的经历。这次我再教琴，又重新思考教学方法，我把原来的朋友召集起来，再加了两个新朋友，组了一个教学实验班，把不同进度的学生混在一起，这样老生重新做初学者，而初学者可培养老手的自信。技术上有阶梯次第，感受上却不是。跟上次一样，弹弹琴，喝点茶，再吃些烤红薯，一个下午就过去了。所不同者是我在教学方法上有了更多的投入和思考。

我想我是喜欢教琴的，只是不喜欢培训班式的教学：学琴变成获得曲目，而曲目又是按照技术难度递增来安排。我也不喜欢束于流派门户的那种方式，我觉得学琴应该抵达的不是获得某个流派传人的身份，而是他们自己的心。我想教的是琴的方法论，就是黏合情感与技术的这个中间部分。教琴是帮助学生觉察精微的东西，培植一种直接的感受力。

　　这不是为了传承什么，没有那样的野心。更多是个人兴趣，当古琴完全变成个人的事情的时候，想想也可以用另外一种方式，用它去跟别人连接。

　　我相信会有一些别的东西可以通过琴来传递。

秋 籁

听

我刚刚知道古琴的时候，在网上到处搜索关于古琴的信息。有一天我打开一个古琴网站的首页，听到一串氤氲的泛音，像水在纸面上晕开一样。这是我第一次听到传统琴曲，有小字说明是成公亮先生弹的《潇湘水云》，来自他的专辑《秋籁》。我知道了这个名字，也知道了那张叫作"秋籁"的琴。

听到那个泛音起来，就像置身于真山真水间，我很难忘记那次的感觉。我再次通过一个录音获得这种感觉，是有次打开一个网页，传来奥秘高古的泛音，每个声音都是特立独行，我立刻被吸引住，想知道那是什么曲子，后来我知道了那是管先生弹的《离骚》。而某次在身体和精神状态都较差的时候，我听了管先生的《欸乃》，声波像一片深绿水面的波纹，荡到深处，心里僵硬的东西也随琴声荡开，慢慢就荡得松弛了。只不过是一些声波而已，琴却有这样的能量，一段几十年前的录音，从电子设备中传来，就可以把人抓到一个诗意山水间。

许多年里我跟成先生的联系仅止于那一段《潇湘水云》。与管先生的《离骚》《欸乃》给我的感受不同，管先生是很具体地以他的音色、以这些琴曲打动了我。而最初听到的《潇湘水云》，那是抽象的，仅仅因为这是琴声。如果是换作《鸥鹭忘机》，或者弹者换作他人，我的感受也是同样的。我只是简单地被琴声感动了，当时我还无从分辨琴曲和琴家的差异。而后来听到管先生的录音时，我是能很明晰地分别出他的音色与所有人都不一样。

我开始大量听琴的时候，主要是听老录音，例如管先生。而成先生并不在我喜欢的范围里。这是在我对古琴有了理性认识以后的事，这种佯装的理性其实是一种非常主观的偏见，那时我觉得管先生这样的琴家弹的才是真正的古琴。我记得常有人，不管懂不懂古琴，都喜欢装得有品位地说："大师都死光了，老八张才是真正古琴的声音。""老八张"是指中国唱片公司出的八张古琴的历史录音，录自五六十年代，是民国一代琴家的历史遗存。后来成先生告诉我，其实"老八张"里许多琴家都弹得不怎么好。

我受了最初那种厚古薄今的观念影响，同时我也切切实实地被管先生的音色力度震撼着，觉得后来的琴家都软了些。因此我并没有认真听过成先生弹琴，就先预判了我不会喜欢他的风格。我对他的认识仅限于偶尔飘来的几耳朵，而他弹的有些曲子确实是我不喜欢的，以这种偏见，我就更加认定了他不是我喜欢的琴家。

后来我意识到，当你对一个人真正了解时，就很难粗暴地说喜欢或不喜欢。以管平湖先生为例，他的大部分琴曲我也并不爱听，在吴景略先生身上，这个比例还可以加大。很多老琴家，如果细细分析的话，其实他们的曲目我愿意去听的都很少。但我很长时间里是很执着于管先生的，管先生没有太多细节变化、音色强弱，等等。管先生吸引我的是他饱满的音色。

而成老师，我那时对他还一无所知。

当我那次知道成老师在安吉避暑，可以去拜访他时，我是觉得有些奇怪的：见一个你知道很重要但实际对他却一无所知的人。我对他唯一知道的就是他很重要，我不了解他，但又不想错过一件重要的事情。

我更加不知道他是什么样的脾性，对他的工作范围和方向也一无所知。所以出发前晚我临时补课听了他的专辑。我想努力在里面找到我应该去学习的东西，或者哪怕只是找到几个问题可以问问成老师，也不至跟他的见面过于尴尬。不然我该跟他聊什么呢，聊管平湖吗？

我把 CD 放进机器，就是龙音唱片出版的那张《秋籁》，是一个朋友帮忙刻录的，多年以后我终于开始重听那最初的声音。现在看来这张唱片和他在雨果出版的《广陵琴韵》

都不是特别具有代表性，但这是我那时唯一能听到的他的作品。我之前在一个朋友家听过他《秋籁居琴话》中的附赠 CD，什么都没有听出来，我还觉得喜欢这个的人是不懂琴呢，真懂琴的不是都听老八张么？

后来看到一些人去评判琴家的时候，我觉得很难说些什么。只是以此为经验，对于自己尚不是很了解的事情不再匆忙判断。我们很难去区分我们的经验有多少来自体验，有多少来自投射。哪怕自己耳朵算是比较老练了，可能也只是比他人有更深的成见而已。现在的写作也只是奉献一些自己的成见，现在确定的想法，也许在日后又颠覆了也未可知。

成先生所说的听琴有个诀窍，就是去听，就这么简单，好听就是弹得好，不好听就是弹得不好。这是他的修辞而已。因为我们觉得一个东西好不好听的时候既有很强的主观性，也往往在受外部的影响。实际上我们并不知道自己是否真的觉得好不好听，甚至不敢主动去做这个判断，因此选择服从某个外部观念，再以此作为教条去择拣。所以把成老师的看法再拓展，就是不要去判断，只是听，就这么简单。

如果想要复杂一点，就是去弹。

我一边洗澡，一边听成老师的《普庵咒》与《文王操》。声音被隔在水帘外面，开始只是淅淅沥沥的水声混杂疏疏落落的琴音，慢慢地水声变小了，我的耳朵被揪出了浴室，到后来只有琴声。它遍布整个夜晚。后来我分析这两首琴曲代表成老师琴风的另外一个面向，可能是我从管平湖过渡到成先生时较容易感应到的那个面向。如果说《忆故人》《洞庭秋思》中表现的是本来的他，那么这两首曲子则是一个理想中的他。在某些曲子中，他完全地展露自己，而在这两首曲子中，他有所隐藏。然而隐藏不住的时候会露出一股内蕴的力量，他会在整个结构和气息上有意地克制自己的状态，而在细部又保持了自己对吟猱音色高度细致的处理。在克制与表现两端的背后，藏着他饱满的情感。我觉得《文王操》与《普庵咒》在成老师弹的古曲中非常重要，因为这两首曲子本身的题材中和了他的演奏，而他给了这一儒一佛的曲子以人情美。

成老师的演奏并不完美。由于他并不介意露出马脚，为了达到他要表现的，他会去忽视一些东西，不会去藏首顾尾。若需要的时候他就会把力气用完，不会为了保持一种从容状态而留余地，他弹琴的时候是完全敞开的。我觉得这是完整。

后来跟他学琴时，他不断地打开我，用力点，再用力点。这完全不是传统的琴家会教的。他教会我在弹琴时管理自己的力量，为上下都留有余地，需要的时候就完全挥洒，不要再考虑余地，不要去管安不安全。大部分琴家在弹琴时就是有太强烈的安全需求，忽略了那种可任意挥洒的东西。

在他不同时期的《文王操》录音中，更加可以看到一位琴家在不同的年龄和状态下对气息的把握。他并不满意早期的录音，尽管早期录音已经非常好了。他说一口气还没有完全舒展开，就到了下一口。只有把几个时期的录音相对照才发现确实如此。在这类曲子中，他克制了自己的一些特殊语气，那些对他来说自然而然的东西。从安吉回来，我才第一次听他的《袍修罗兰》，整个《袍修罗兰》是一个完整、立体的他，他把自己的不同面向完全放到了这些曲子里。这些是我后来才慢慢了解的，在当时我仅仅是为了拜访他，才临时抱佛脚听听他的录音而已。

人不知道会被什么偶然的机缘改变，后来我是通过《袍修罗兰》才真正学会弹琴的。

上　培

我是在第二次去安吉时开始学《袍修罗兰》的。在我第一次拜访他的一年后，又是一个夏天。

那次跟他学琴很有意思。我原来没有多听这些曲子，山上也没有录音可参考，就只能靠视奏和成老师的哼唱把曲子弹下来。成老师教琴并不是教你如何去演奏，这些谱面问题得自己解决。他要教的是曲谱之外的那一部分。

在见过他后的一段时间里，我只是按他讲的方法重新打磨我的指法，同时开始系统地学习他的方法。

我有半年时间里完全没有弹之前喜欢的曲子，前半段练习指法，然后从简单的曲子一首首又开始学起。半年后，我自信多了，夏天我又跟成老师联系，然后去他南京的寓所拜访。

那是我第一次去他家，我到的那天，气温近40度，成老师摘了几片薄荷叶，泡水给我和朋友喝。

房间很小，靠近阳台的窗下是他的书桌，而近门的这边有张琴桌，上面放着著名的"秋籁"琴。这两端中间靠墙放了一张床，床对面是一个小茶几。他备了几张小凳子，来客人时就在这个小茶几边喝茶，喝的都是他老家的宜兴红茶。

喝过茶，成老师说："你摸摸我的琴。"

我用"秋籁"弹了《文王操》和《孤竹君》，我想他注意到了我的变化，他没有再多说手型和指法的问题，开始讲音乐表达。他也似乎开始有兴趣跟我聊更多的话题。

两周后他给我发邮件，说又要到安吉去避暑，没有多说别的。我明白了他的意思，第二天抱着琴就找他去了。

上培村在安吉比较高的地方，第一次去时有朋友一起，这次是我自己。公共交通要转好几道，从安吉坐到天荒坪镇，在那里停留一个多小时，再转一辆上山的巴士。巴士就在蜿蜒的山路间盘旋上升，气温慢慢下降，离开了江南的暑热。

到村口下车，然后走路进村。成老师已经在那边等候了。

那个夏天，山里是铺天盖地的蝉鸣声，感觉要把琴声都盖住了，我在那里学了《沉思的旋律》与《袍修罗兰》中的《地》和《风》。我在一个礼拜内弹熟了这三首曲子。

在上培，每天除了弹琴，就是喝茶吃西瓜。把瓜泡在屋旁的小水池里，很快就变得冰凉。每顿饭后在村里散散步。我们沿着一条小路走，走到一棵枯树，是被雷击枯掉的。远远地就看着枯枝矗立在那里，是所有树里最醒目的一棵，枯老又硬挺，保持着继续舒展生命力的姿态。

成老师晚年记性不是太好，每天会讲很多重复的事情。第一天讲完，第二天像第一次那样，又重讲一遍。然后我们每天重走一遍那条小路，走到枯树那边再返回。好像时间每天一早就清零重来一次。我们按照同样的规律，弹琴、喝茶、散步、吃西瓜，每到饭点时大家相视一笑："又吃饭了？"

如果没有吃饭作为提醒，我们就会忘记时间。

但时间在流逝。

这个村子是他多年前自己发现的，那时他一个人到村子下方的藏龙百瀑旅游，就四处逛逛。后来摸到这个村子，就跟当地人家商量，付些房钱和生活费，让他住在他们家里生活几天。几年后这户人家开了村里第一家农家乐，成老师就每个夏天到这里来避暑。夏天到这里跟随成老师学琴，也成了跟他相熟的学生的固定体验。他并没有多少学生，都是在生活中与他亲近，有了信赖以后，慢慢成为他的学生的。

他是非常性情的人，对外从来不教琴，但一投缘了就倾囊相授。

成老师就在那里优哉游哉，喝完茶就给我们上上课，用他最舒服的方式，高声哼唱旋律，让你模仿他的语气。他会用指挥家那样的手势告诉你什么是力度，用他的表情告诉你曲子的情感应该是什么样的。

他教琴是没办法跟你面对面的，他肯定要站着，一面哼唱一面用手比画，那个时候他整个人是完全在音乐里的，感觉他的那个状态除了音乐别的都再容纳不下。音乐是他情感的一个界面。他有很深的情感藏在琴声里面，只有他弹琴时才能窥见，平时他总是全无所谓的样子。有人说他晚年越来越像张子谦了，但他跟张子谦完全是两类人。张先生潇洒无碍，成老师是极端敏感深沉的。但有一点，他们都心如璞玉。

那次我与成老师住一个房间，我们每天都聊到深夜。他跟我讲一些老琴家的事情，虽然他并不十分关心古琴圈，但谈到老一代那些生动的人物时，兴致依然很高，特别是谈到张子谦时。

他几乎不会谈到张子谦关于琴的事情。他会讲张老家门口有段时间修马路，张老不想弄脏鞋子，就不走正门，一把年纪就每天翻围墙进出。又说他访客太多，大门上没有门铃，就弄了根绳子，拴了个铃铛。铃铛拴在家里面，绳子挂到楼下的马路上，别人要拜访他就拉一拉绳子，铃铛就在张老的家里响起来，他就从窗口探出脑袋。成老师这时就模仿张老的扬州口音说："上来！"然后哈哈大笑。他谈起张先生时都是叫张子谦，没有加"先生"和"老师"，但他心里太喜欢这个老师了。虽然张老教他的曲子他好多都忘了，但有阵子成老师家里的门禁坏掉了，他马上想到的就是要学张老，拴个铃铛把绳子挂到楼下。

成老师的师承来自张子谦。张子谦给了他指法的基础和完整的广陵派曲目，也包括张老跟琴友交流得来的曲目。他后来几乎放弃了广陵派的传统曲目，但保持着张老给他打下的指法基础。他常说如果要听张老的曲子，直接去听张子谦就好了，何必要来听他弹呢。张子谦与刘少椿师从同一个老师孙绍陶，哪怕是同一套曲目，两个人的风格也迥然有别。刘少椿沉郁，张子谦跳脱；刘少椿潜默，张子谦飞扬。张老先学孙绍陶，后来的风格随着他的交游不断变化，形成他自己的一种浪漫洒脱的琴风，琴如其人，天真烂漫。学生并不是老师的翻版，学生如果学得太像老师是很可惜的。

成老师不在意流派传承，作品永远是大于琴家本人和流派的。他后来有机会接触很多大琴家，但他并不以古琴为意。从张老那里出师后就停琴多年，并没有转益多师。

他开了个玩笑，说如果他本科听从张老的建议，到北京去跟吴景略先生学琴的话，世上只不过多一个龚一，甚至是龚二，而不是成公亮。

《袍修罗兰》

从 50 年代后期到 70 年代，成老师都在研究戏曲、思考民族音乐的创作，"文革"开始后被抽调去北京写样板戏。直到"文革"快结束，他请吴景略先生帮忙从王世襄先生那里买了张琴，才又恢复弹琴。

这些经历为他后来创作《袍修罗兰》打下了底子，而他的琴风来自他的至情至性与赤诚袒露。

离开安吉后，我把《袍修罗兰》的八首曲子全部弹了一遍，然后到成老师家中去回课。又是一个秋天。印象中，撇开之前调理指法和其他零星的指点以外，我跟成老师最密集的学习就这两次。他平时并不是个习惯于教琴的人，我们的课程往往是从早持续到晚，喝茶、聊天，帮他做做杂事，中间有空了就弹弹琴，他也弄自己的事情，听着不对了，就回过头说几句。在安吉时我们住一个房间，所以学习时以浸染为主。在南京学《袍修罗兰》则是例外，他很严谨，每天早上七点多钟打电话让我去他家，在一天的杂事开始前，他给我一句一句地示范讲解。

我到他家时，他给了我一张饭卡，还有两个搪瓷碗，说："这样就更像个学生了。"我每天中午就到学校食堂吃饭，吃完把成老师的那份带回来，接下来他要午休，我就出去逛逛。下午的时候我又到他家弹琴，他就做做自己的事情。晚饭后我们又聊一段时间，我才离开回去休息。

我已经五年没有弹过《袍修罗兰》了。成老师五周年忌日的时候，我突然想弹了就捡了起来。我无法很客观地评论我对《袍修罗兰》八首曲子的感受，对我来说，它们包含了很多东西。我觉得我很难处理它们，当时选择了回避，我觉得这些曲子并不适合我。

我想可以介绍一下这个奇怪曲名的主题。

这套曲子的由来是一个台湾商人自称写了一部小说，邀请一些作曲家为这部小说作曲，有人就找到了成老师。虽然顶了原著小说的书名和八个分题，但这个套曲与小说内容无关，它是一个独立的作品。原著标题"袍修罗兰"，是梵文"prabhutaratna"的音译，指的是至多、至高的珍宝，作为佛名，就是《法华经》里提到的多宝佛。

里面的八个分题依于佛教中的八个概念。前面四个，地水火风是指四大元素，它包含四种特质，即硬度、湿度、温度、流动。例如身体，骨骼肉体是地，液体是水，体温是火，呼吸是风。自然也是如此，大地山脉是地，河流雨雪是水，温度是火，气息是风。而任何一个单一的元素如果分解，也同样包含这四种特性。

《楞严经》中把地、水、火、风四大元素，加上空、见、识并置，称为"七大"。所谓"四大皆空"，所有的元素都归于空性，而空性也能显现为万物，第五首即是《空》。《见》是指我们的见闻觉知。《识》在佛教语境中是指八识，前六识即眼耳鼻舌身意，后面两者是末那识与阿赖耶识。八识分解开是八样，但其实就是一样。古印度的中观派强调空性，缘起性空，一切现象本质都是空性，只是依于因缘和合而成，"此生故彼生，此有故彼有"，事物本身都没有独立的自主性；而唯识宗强调"识"，一切现象只是我们"识"的投射。我们通过感观知觉来获得对现象的感受，再经过自我加工投射为我们所认识的现象，我们所有的识的运作最终全部存储在第八阿赖耶识当中，它们被称为"种子"，我们的一切行为又将被这些种子决定，"一切种子如瀑流"，它包含的是我们的意识完全无法捕捉到的所有的微细活动。阿赖耶识似乎是一个废物储藏室，但是在觉悟状态，它就是如来藏。空性与显现就是如来藏的一体两面。最后一首曲子即是《如来藏》。

我简单一提这些曲子的背景，这段枯燥的介绍并不是让大家做命题作文式的解读。我们完全可以把这些曲子都理解为无标题的，它们只是提示一种状态。成老师并非佛教修行者，也没有研习佛教哲学。这些曲子他完全按照自己的角度来写，充满人间气息。这反而更接近我对前述主题的认识。它们本身即充满人情味。我认为成老师完全以自己的角度，诠释了这些佛教的主题。他后来没有再多去创作曲子，也许这套曲子对他来说就足够了吧。也是一个巧合，正好这套曲子的主题拥有这么大的容量，让他可以把自己的一切都放进里边。

这些曲子写的是他最珍贵的记忆与情感。

在《地》和《空》这里有两段泛音弹出的长旋律，令我惊讶于他对古琴正调调弦法的泛音结构的应用，他用这些很有限的音达到了非常完美的可能性。那一串晶莹剔透的泛音响起时，让人感觉轻盈而温暖。他用《地》中的厚实，《空》中的枯槁的散、按音，构建起一个坚厚的空间，而这两段泛音在其中游荡，像个自由的少年，毫无杂质，充满了喜悦。有一天我说我在弹《见》，他突然一笑，有点调皮又很天真的那种笑，说《见》写的是爱情。

秋　籁

成老师家附近有几棵杉树，秋天棵棵都是半树的铁锈红。

在《风》的解题中提到了这几棵树。有天站在他的阳台上，他指着某处说："那里原来就是《风》里提到的那口井。"他说的是他父母原来常去坐的那口井，他的描述很细腻：深秋，他的父母每天到那个枯井栏边，拂开上面锈红的杉叶静静地坐着，彼此也没有说话，阳光照在他们的银发上。他们故去后，成老师也成了一个老人。从成老师指出去的方向，我只看到一个篮球场，锈红色的杉树叶被雨水粘在地上。

《风》写的是秋天，秋籁就是秋天的声音。

有一天我到他家，地板刚刚打扫过，秋天清晨柔和的阳光照进屋子，照在地板上，地板又反射出金黄色的光，成老师坐在书桌前弄一些自己的事情。"秋籁"静静地安放在琴桌上。

秋籁琴是喜欢古琴的人都很熟悉的一张琴，因为我斫琴，所以每次弹这张琴都特别留意它的特点，也研究过它的槽腹。成老师非常大方，他的琴可以随便弹，也随我翻来覆去地看，敲敲弄弄，把手伸到琴腹里试探。在他家学琴就是用秋籁来练琴。

成老师对秋籁的那个朱砂唐款并不在意。老琴的价格在拍卖市场持续走高后，大部分拥有老琴的琴家都把琴束之高阁，不再随意示人，而对成老师来说，琴是用来弹的。那时他一个人坐高铁外出参加活动依然会带上秋籁，为了不被人注意，就在琴盒外套上一个蛇皮口袋。别的琴家听说之后简直目瞪口呆。

在常见的仲尼式古琴中，秋籁窄而圆厚，琴尾弧度几乎成半圆形。起腰处特别高，与一般的仲尼式相比算是耸肩提腰，形制非常特别，秋籁的琴腹比常见的老琴都要深，而底板较薄，一般老琴的底板都是比较厚的。灰胎较薄，而重量依然很沉实，说明槽腹虽深，但整体厚重，面板留实木也较厚。空弦音色有厚重的松沉感，一触即发，音头有一个很特别的清脆声。成老师的演奏与这张琴相得益彰，音色松透而甜润，又有沉实的质地，像一个阅尽世事的老人，心里仍然保留一种柔嫩单纯，有极其柔软美好的人情味，像成老师的演奏一样。这种琴与人互相成就的关系非常动人，也非常少见。

秋籁就是为他而存在的。他讲过这张琴得来的故事。他在山东时，别人推荐了一个中医，说也是好琴之人，是叶诗梦[22]的学生。叶诗梦去世后，他的夫人让几个学生到家里挑琴做纪念，他挑了这张秋籁。他那时已经不怎么弹琴了，遇到成老师后，把琴送给了成老师，没几个月人就去世了。临死前，他跟成老师说他其实是日本人，这个秘密他没有告诉过任何人。成老师得到这张琴时，面底已经开裂，面板还破了洞，他就按吴景略先生教过的方法自己动手修复，最后这张琴的音色激发了他的热情，一人一琴，他就是秋籁，秋籁也就是他。

成老师的性格是温和而孤高的，待人平易，但看不惯的人和事他绝不去掺合。有时候别人开玩笑，说成老师怎么不用自己的名声去做点事情，他说他有退休工资，六千八呢，够了。他说自己最正确的决定是当时提前退休，然后就自由地玩。在被外界大师大师地抬举时，他并不自认为了不起。有次陪他去医院，出来后我们去吃早饭，买几个包子他也很快速地抢着把钱付了，店里没地方坐，我正犯愁去哪儿给他找个地方坐着时，他看到路边有条石凳，就叫我一起坐下吃起来。

在南京跟他学《袍修罗兰》时，他每天早上七点多给我打电话，我吃过早饭，然后穿过古林公园到南艺后门，他家在那个靠门的地方。

我们每天过一首曲子。上完琴课时间还早，我们就到古林公园散步，所有喜欢他琴音的人都知道他上午会到古林公园放风筝，但我从来没见过他放风筝。不过在古林公园，他总是跟我聊风筝，有时聊琼英·卓玛，他说他把琼英·卓玛的歌拷给了与他同放风筝的老友，现在他们都会在放风筝的时候听琼英·卓玛的歌，说"这个尼姑唱得好"。琼英·卓玛是他晚年的一个精神寄托，他说想把琼英·卓玛的一些小曲子改成古琴曲，大概有一张专辑的量，然后录音出版。但他总共只完成了两首，后一首我见他前前后后改了好几个版本，只是很简单的一首小曲子。有次他弹给我们听，把谱也抄下来了，有一段重复了两遍，我们说重复得有点多。几个月后再见到他时，他又拿出一个新的谱，说："上次你们说重复有点多了，我删了一段，你们再看看。"他这样工作下去，我很担心他这个愿望能不能实现，但他就是这样认真细致。

我更担心的是他的另一个愿望能否实现。他一直说想去趟尼泊尔，想去看看琼英·卓玛的孤儿院。到后来的时候，别说这个愿望了，就连他想再去趟安吉住几天的愿望也没法实现了。我在安吉学习的那次，就是他最后一次去那里。我很盼望能够再在那里向他学习。2014年夏天，我跟他说我等今年去安吉时把他的曲子，创作的和打谱的全都过一遍，他说："估计是去不了了。"

他一直说他很庆幸在精力尚好的时候把《袍修罗兰》创作了。《袍修罗兰》包含了成老师在古琴上的大部分思考，他的乐思与传统古琴的音乐语言、古琴指法逻辑完整地嵌合在一起。在他之外还没有哪一位当代的琴家和作曲家可以做到这一点。这套曲目本来是委约创作，但他已经完全脱离了原始意图，从自己的角度完成了整部琴曲，无论创作还是演奏，都是成老师的巅峰状态。他说看到我们在弹这些曲子，他觉得非常满足，因为如果是在他的晚年，可能就不一定有机会创作出这么大的曲子了。

我后来把他创作、打谱、改编和擅长的传统曲子系统学了一遍，算是对他的整个琴学理路和方法论有了非常清楚的认识。他的琴学是一个整体，在他的创作里，每一个指法都可以从他打谱的琴曲中找到渊源。这种以琴家为本位、以演奏为本位是古琴创作的传统。琴曲记录琴人的身体与心识，他的所有经验变成一个手指在琴弦上的动作，所以琴曲的创作者必须首先是琴人。

我跟成老师真正上课的时间其实不多，与通常的古琴教学来比的话，可以说非常少。我打算跟他用之前的方法再过一遍他所有的曲子时，他的身体出现了问题，慢慢从老师变成一个生病的老人，他原来开玩笑说参加某些活动时工作人员搀扶着他，他说自己还没老到不能走路。所以即便他身体走下坡路时，与他出门我也没有搀扶他，直到有一天我们一起下楼，他突然说："杨岚，你扶一下我。"

我记得他第一次化疗是严冬，已经到了快要下雪的光景，可雪总没下下来。那次我去看他，在医院待了几天。成老师时不时抓抓自己的头发，说"头发还没掉嘛"，说完哈哈大笑。休息时我就陪他沿着医院的走廊散步，走到尽头再折回，数着数，总共走上十个来回。

有天傍晚我跟成老师早年的学生郭平一起，和成老师在医院病房里聊天，主要是他们两个聊，聊他们当年的师生情谊，我在旁边听着。我们是三代人，那一刻像是三个少年。那次回到成老师家中，他先回屋休息，郭平把琴拿到客厅餐桌上。客厅墙上挂着一个画框，写着"秋籁"两个字，是女书家萧娴九十多岁时所题。

成老师在里屋睡着了，我们就在客厅里轮流一首接一首地弹琴。

成老师经常说起他与张子谦的感情。我觉得我们有幸算最后一代以这样的方式跟老师学习的人，以后不会再有了。

之前有个学生从外地来跟成老师学琴，在南艺附近租了间房子，成老师就翻箱倒柜地给她找被褥。他就是这样会无条件地对一个人好的人。那时候他对我很关心，我搬家也好、出门旅行也好，他都会打来电话问我的情况。他病重后不太愿意让我去看他，每次去看他，或者说陪他去医院，他都说不用不用。我那时不太懂事，觉得成老师对我只是欣赏，在情感上并不需要我去看他，很多时候他说不要我去，我就没有太坚持。他总是说有很多事情要做，但时间不够，我也怕耽误他的时间。后来别人告诉我，成老师很高兴我去看他，但他总是不想麻烦我。

成老师给我的太多，但我为他做的非常少。现在想来已是无法弥补的遗憾。

我最后一次去看他，是在他去世前一个月，他的《秋籁居忆旧》已经出版半年多了，因为他说给我留了一本，让我不要买，我就一直没看到。那天他就一直让我找那本书，我找了一会儿没找到，他睡着了，醒了他又说找到书了吗，我说没找到。过了一会儿他忘了，又问我。如此反复了很多次。

那天下着大雨，阳台门开着，他躺在床上。我坐在床前抱着琴在腿上弹，一曲曲想到哪儿弹到哪儿，都是他的曲子。他时睡时醒，有时看我弹琴，一会儿看着天花板思索些什么，有时抬头看看外面。哗哗的雨声没有遮拦地涌进来，琴声也快要被吞没，我突然有一种巨大的结束感。

每次我离开南京，他都会估摸着时间打电话问我有没有到家，那天他没有打电话。他实在虚弱，怕影响他休息，我也没敢给他打电话。

成老师去世后，我把他的曲子全部弹了一遍。也许到今天，我才真正明白成老师和这些曲子对我的意义。

　　在当时，那意味着，我最好的学琴时光结束了。

尾
声

现　在

现在是初秋，气候依然炎热，无患子底部的叶子已经黄了，秋气在上升。

傍晚时，我坐在窗前。温度变得不凉不热，这样的时候让人想弹琴。有很多古琴的记忆发生在秋天。例如像这个初秋，楼下的桂花香从窗口飘进来，而我在窗下练《秋鸿》以及写这些文字。

我主要听管平湖先生的《秋鸿》，也就是《五知斋琴谱》的版本。

《秋鸿》是我一直想弹的曲子，2010年秋天在雁村，我买了一部《五知斋琴谱》，打算跟着管平湖的录音去弹。但一直没有开始去弹，我怕一下子把琴弹满了，本来琴曲就不多，喜欢的就更少，都弹完了就没兴趣再学下去。所以《秋鸿》是我一直想弹，又一直留着没弹的曲子。

我原来听过管先生两个版本的录音，一个音质很糟糕，琴弦像不断有水滴在上面的电线，噼里啪啦地响，像电子原音的曲子。另一个音质好些，还有管先生的报幕，连绵的底噪声从监听音箱里传出来，非常奇妙，这些声音给我们一种时间感，但这种时间感是我们当代人投射出来的，在那个现场并没有这些声音，就是干净新鲜的琴声，如同我们任何时候听到的现场一样。对管先生来说，录音中的时间就是"现在"。但是"现在"过去了，他在时间的背后弹了20多分钟的琴，然后此刻我的时间也过去了20多分钟。像是两个空间被压缩到了一块。

那个时间已经过去，连同弹琴的人。声音被记录下来，变得空间化，好像在另外一个房间里，突然有个人站出来说：秋、鸿。然后他坐下就开始弹了。

现在这个新版本经过降噪处理，感觉把上面这些东西都给降没了，但这也全是我的无端联想。

不弹琴

有一次我跟朋友去天台山，应该是八年前。刚刚下过雪，我们凌晨起来上山。我带了一本《杜尚传》在看，里面提到约翰·凯奇，我第一次知道他。凯奇跟杜尚的见面经过是这样，因为凯奇把自己某部作品的首演放到了另一个人赞助的场合，惹得古根海姆女士不满，穷困潦倒的他当时全靠古根海姆的资助，现在他遭到驱逐。他在古根海姆豪宅的一个房间里伤心时，发现黑暗里杜尚正在看着他。后来凯奇去听了铃木大拙的讲座、研究《易经》、采蘑菇，他让音乐发生了天翻地覆的变化。

他不是用某类音来取代另一类音，而是直接消除两类音的差别。他不是弹两个空灵的泛音，告诉你这是禅意，是空性；而是敞开，听到什么就是什么——如果你在一个工地上，聆听它。

创作的意义被否定了吗？没有。但创作是提供一个空间，而不是指明一个方向、规划一条路径、设计这条路上的景物。不是用声音勾起某种情绪，把这种情绪带向某个目标。

不过在凯奇的作品中，"无我"更像是一种方法论，在描述作品时，"无我"又有点像个形容词。真正的无我是一种初念，充满可能性，离开了美学教养和技巧。

那次在天台山，我跟朋友化雪天在国清寺隋代的梅花下喝了茶，为没有带琴而遗憾。我听说山里有僧人好琴，第二天清晨四五点起来上山，有意去借张琴弹。清晨时在山中遇到一个奇僧，长髯红面，他突然出现在我们前面，我们冒失地跟他招手，他两手举起热情地挥舞起来。我们问他哪里可以吃早饭，他开始说没有地方可以吃饭，然后绕着我们几个人转圈圈，一会儿后说，进来吧。开了一个小门把我们带到一个寺庙的厨房，亲自动手给我们炒了面。

但他一进去劈头盖脸地把一个挂单的比丘尼骂了一顿，我们愣了，他转过头对我们做了个鬼脸。吃过面后，他把我们带到一个房间去喝茶。他冲洗了杯子，然后问我水应该倒在哪里。我正思索时，他头也不回地把水往身侧一洒。

聊得欢快，他突然提出带我们到他山间的屋子里喝茶。怀着好奇心，我们跟他上山。

在山里跟他走了一小时山路，终于到达那个四下无人的地方，在天台山中某处的一个小屋子，与想象中的茅棚不同，房屋结构分区明晰，主室里窗明几净，屋子中央一张矮几别无长物，没有佛像拜坛，完全是禅者的作风。屋外是一个矮墙围起来的小院，墙外有一小片茶园，由于地势高，雪还没有化尽，山中一股净爽气息。

这个喝茶的流程从让我到近处的山泉拎两桶水开始。我们在化雪天待在那间深山的空屋子里，地上铺满席子，每人裹着一床被子席地而坐，喝茶聊天。听说我是弹琴做琴的，他对古琴很有成见，说自然中有这么多声音，为什么要弹琴？他说话的时候，雪从屋檐化下，滴答滴答，稀稀疏疏地落到院落地上。他说，你听，这个声音。

那个院子在山上很深的地方，附近几公里内没有别的人居住，我们是听到这些声音的唯独的几个人。

凯奇认为为什么要区分音乐和非音乐，生活中到处都是音乐，只要我们有耳朵就有音乐，音乐不是创作出来的，音乐是聆听。不仅仅聆听松涛、化雪的声音，也聆听警报、工地上的声音、路上的噪声、孩子的哭喊，也就是生活中的一切。他的东西成为玄学，人们讨论他，这个热爱禅宗的作曲家，《4分33秒》被写到各种艺术史教科书里。但没有人愿意坐下来听凯奇，其实没有必要非得去听凯奇，已经有很多东西值得去听了。

那位禅师对琴的否定是在我对古琴最热情的时候，我不太能接受。为什么要弹琴？当然要弹琴，这是我的需要。

喝过茶后，我们劈柴生火炒面。如果不是跟朋友们彼此确认，这一天像从生活中多出来的，很难判断它是否真实。

我已经好长时间没有弹过琴了，今年我又突然开始弹琴。

我不弹琴的原因很奇怪，我想我是喜欢弹琴的，但我总是没去弹。古典艺术发展到末端，就容易变成一种笔墨游戏。就像晚期的山水画一样，构图与风格再难具创造力，于是经营局部，内行人在成熟的细节里品味笔墨滋味。我不太喜欢这种带有把玩性质的演奏和聆听方式。无论是文人趣味还是学院派，都钻到了同一条窄巷子里。

练琴很多时候是在练熟练度，是在保持已有的东西。有段时间我曾经非常怀疑这种状态，每天巩固已有的东西，害怕失去，这让人看到一种中年人的心态。

我觉得我对古琴产生了很深的逆反。

我把主要的精力放在了斫琴上。我一直靠斫琴为生，但生计总是捉襟见肘，有阵子成先生问我要不要去某处教琴，我打了个哈哈把这个话题滑过去了。后来他又认真问我一遍，我支支吾吾，不想忤逆他的好意，话说得很绕，我不知道他有没有听懂那些东倒西歪的话，但他理解我的意思了。那时我不想成为一个职业琴人。

过去几年我都只在为琴试音时才会弹琴。

今年来我又比较多地弹琴给很多朋友听，我突然喜欢上这种感觉。我真正又感觉到，琴作为一种连接，无论是通向自身还是他者都是非常美妙的。我觉得可以让每个当下的状态保持新鲜，让自己与他人的关系保持新鲜，如果能够做到，那它就不再是一种重复。而一种真正新的东西也会慢慢发生。

很多年前我很不适应在他人面前弹琴，或者说是紧张。就像更早的时候我不适应在陌生人面前说话，一说话我就舌头僵硬、肌肉打颤，弹琴很能见出一个人的性格和状态。现在，我开始教琴了。在我有了一点教琴的经验之后，发现通过琴声来看一个人的性格非常准确，哪怕是一个初学者，他还没学会用古琴的技巧来表达自己，也已能见出端倪。

我按一种新的要求重新练琴。这个要求是我在弹的时候不观察声音，而是观察自己。

琴声记录下状态，状态比声音重要。

忘　机

人为什么要弹琴？

有个喜欢下棋也关心技术的朋友说，阿尔法狗出来后他就不再下棋了。

琴棋书画并论，有一些琴人颇不以为然，例如杨时百就认为围棋需要机心，而弹琴是忘机，不应相提并论，林和靖也说过平生不能之事唯担粪与着棋。琴曲《鸥鹭忘机》讲的是一个渔夫，常有鸥鹭停在船上，有天他妻子跟他说何不抓两只回来吃掉，当他有了这个机心后，鸥鹭就再也不停在他的船头了。这个故事是《列子》说的。

《庄子》里面讲了另外一个关于机心的故事，子贡见到一个老人用瓮从井里打水，再抱到地里灌溉，好心告诉他有一种叫作"槔"的机械，每天可以灌溉百畦的菜地。老人不领情还教训了子贡一顿，说："有机械者必有机事，有机事者必有机心。"把技术全盘否定了。

但是这个故事不是用来反技术的，庄子在另一些时候又热烈地歌颂技术。

如果人工智能能弹琴，我们还需要弹琴吗？现在人工智能虽然能作曲，但还不能弹琴。我们还不能假设人工智能弹琴会是什么样子，只能假想一个仿生机械手臂，在琴上机械地动来动去。这是我们的狭隘，只能根据已有的东西来想象没有的。也许人工智能根本就不是这么玩游戏的。

我们知道人是怎么玩这个游戏的。一个音出来，它就是一个音，并没有对错。这是不讲道理的。一旦有规则有对错有计算有逻辑，就落了下着。

人类最终的尊严也许不是我们的智能，人工智能可以轻松在智能游戏中战胜人类，但却无法模拟我们的灵敏度、感受力。因为我们生活在自身的体验当中，而不是在一个以逻辑构造的智能世界里。

这是我们听完管平湖的《流水》后，自己也会想要去弹《流水》的原因。

时　间

我写完上面这段后已经过了好几天，我在电脑上开了十几篇新文档，来来回回地跳着写。

就像练琴时东一曲西一曲地弹着，勾连出一串跟琴有关的记忆。于是有了这本书，书里的文字写于若干个现在，每个现在都不一样，我想找到它们的关联。

有天早上起来没有像前些天那样打开电脑，我起来就开始练琴，然后读了一会儿陶渊明。读到"静寄东轩，春醪独抚"，正好坐在东窗下，就喝上一小杯。

然后我从《普庵咒》练起，到《潇湘水云》《龙翔操》，《阳春》弹到一半时忘了。

前阵子我都在练《普庵咒》。这首曲子与宋代的普庵禅师有什么关系已经不可考了。据说修证到八地以上的菩萨可以说出咒语，相当于建了一个电台，有了一个频率，他人可以与他联系。普庵禅师曾说出一个自己的咒语，也就是"普庵咒"。这听上去不太像禅宗的风气。

回到这首曲子，它主要流传在清代，与普庵禅师隔了数百年。

琴曲中有许多这样的拟作，很难说它与所拟对象有关系或没关系。

原来我在练《普庵咒》时，不过觉得是首很简单的曲子，练完以后就没有再弹它。最近时隔十年重弹时发觉并非如此。首先单是在十分钟的循环中保持一种练习和平稳的气息就很不容易，很多人会越弹越快，一点一点地加快，弹的人和听的人都觉察不到，但实际上就在往前赶了。其次，在有了一种稳定性之后，如何处理这十多分钟的时间？在稳定中应该有细微变化。这都是弹慢曲，尤其是重复较多的慢曲容易忽略的问题，容易弹得或疲沓，或着急，或是机械重复。

人不一定从练琴中获得什么，但一定会失去些什么，例如时间。有次在一个朋友家弹琴，座中有人刚刚遭遇失怙之痛，说时间赶快过去吧。我为他弹了两首曲子，能不能让他安心不知道，起码时间过去了二十分钟。

我跟人说要弹琴而不是练琴，因为练琴带有一种获得感，我们花了时间，一定要交换些什么东西。而弹琴其实不要有方向感和目的，不要试图把声音发生的这段时间带到什么地方去。不管弹不弹琴，时间都会过去的，所以并没有损失些什么。

又一个现在

现在又是另一个现在。

2021年的夏天，台风天，没有想象中的疾风骤雨。昨天我等待了一天的台风，时不时探头出去看看，然后回来弹弹琴。距离我开始写这份文稿已经过了一年，它们一直在我的电脑里沉睡着。

半个多月前，我把《袍修罗兰》又完整地弹了一遍，那天是成先生去世六周年的纪念日。

正是初伏，空调坏了。我在汗流浃背里弹了《火》，弹到《风》时忽然风声呼啸着穿堂而过，等我弹到《如来藏》的最后三声齐撮，那是三声重复模拟钟声的双音，外面轰隆隆地响起了雷声。最后一声弹完，余音还在，我偷瞄了一眼外面的山色，真是完美的应和。这样的时候不可多得。

这是六年来我第一次弹这些曲子。在我重新练习它们的时候，似乎又重新找到了当初学习这些曲子时的情景。但我对它们的理解已不同于昔日。起因是有天与朋友听成先生的曲子，感觉我才突然真正理解他。他曲子里隐藏着很深的悲伤和孤独，他非这么弹琴不可。一位艺术家，如果到达一种非如此不可的表达方式时，他的一切就都成立了。

在我当时学完这些曲子时，他跟我说可以了，剩下的是性格问题。因为我那时回避这些吟猱和走手音线条构筑的感性空间。但它们一直在我身上。我逆反他，其实是逆反我自己。

最近我一遍遍弹《袍修罗兰》，弹《普庵咒》《广陵散》《平沙落雁》《秋鸿》《洞庭秋思》……

仿佛回到我用功最勤的那两年，琴就像一个通道，把所有的感受、每一个片刻的现在串连起来。我终于可以离开对曲子的理性分析，而完全沉浸其中，这是我独享的幸福。

如果我有一个什么身份的话，我想是琴人。

谈琴

南　北

怀　北

有一年隆冬过西湖，被雪阻在南山路上。透过车窗看到外面雪落的样子，左边是湖，右边是满山的雪，压在黢黑的树冠上。树枝被压弯，终于承受不住雪的重量，雪掉落下去，树枝弹了回来，雪粉在空中散开。空气阴湿，每片雪花都化成水分子要钻进人的皮肤里。应该会有声音，但我没听到，我正戴着耳机，里面传来的是张子谦的《长清》和刘少椿的《樵歌》。这就是江南吧。不像北方雪落大地时山川浩莽，让人无暇细节。

《神奇秘谱》中对《长清》的解题是说它取兴于雪，各段小标题也都是描写雪景，例如"雪天清晓""雪霰交飞"，等等。实际"清"只是一种乐体，并不是特别描绘雪景之清。这首曲子的主题是开放的，实际上它是首无标题音乐。但因那个场景和当时听到的琴声，它从此嵌在了我的记忆里。我弹《长清》就想到雪，看到南方的雪景，就会想到《长清》。

清代雍正二年（1724年）序刊《五知斋琴谱》中《秋鸿》琴谱。藏于日本国立国会图书馆。

《孔子集语》中说："子路鼓瑟，有北鄙之声。"北方是属于《刺客列传》的，飞沙走石，易水汤汤，大地一望无涯。在北方意象里，山川很大，人变得很小，是物理上的小，像《溪山行旅图》里画的那样，巨大的山岩屏障下，人小得几乎消失。至于精神，则很大。这样的比照给我们一种强烈的精神震撼，这种精神是来自人。画中巨大的宇宙感不是自然主义的。若没有人，时间再长、宇宙再大与我们有什么关系？易水边上高渐离的歌声必然是被风声水声吞没了的。在平原上，送行的人影也不过微小如芥子，但人把自己放得很小的时候，他的精神就大得遍及山川。

什么曲子会让我想到北方呢？《广陵散》《大胡笳》

《小胡笳》《秋鸿》都是北声。特别是《秋鸿》。作者郭楚望本是南方人，这首曲子是南方人的北方想象，更有点接近我虚伪的北方情怀。有阵子我爱听长调和图瓦音乐，看突厥草原的历史，练颜真卿，但实际并不想受风沙之苦，只是去吸两口苍凉之气就想回到清湿的南方。虽然平时抱怨刺骨的湿冷，可一旦离开却无比想念，那种体感记忆铭刻入髓。南方的气质是敏感而收缩的，我想南方艺术的特点是个人化的。

当然郭楚望不会像我等后人这么小气，《秋鸿》并不那么个人化，其中有一段标题叫"怀北"。考虑到此曲创作时的南宋背景，这首曲子的政治隐喻不言而喻。郭楚望对偏安一隅的南宋朝廷感到不满，身为一介琴师的他在这里表达的既有四海无人的孤独，也有故国之思。与他所创作的《潇湘水云》旨趣相似，以景物与孤旅寓情，既有山水空间的抒情，也有感于时代迫厄的幽愤，但《秋鸿》比《潇湘水云》气魄更大。《潇湘水云》是南方气质的，不仅仅是里面有一个楚地的地理意象，还因为里面有一个泛舟潇湘的主体，可想而知他是个失意文人，我们跟随他由浅入深去看江面的水纹和九嶷山的雾霭，跌宕胸怀。

而《秋鸿》托兴于鸿雁，由上视下，个体被隐藏，视野和情怀都开阔得多。

郭楚望在江南和楚地携琴漫游，南宋朝廷和南方文人就像南飞的鸿雁一样，他在怀念也许他从来没有到过的北方。此曲的故国之思不可仅作家国的解读，它是一种诗意的乡愁，北方是一个回不去的精神故土，而不是具体政治意义上的失地。里面的家国情怀是美学范畴而非关政治的，对于文人来说，对政治的诗意理解使他们注定与现实悬隔，成为精神流亡者。

朱权把此曲放到《神奇秘谱》里作为压轴曲，并为此曲写了一篇长赋。这也给后代留下一个聚讼不休的课题。在那篇长赋里，朱权暗示了自己是这首曲子的作者。他说这首曲子的作者"乃西江之老懒，诚天胄之诗狂"，既暗示了他的所在，也提醒了他的身份。在后代的一些琴谱中，就完全把《秋鸿》归于他名下。可是故宫所藏明初的一个图文谱，已明确说此曲是郭楚望作，经明初浙派琴家徐天民、徐和仲的删削。

已经无从得知朱权为什么会做出如此暧昧的暗示，也许他是非常喜爱这首曲子，乃至嫉妒这首曲子的作者。

浙江永嘉人郭楚望怀念北方失落的山河，他的诗意故乡，这首曲子里的鸿雁是壮烈的。而对朱权来说，"怀北"一题更加具有强烈的生命震动。朱权的封地本在内蒙古赤峰一带，被朱棣用计胁迫参与靖难之役后，从青年时代就蛰居江西直到终老。他应该很怀念北方的厚土和浊流，那是他自己鲜衣怒马的少年时光。他们二人的生命纠葛在《秋鸿》这首曲子里，像两只失群的孤鸿。一同连接的也许还有数百年后的北京琴家管平湖。他弹的《秋鸿》是我最喜欢的一份古琴录音。撇开版本的差异，在演奏上唯一接近

《秋鸿》所表达的阔大气象的琴家，只有管平湖。

南北宗

中国的学术和艺术向来分南北。《世说新语》中褚裒对孙盛说："北人学问，渊综广博。"孙回答说："南人学问，清通简要。"这种清谈是典型的南方做派，著名的清谈人物支道林听后说："北人看书，如显处视月；南人学问，如牖中窥日。"显处视月虽然自身所处甚广，但不甚明朗；牖中窥日虽只有一孔之见，但光芒刺目。北方沉潜，南方飞扬。这是博与约的差异，也是工夫与见地的不同侧重。说到底是两地气质差异。

唐代禅宗分南北，向来说南宗重顿悟，北宗重渐悟。但这种方法论的差异并不是两者分端所在，在佛法实修中从来是彼此包含的。禅宗的南北分宗并不完全是由于实修差异引起的，很大部分是佛教对中国文化中南北两种取向的回应，这是一个典型的中国式二分法，禅宗只是适应这种分端。这种南北分野在早期的佛教史上一直存在着。北方重理性，南方重直觉体验。唐代之前的佛教，南方重义理，北方重禅定。在分宗之前，禅宗本就暗自与南方气质相应，它的本土化的过程也就是南方化的过程。最后以南宗独胜也是必然。禅宗进入中国直接以心为宗，它并不适宜北方的地气，但到底是印度产物，又不完全合于中国南方的玄学土壤。南印度的玄秘和空性体验，要与中国的时空感和物质文明相结合，在南方的诗意山水间孕育，才是后来的禅宗。到五祖以后宗分南北，南宗花开五叶，才彻彻底底地中国化，到后来禅宗就是南宗，这个时候的禅宗早已经不同于印度佛教了。

董其昌依禅宗史来为画史分南北宗，同样认为南宗强调直觉，北方特重工夫。南宗以王维、董源为宗师，如果再具体定义，南宗就是文人画。孔子所说的"游于艺"以及"君子不器"，是后世为艺术分南北定格调的重要心理依据。其次是禅宗的心性倡导，艺术表现上不重细节的描摹而重心性的直接体验，这种身份上的业余姿态以及对直觉的极端信任是南方艺术的关键。那些真正的禅宗艺术家并不在这个附会于禅宗的美学谱系里，他们在南宗大师心目里并没有一席之地，因为儒家文人身份才是这个俱乐部的入会资格。

像文徵明所说的："高人逸士，往往喜弄笔作山水以自娱。"虽然他无比勤奋，但他依然小心地警惕着自己的艺术家身份僭越了儒家文人身份。一个文人不可在技巧上表现出过多的兴趣，通过科举建立功名才是正途。文徵明进入翰林院后，有人便因为他的画名太盛而嘲讽他，说这里是翰林院而非画院。这肯定给文徵明莫大的刺激，因此他更需强调这种"自娱"的姿态。

画史上的南北分宗，是对艺术史的表态而不是艺术史的真实。其实就是明代的文人艺术家对专业艺术家的贬抑，这种贬抑来自他们自身的身份焦虑，他们要与艺术家划清界限，以强调自己的身份是儒家知识分子，或者是隐逸文人，艺术不过只是"游于艺"。他们为自己更多地因艺术天才而非政治才干及文章闻名而自卑。文徵明因为以画闻名，即便进入了翰林院这样的文人团体依然受到轻视。而更早期，官至宰相的阎立本在一次被唐太宗召唤去画鸟后，想到自己只因为擅长丹青就被以画师相待，就告诫自己的儿子不要再学这类小技。史书上说他并没有相才，而且讥讽他说"左相宣威沙漠，右相驰誉丹青"，他就是右相。如果他不是以画闻名的话，不过是个在史书中一带而过的角色。

同样作为儒家信徒的琴人群体，在琴史上并没有分过南北宗。琴史跟画史有一个相似的轨迹是，从南宋到明初的重心在浙派，而明中期转向吴派。明代中晚期，琴学的重心从浙江转到江苏，一种新风格由此滥觞。与开放博大的唐代琴学、重视表现性的两宋琴学相比，明代中期琴学转向一种崇尚内省和平淡的文人风格。这也是一种南方化。这种风格在江苏常熟地区孕育，成为著名的虞山派，清微淡远的审美取向支配了琴坛数百年。它超越了浙派或者后期的广陵派那样以师承授受为核心的琴派概念，而是一种风潮，宗虞山者并非要与虞山有直接师承，而可以只是一种美学响应。到 20 世纪 30 年代查阜西等琴家在上海，以超越琴派藩篱重振琴学为旨成立的琴社，依然以"今虞"名之——今天的虞山。虞山代表着黜俗还雅的品位，也代表着君子不器的业余姿态。

南北之分在某种程度上可以看作业余化与专业化之分。归根结底音乐有极强的专业性，而宋代开始中国艺术被文人支配，到明中期更加强调业余化。琴史虽然与美术史同一走向，但结局并不相同，甚至北宋也没有出现过顶级大师。唐代的顶级琴人都是职业琴家。唐代以后的最高峰是同样以专业性见长的南宋。正是业余化的风气使古琴从明代开始走向衰微，再也没有出现过唐宋时期那样的大师。明代作为琴坛祭酒的严天池、徐青山是可比肩董其昌的人物，但他们并不以创作知名，明末清初的琴坛也没有产生像八大山人、石涛这种具有强烈倾向性和表现力的人物（同样指创作），清代就更不用说。

文人很难以对待南宗画的态度来操弄古琴，音乐是所有艺术中技术性最强的。如果强调业余化，结果必然是式微。文人在琴上也很难获得操笔弄翰的那种自信。

南北声

回到具体音乐实践上的南北差异。

风土的悬隔使音乐在风格的差异上较文学、美术更大。审美的南北分异和音乐风格上的风土差异虽然交织在一块，结果上也相似，但有所不同。前者是一种美学倡导，而后者是实实在在由物理上的地缘悬隔造成的风格差异。

《吕氏春秋·音初》中说"闻其声而知其风"，简述了四方音乐的来源，说吴楚之音时伤清浅，燕赵之音多伤重浊。

《左传》记载春秋时楚国乐师钟仪被郑国俘获后又送到晋国，因为他演奏的是楚声，被认为不忘故土，又被送回到楚国。

唐代琴家赵耶利说："吴声清婉，若长江广流，绵绵徐逝，有国士之风；蜀声躁急，若击浪奔雷，亦一时也。"这里并没有提到北方琴学的状况。在唐代，与吴声、蜀声并行的还有一个中州派，想是北声了。赵耶利下的断语，在近代吴蜀两地的琴风里依然有迹可循。近代吴地琴家取声纵然有流派、性情差异，但大多依然是清婉流利，或是清浅淡泊。而《流水》的传谱就是来自川派，其中以滚拂模拟水流的浩荡，也可谓击浪奔雷。

北宋琴家成玉磵提到当时能琴者极多，但各地指法不同，大抵"京师过于刚劲，江南失于轻浮，惟两浙质而不野，文而不史"。

成玉磵所描述的南北差异，与近代南北的琴风差异也依然有类似性。北宋时的京师是开封，是北声。声主刚劲，现在听北方琴家如管平湖、乐瑛 [23]，大抵是清刚坚劲，指下生风，与江南琴家的音色迥然有别。

金代琴学也分南北，袁桷《题徐天民草书》中称"南北所传皆阁谱、宣和谱，北为完颜谱，南为御前祗应谱"，南北两谱都来自北宋宫廷，完颜谱即是北宋的阁谱（饶宗颐《宋季金元琴史考述》）。我们现在已经无从分离南谱和北谱，从《神奇秘谱》以来，几乎所有重要琴谱都是在南方出版。北方的大师已经消失了。

晚期琴学就是南方琴学。

风土差异加上师承脉络的固定，琴家只能在自己生活的地缘圈子里交流，而这个地方的气质和封闭的师承体系形成一定的审美和方法上的共识，就产生琴派。

虞山代表了正统，一种强调文人趣味，略显矜持的审美取向，特别与浙派的职业性和强调表现力相对。明代南方琴学的代表是虞山派，而清代就是广陵派。广陵派于清代初期在扬州形成，早期广陵琴人都以虞山为宗，后来慢慢形成广陵派的特色，广陵派也是近代流派中师承可以追溯得最为久远也最具规模的琴派。

北方琴学到近代开始形成规模，近代的北派就是京派。学琴的人都知道管平湖，他虽然是苏州人，但成长于北京，父亲是宫廷画师，幼时即习画，后来弹琴，遍学当时北京的各家。主要老师杨时百是湖南人，自号九疑山人，民国时在北京以"九疑琴社"的名义授徒。杨时百其实学琴比较晚，近四十岁才学琴，他的演奏水平现在并没有录音可以证明，但他是当时的琴坛宗师，民国时的北京琴家许多与他有关，连湖南彭祉卿和四川裴铁侠都师从过他。由他所延伸出来的琴派叫作"九疑派"。

他们的琴学其实渊源于南方。

广陵派在 19 世纪有位琴家叫秦维瀚,现在学广陵派琴曲的,主要用的琴谱就是秦维瀚编撰的《蕉庵琴谱》。他的再传弟子有两个较有成就,一位叫孙绍陶,另一位是释空尘。前者培养出了张子谦与刘少椿两位先生。至于后者,他有部琴谱叫《枯木禅琴谱》,在琴界影响很大。

据说释空尘传琴有个规矩,只传出家人,因此他的学生在南方特出的不多。但有个学生据说为学琴而短期出家,后来还俗到北京以"广陵正宗"的名头授琴,这个人就是黄勉之。他的学生里后来名气最大的就是杨时百了。

黄勉之另外还有一个弟子叫贾阔峰,乐瑛便是师从于他。可以说北京琴坛主要就是黄勉之一脉。关于黄勉之出家还有一些别的说法,但他师从空尘是确定的。

但如果以北京琴家遗留下的录音来揣测黄勉之的风格,再与广陵诸家相比对,那么出入颇大,简直南辕北辙。黄勉之的生平较模糊,关于他的传记只有一篇杨时百所写极尽渲染的《琴师黄勉之传》,除此,我们无从得知他别的琴学渊源,但广陵无疑是他的主要师承。只能说这就是南橘北枳的气质差异了。

广陵派与北派差异最大的几点:北派无论九疑、管先生还是乐瑛,弹琴都吟猱有节、重板眼、取音刚劲,弹弦靠近岳山,这样出来的声音会较硬朗。广陵派琴家众多,撇开个人风格差异,有几点是相似的:广陵派的节奏复杂多变，充满弹性；弹弦位置经常移到徽内，重视音色变化，也较多地使用自由节奏。像广陵派的《樵歌》《龙翔操》等曲都是通体散板，整首曲子的节奏都是自由的，由演奏者自身的心理时值和对气息的感受来决定演奏时间。如果严格分析，这是一种快速变换拍子与拍速的节奏模式，并且在拍子的变换中通过对时间拉抻、留置、压缩来获得自由度。这是非常典型的南方音乐的特质。与之相比，北方节奏就是一种稳定、一以贯之的节奏模式，绝不会在中间通过改变速度、拍子来追求变化，也不会通过取音位置差异、力度变换来获得音色的变化。

杨时百继黄勉之之后成为北京的"琴坛祭酒"。

我们无法听到黄、杨是如何弹琴的，只能通过管平湖、杨葆元、关仲航、乐瑛等北方琴家来推断近代北方琴家的整体风貌。

以管平湖为例，他是杨时百的学生，但他并不算是"九疑派"，他有自己的个人风格。他的录音与其他九疑琴人并不一样，也有自己擅长的曲目库，远远超出了九疑的规模，是我最喜欢的琴家。他下指苍劲老辣，凡是他弹的曲子，如果用同样的方法和力度去弹，绝对不好听，因为你没有他的音色。而音色来自性情，好像一个人说话的声音，是学不来的。

他的指法是经过多家调理过的，据说调理过后，他终于改变了来自杨时百一路下指板滞的问题。但他的节奏模式和音色依然可以视为京派的代表。例如他弹的《龙翔操》就是节奏整齐、吟猱取方，一个拍子可打到底，这是近代北方琴学的普遍特点，运用到《龙翔操》这样的曲子里就显得呆板。这首曲子是广陵琴家张子谦的代表曲，在张老的手下弹得神出鬼没、变幻莫测。当然并不一定说必须自由节奏才可以弹出自由无碍的状态，乐瑛的《列子御风》也是北方节奏，并没有多少节奏变化，但依然弹得潇洒生风。无论琴人还是琴曲，都是有精微差异的。这个话题只是一种笼统的概观，琴弹的都是此时此情，我们不可能只通过一个群像来认识音乐。

如果用一个玄虚的断语来评价南北琴风，可以说南方琴风须变中不变，北方琴风则求不变中变。

我本只想写写体感上及美学上的南北，但因为琴学中基于地缘流派的师承授受，不可避免地谈到琴派。这个话题有种刺激性，好像暗含着一个隐秘的弦上江湖。

记得有次我向成公亮先生问到关于广陵派的问题，我问现在还在扬州的琴人，胡滋浦传下来的一脉，与张子谦、刘少椿这一派有什么差别，他很严肃地打断我说："讨论琴人，不要讨论琴派。"

也许这个话题可以打住了。

《平沙落雁》

前面写过《秋鸿》,《平沙落雁》的气象与《秋鸿》相近,它被称为"小秋鸿"。

《平沙落雁》在近代有"南平沙"与"北平沙"之说,"南平沙"是广陵派的传谱,"北平沙"就是九疑派的传谱。所以这两首曲子应该是同源,只是后来分为两支。

"南平沙"清远疏淡,"北平沙"则严整肃然。无论南北,我总觉得这首曲子都应该有旷远寥廓之感。《平沙落雁》可以说是明清时期古琴风格的典范。无论它的乐句构成、重视左手吟猱的演奏技巧还是美学的趣向,都完美体现了晚期古琴的特色。所以它是流传最广,但也最难弹好的琴曲。

《平沙落雁》最早见于明末 1634 年出版的琴谱《古音正宗》。与《神奇秘谱》的编者朱权一样,这个琴谱的编者朱常淓也是一位藩王,他同时也监制古琴,现在依然有大量他监制的琴存世,人们根据他的藩号把他的琴称为"潞王琴"。但他也许并不弹琴,据说他的指甲有六七寸长,这么长的指甲是无法弹琴的。

《平沙落雁》的母题典出北宋画家宋迪《潇湘八景图》中的《平沙雁落》,《平沙雁落》的标题后来借用到明代的琴曲《雁落平沙》上,张岱在《陶庵梦忆》里提到他曾习此曲,应该在晚明就已经是传播较广的琴曲了。进入清代以后成为《平沙落雁》,发展出五十多个版本。

《潇湘八景图》原画未存,只有八个小标题被沈括的

《梦溪笔谈》收录。这些标题据说是米芾加的，引发了文化史上的蝴蝶效应。"潇湘八景"后来成为中国和日本诗歌绘画中的重要母题，宋迪的《潇湘八景图》没有流传下来，但不乏后继之人，像牧溪的《潇湘八景图》传到日本，其中的《平沙落雁图》今天还保存着。《潇湘八景图》中的《平沙落雁》所描写的即是湖南衡阳的雁回峰。古人以《潇湘八景图》中的母题作过许多琴曲，例如《西麓堂琴统》中还有一曲与平沙落雁的母题相关，即《雁渡衡阳》。例如八景中有《洞庭秋月》，而琴曲中就有《洞庭秋思》，这首曲子由查阜西先生打谱，经过成公亮先生记谱流传后，成为当代极受欢迎的琴曲。

《平沙落雁》我用的是南方传谱，却是南曲北弹。当然我指的不是民国北京习尚的那种整齐的节奏，而是目送归鸿背后那种大开大合的空间：鸿雁越飞越远，大地宽阔，江河流进地平线。

《平沙落雁》易弹得静，难弹得远。这首曲子，在静逸中有高远的气象，不能只是静谧疏淡。《天闻阁琴谱》说这首曲子是"借鸿鹄之远志，写逸士之心胸"，弹琴弹的就是自身，如果不是超逸俊迈的人，怎么能弹得好这样的曲子呢？

我觉得这首曲子的开阔度与气象并不亚于很多大曲。虽然是我学弹的第一首曲子，多年过去了却没有信心把它弹好，只是在习弹中每次都获得一些新的体验。里面有一个完整的世界，一个开放的世界，任何一个听过、弹过这首曲子的人都可以在里面安放和书写自己的故事，人事与人情隐于风景里，由琴声来透出情绪。

开头简单的三声泛音，构出一片淡黄色的空间，像秋天薄雾里的水岸。随着泛音的持续，这个空间越来越深远，湿润的沙洲和凝霜的芦苇也模糊可见；在走手音的段落，通过保持左手移动的余韵来构成旋律，声音越来越轻，在句尾有淡淡远去直至消失的感觉，画面里空余远处渺小的雁影。

从人看雁，是昏黄空中远去的小墨点；从雁视下，是人被隐没于沉浮飘散的尘雾里，是想往远看而看不见的悲伤。

二　时

较近的山头会遮蔽我们的视线，让我们无法看到更远的景象、更高的山。

一叶障目，我们会以为眼前的就是全部。在琴史中也是如此。我们指认较近的传统为正统，而对更远的琴史感到陌生。录音产生前，每一代琴人都只能听到同代琴人的声音。幸运如我们，有录音，但往前追溯也只能听到民国一代琴家的琴声，那代表一个活的传承的尾端，那是我们熟悉的传统。而留下这些录音的琴人身在此山中，这个传统是他们眼中全部的古琴世界。

现在我们也许有了不同的视角，如果你去听去弹《幽兰》《离骚》《神人畅》《明君》，可能会觉得它们很特别，会惊讶于原来我们的传统不只是五声音阶，不只是清微淡远。中国音乐里有清奇古异的，有沉郁悲慨的，我们有复杂得多的传统，那个传统隐没在历史的灰尘里。但这仍然只是现代琴人的诠释。我们依然无法知道较古早的琴人如何演奏它们，不会知道嵇康在弹《广陵散》时用的"泼剌"指法有什么样的力度，在正声和乱声之间会停留几秒……我们站在琴史的尾端，像站在大河的入海口，无从看到它的发端、汇流与蜿蜒，只能在琴谱中去寻觅早期风格的蛛丝马迹。

音乐是奇妙的物事，只有一个方向，一到时间里即游走不见。这也不失为一种幸福，你可以无尽地探索，永远都不会有谜底揭晓，不会有正确答案。

两个半时

米兰·昆德拉在《被背叛的遗嘱》中对西方音乐史的两个阶段有这样描述，即"上半时"和"下半时"，分别指隐微的早期音乐史和为人熟知的晚期音乐史。在古琴这里，这种描述可以笼统概括为早期琴史和晚期琴史。

这种区分不是在时间上找到明确的泾渭，而是从传承方式来做区分。它们是两种眼光，上半时的琴史是考古学式的，而下半时是人类学式的。早期琴曲以琴谱形式遗存下来，等着被人去解读，它们早已失去了实际的师承。例如明代初年的《神奇秘谱》就把在当时已失去师承的琴谱单列一卷，共十六曲，叫《太古神品》。后来整个以《神奇秘谱》为代表的早期琴谱都失去了师承，早期音乐的面目在清代风格的遮蔽下就变得隐微；这些琴谱里的琴曲或失传，或后来发展为清代的面目，原始的形态被忘记了。那些清代面目的琴曲，则被实际传习着，是活着的、动态的传承，一代一代，直至民国，形成我们熟悉的晚期琴史。这是我们实际能听到的琴史。它是温和立体的，但它只是涵盖了清代到民国这一段。如果了解中国艺术史的话，应该知道拿清代到民国这一段来代表中国艺术会有多么危险。

所谓早期琴史并非指汉魏甚至先秦琴史。以作品为证的话，可能会让很多人觉得遗憾，现存琴谱只能以唐代的文字谱《碣石调·幽兰》为上限。因为曲子在流传过程中是会变化的，好比同一首《流水》，明代的版本与清代的版本就截然不同。所以我们讨论曲子只能以琴谱的时代作为依据，而不能依据文献简单推论创作年代。

但中国艺术家常有文本信仰，书上说什么就是什么。例如一些琴家用《阳关三叠》为例证来讨论唐代音乐，把琴曲《大雅》等于《诗经》中的宴乐，甚至把《神人畅》真的当作上古音乐的遗存。在严谨的讨论中这些都是搅浑水的做法。当然有的琴谱是以保存文献为主要目的，它们的来源远远早于琴谱的出版年代，例如上面说的《神奇秘谱》就明确把当时仍在流传的琴曲以及有更早来源的琴曲分列到不同的卷目。而《西麓堂琴统》也是一部以保存文献为主要目的的琴谱，里面收录的《广陵散》就分甲乙两本，不根据修谱者的师承风格做删汰抉择，都原样保存，它们都来自比出版日期更早的时代。但从谱式来看，它们所依据的谱本最早也只能算到唐宋，因为这些以谱集出版的琴谱都是减字谱。所以，以出版日期确定下限，而以谱式推导上限是比较合理的。例如《神奇秘谱》中卷与下卷收录的是明初仍在传习的琴谱，它们可能反映的是南宋到明初这段琴史。而《太古神品》中的十六首琴曲由于有许多文字谱过渡到减字谱的痕迹，而文字谱是中晚唐产生的，那么可以推断里面收录的是晚唐到北宋的琴谱。

至于《碣石调·幽兰》，它是唯一抄写于唐代的琴谱，现存唯一的文字谱。根据序言，这个传谱是来自南朝的琴家丘明。

由上所述，琴史中的上半时和下半时被分别记录在两个时代的琴谱中：明代与清代。因为现存最早的谱集就是我频繁提到的明初朱元璋的第十七子宁献王朱权所编的《神奇秘谱》，里面收录了64首古曲，1425年出版。明代以前的琴谱，现存的只有两份：前面说到的文字谱《碣石调·幽兰》，以及用减字谱记录的姜白石创作的《古怨》，篇幅短小，收录在《白石道人歌曲》中，是里边唯一的古琴曲。

南宋杨缵编撰的《紫霞洞琴谱》，收录了468首琴曲，是我国第一部大型谱集，但今已不存。其他所有明代以前的琴谱也都没有保存下来。《神奇秘谱》之后，在明初仍有多部琴谱出版，虽都不如《神奇秘谱》精善，但也反映了明初琴史的面貌。另外有部琴谱，就是明中期出版的《西麓堂琴统》，虽然编辑稍晚，但里边保存了大量古谱。

《西麓堂琴统》的曲目量是《神奇秘谱》的将近三倍，而且它的内容侧重于保存文献，不像许多琴谱只是为了凸显一家一派之学，像明初琴坛以承续南宋的浙派为主流，所以许多明初琴谱都可以说是浙派的家谱。论保存文献的价值来说，《西麓堂琴统》是《神奇秘谱》之外第二重要的琴谱。

下半时的琴史从明末清初开始。清初的学术有同一个共同倾向：回到源头上去。

书法可以学习北碑来感受厚朴之气，经史之学可以用文字学、音韵学的方法重读古典。琴学没有范本可以参考，于是只能回到想象中的五声音阶。清代琴谱一方面承接了明代末期向腔韵的转向以及文人风格的立场，另一方面作为对明末性灵主义的逆反，出现了一种复古倾向。清初的琴人认为五声音阶是华夏正声，于是对明代遗留的琴曲做了大量的删减，主要是把不和谐音全部改为和谐音，几乎所有的曲子都五声化。结构越来越简单，而演奏越来越细致，也就是越来越追求笔墨趣味。对腔韵的重视，就是晚期琴史的演奏实践中最重要的遗存。

在没有现代学术之前，早期风格与晚期风格这个二分法是不存在的，因为无从比较。琴家都是弹自己师承，或者是打谱与自己时代相近的琴曲。琴曲是在演化当中形成一种动态的传承。这种传承沿袭到今天，成为我们接受到的这个琴史，老一代的琴家都是在这个琴史中成长起来的，他们自身就是这个琴史的一部分，无论曲目还是方法，都保存着一个完整的生态。而早期的琴曲，或者大部分琴曲的早期版本，则沉睡在生灰的琴谱中，这些琴谱极少再版，所以坊间流传不多，也许只有一些好奇心重的琴家碰巧遇到这些琴谱，才会在深夜按弹这些陌生的古调。

幽 兰

前面我写到过，古琴谱其实是一篇说明文，它描述我们手指的动作和作用于琴弦的位置。

既然是文章，它就是由文字构成的。它详细说明右手以何种指法弹某弦，而左手又按在哪个位置，该以何种方式下指。可想而知，这种琴谱是不会直接记录音乐结果的。动作就是一切，而音乐需要师授，经过辗转流传，便会发生风格流变。这会形成流派，琴曲也会衍生出不同的版本，最初的版本慢慢就失去了实际传承。一旦失传就无法再知晓原来的音乐是什么样了，只有通过有经验的琴家重新根据琴理和个人解读去将乐曲重构出来。

现存的文字谱只有一份，在这份文字谱之前的琴谱都已经湮灭了。

这份琴谱是《碣石调·幽兰》。原件保存在日本，由

《碣石调·幽兰》文字谱，唐代抄本。藏于日本神光院。

杨守敬在日本访书寻得，影印收入《古逸丛书》才传回中国，被鉴定为唐人笔墨。曲首有序言说明此曲是南朝的丘明所作，从南朝到唐代之间经历过什么样的流变已经不可知。不过这佐证了琴史中所载唐末琴家曹柔创制减字谱的说法。

《碣石调·幽兰》传回中国后引起很多琴家的兴趣，但那个时代的琴家还没准备好弹奏这首曲子。杨时百是第一个对《幽兰》做系统研究的琴家，他的成果是对《幽兰》做了完全的译谱和释读，他把文字谱译为通行的减字谱，收录在他的《琴学丛书》当中。民国还有一些琴人对《幽兰》做过零星的研究，例如是考古学家同时也是古琴爱好者的李济也曾研究过《幽兰》，他与杨时百是同门，还资助过《琴学丛书》的出版。还有著名佛教居士夏莲居，也对这首曲子十分感兴趣。他曾与琴家王露共同参学《幽兰》《广陵散》，力所未逮。为偿心愿，30 年代他曾许诺管平湖，如果管先生能够将《幽兰》及《广陵散》弹出，就将名琴"猿啸青萝"相赠。而等这两首曲子真正以音乐的形式重现时，已经是二十年后的事了。

历史上有一首叫作《倚兰》的曲子，在《幽兰》谱中，有提到"一名《倚兰》"。《神奇秘谱》中收录了名为《猗兰》的曲子，与《碣石调·幽兰》曲调全不同。我觉得《猗兰》与《幽兰》是同一个母题的两首琴曲。《琴操》中对这首曲子的记载是：

> 《猗兰操》者，孔子所作也。孔子历聘诸侯，诸侯莫能任。自卫反鲁，过隐谷之中，见芗兰独茂，喟然叹曰："夫兰当为王者香，今乃独茂，与众草为伍，譬犹贤者不逢时，与鄙夫为伦也。"乃止车援琴鼓之云："习习谷风，以阴以雨。之子于归，远送于野。何彼苍天，不得其所。逍遥九州，无所定处。世人暗蔽，不知贤者。年纪逝迈，一身将老。"自伤不逢时，托辞于芗兰云。

在托名孔子的这首曲子里，描写的是孔子见到空谷中的幽兰，与杂草并处。这里孔子以幽兰自况，非为描写兰生于深谷的幽散之美，而是叹息兰杂处于凡草间，不被王者见识的可悲。对兰而言，生于幽谷或清供于庙堂，为王者香还是杂处蓬蒿间，都无二致。幽兰只为自身而存在，若有人闻到，那是恰好的事，并不会为兰香增添一分。无人可识，也有茕茕独立之美，我觉得这才是《碣石调·幽兰》中的取意。曲中那些清泠幽深的泛音像是从无涯际的时间深处传来，渺无踪迹，寻又不见。谱序中说，"以其声微而志远，而不堪授人"，是为一种幽散自持之美。如果不是这份独一无二的遗珍，我们不会知道这样一首曲子的存在。后代的琴谱都没有收录它。我们不知道还有多少像这样的琴曲，散落在时间的幽谷里。

20世纪50年代，琴界开始集中研究《幽兰》时，那一代的琴家对《幽兰》等古谱做了许多基础工作，但是在音乐美学上，他们还没有做好接受早期风格的准备。不仅仅是《幽兰》，也包括大多数早期琴谱。他们都更擅长清代的风格。例如徐元白先生就表示了对这首曲子的不适应，而管平湖先生则是对《幽兰》的取音做了一些改动，使之更符合民国成长起来的一代琴家的听觉习惯，因为原曲包含了很多不和谐音。例如第一个按音，琴谱中就要求按在近代认为正当的取音位置上方"半寸许"，听起来略觉怪异，却有出其不意之美。而管平湖先生还是按照当时的习惯来取音，同时他把这首曲子弹得有板有眼，这也是以他民国初期北京的演奏习惯来处理更早的琴曲。

不要误会我是妄图评价管先生的打谱成就，我没有那种胆量，我原来见过有人妄议管先生的节奏处理，那真是虮蜉撼大树，而我连虮蜉都算不上。没有人可以超越自身的经验，管先生是民国时期成长起来的琴家，弹出来的当然是民国味。他是上一代琴家中的翘楚，他与姚丙炎先生在打谱上下的是磨砖作镜的功夫。我在这里甚至不想说这是一种时代局限。当管先生弹《幽兰》，这首曲子就已经不再是早期音乐的例证，而是已经进入到我们的近代传统。那么真正的早期风格在哪里呢？也许只存于我们的想象中。琴谱所提供给我们的只是一些想象的依据。

从民国开始，三代琴人持续的对《幽兰》的研究，贯穿了整个有血有肉、绵延续存的现代琴史。

《神奇秘谱》

前面提到过很多次《神奇秘谱》。

这部琴谱的编者朱权是朱元璋的第十七子，他的封地在内蒙古赤峰一带，与朱棣的封地相邻，他的才智武功也一直与朱棣并称。朱棣用计让朱权加入了靖难之役，最后将他分封在南昌，在那里终老。他养了一帮清客，终日与他参学、修道及著书，他们搜集当时流传的64首古曲，编成《神奇秘谱》。

南宋杨缵编著的《紫霞洞琴谱》失传以后，《神奇秘谱》就是流传至今最古老的谱集。里面的谱式都是减字谱，

《神奇秘谱》中的《广陵散》琴谱，《琴曲集成》影印本，由作者翻拍。

但是包含了不同简化程度的谱本，可以推测这些谱本属于唐末到明初，从中可以推演这个阶段的减字谱的发展过程。这个琴谱的特点是集大成，南宋到明初的琴学向由浙派支配。朱权没有倾向于浙派，但也没有回避浙派，而是请不同师承流派的琴人共同参学，使这部琴谱客观地反映了南宋到明初琴坛的整体面目。同时体例上将 16 首无师承的古曲单列到上卷《太古神品》，使它们不致泯然众曲当中；而中、下卷称为"霞外神品"，"霞外"表示承接《紫霞洞琴谱》，但与《紫霞洞琴谱》有异，里面收的琴曲是南宋到明初仍有师承授受的。

这样的体例对于后学去了解琴史的分段颇有裨益。

例如《大胡笳》《小胡笳》和《阳春》《白雪》向来分别被视为姊妹曲。但因为朱权所收录的琴谱分属不同时期，就将《小胡笳》《阳春》收入《太古神品》卷中，而谱式较晚的《大胡笳》《白雪》则放到《霞外神品》卷中，把这两组姊妹曲给分开了。

《太古神品》这 16 首琴曲，按朱权的交代，是在他的年代便失传已久的古曲。里面保留了很多从文字谱过渡到减字谱的痕迹。其中收录的《广陵散》，谱序中说世传有两谱，他选择的谱本是来自隋宫。这里不知道他说的是渊源于隋宫，还是指他手中的琴谱原件是来自隋宫，但这个琴谱也是减字谱，如果真是隋宫的藏谱那应该是文字谱才对。而这个是比较早期的减字谱，尚存文字谱过渡到减字谱的痕迹。所以大胆推测一下朱权所指的是渊源于隋宫吧，也许他得到的是一份唐末经过译谱和转抄的琴谱，或者是一份在宋代进入内府时经过译谱的复本，即所谓"阁谱"。甚至可能原谱有说明本是来自隋宫藏谱。而朱权得到的就是这样一份经过译谱的减字谱，谱前可能有说明原谱的来龙去脉，朱权照抄放到了谱首。

像《幽兰》是唐代的抄本，但谱首写明来源是南朝的丘明一样。

如果说琴谱在产生时是一种无奈之举，到后期则是一种主动选择。当记录音符和节奏变成一种必需时，谱制必然会发生改变，这是因为琴本身是重视演奏体验大于聆听的乐器，一个音如何发生比这个音的结果重要得多。

琴谱不仅是记录音高，它也包括了对音色的提示。

根据指法逻辑和记谱方法，我们可以判断一首曲子大概所属的历史阶段。例如前边说过，早期琴谱重视右手，而后期琴谱重视左手。

声和韵

琴界的一个共识是，早期琴曲属于声多韵少，而后期琴曲则是韵多声少。

"韵"在古琴里的特指是：当一个音产生后，声音残留着的动态变化的过程。唐代的曹柔，也就是减字谱的发明者曾说："左手吟猱绰注，右手轻重疾徐。"

腔韵是中国晚期音乐的核心，没有哪种音乐会把装饰音放到如此重要的位置。

韵是由左手来控制的。当右手弹出琴音后，左手通过往复的动作来改变旋律线条，或者通过吟猱的颤音手法来润饰音色。明代琴谱与清代琴谱在视觉上最大的差别是，清代琴谱一个谱字后面会跟随一串小字，指明左手的后续运动过程。通常是上下往复，这个过程带动音位的变化，但在运动中右手不用再弹。在有的晚期琴曲里，可能声音发生以后，后面的五六个音全由左手在琴弦上移动来产生，声音是衰减的，尤其是使用丝弦。它只有演奏者本人能够听到，甚至完全无声，这个动作只是带动琴人的内在感受，像一条若隐若现的线，然后慢慢消失，而旁人听上去只是一些摩擦音。虽然已经没有物理上的乐音存在了，但心理上依然有一个声音在那儿，这也是一种"韵"。

古书中并未过多讨论这个问题，但是在近代，这慢慢被看作一种尴尬。有的琴家认为这是古琴本身的魅力，琴本无声之乐，这样的衰减本身毫无问题；有的琴家在演奏时，会用右手补上一个轻微的虚弹，在不破坏腔韵动态的情况下，让音可以继续保持。

早期琴谱虽然没有像晚期琴谱那样标识吟猱细节，但并不意味吟猱细节不存在。早期琴曲并不缺少精微的左手指法，只是没有作出具体指示而已。早期琴谱留下的是一种粗略的记录，并不直接提示演奏细节。这就跟古琴为什

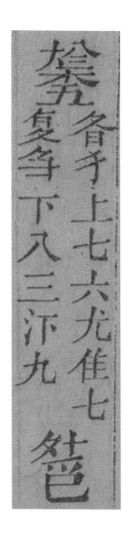

清代雍正二年（1724年）序刊《五知斋琴谱》中《渔歌》第一段中的走
手音，图片里右手只弹一次，下面的小字说明左手在琴弦上运动的过程。
《五知斋琴谱》为日本国立国会图书馆收藏。

么选择这种略显粗糙的记谱方法一样，这种记谱法一开始就没有使用琴谱来记录音乐结果的愿望。因为音乐是在身体上、在当下发生而流动变化的。谱子并不等于音乐，音乐只存在于手指轻触琴弦的那一刻。

它来自琴人的心理感知。

现在很难揣测在指法发展的过程中，是什么原因让人倾向于某些指法而弃用某些指法。

吟猱可以隐藏，但上下往复却是要由谱子提示的。早期琴曲中上下往复的变化，确实要比后期少得多。从谱面看上去，就是一些同等大小的谱字，弹上去一字一音。而相对的，早期琴谱对右手指法有更多偏倚，有很多同音反复，需要用不同的右手指法弹同一个音，来取得音色变化。同时有很多固定的指法组合，意在通过不同的音色组合来获得一种空间感。

现在能比较清晰看到的则是从明代中后期开始，右手指法的复杂性开始降低，重心转移到左手。像右手无名指在早期本来是很频繁使用的，到整个后期却完全弃用了。左手食指按弦也是，虽然早期琴谱中也只偶尔用到，但后期却几乎不见踪影了，只有弹泛音时还使用。

一并衰落的还包括复杂的右手指法组合。《广陵散》的大间勾、小间勾曾让一代琴人费尽心力去考证弹法，还有"泼刺"，虽然这个指法在后代也常用，但不像《广陵散》中，用右手连续激烈地拍击低音弦。由于低音二弦调到与一弦同声，产生了很强的音色力度，用以表达《广陵散》中愤慨肃杀的情绪；而像《乌夜啼》则用勾擘连弹和"争巢"一段的连续背锁来模拟乌鹊争鸣，继之以宁静的泛音，产生强烈的动态对比。

右手的衰落并不是左手革命的必然结果。像在《广陵散》中，左手指法也是极端复杂的。并不能认为左手指法是后起之秀，不能因为后期琴谱重视走手音就认为早期琴谱中忽视腔韵。只是后期记谱变繁，许多在早期琴谱中隐藏的内容，后期琴谱尝试去揭示。其中最极端的尝试就是杨时百在《琴学丛书》当中，试图将吟猱的运指方式、频次也记录下来。

但早期琴谱中包含的丰富性确实是在历史进程中消失了。

我最喜欢的几首琴曲，例如《樵歌》和《乌夜啼》，最早出现在《神奇秘谱》中，但它们在各个历史阶段有不同的演化版本，这是个线性变化的过程。越往后期，取音变得越简单，右手的复杂指法也在消失。广陵派的《樵歌》虽然丰富性远不及原谱，但尚有意趣，清代的《乌夜啼》则简直变得难以卒听了。

它的重心如上所说放到了左手的腔韵变化上面。这种变化让人落入更细微的心理体验，然而见树不见林，重体验而轻创造。后期随着流派的细化，演奏更加精细化与公式化。缺少出其不意与陌生感，体验也变得钝化，虽然不乏佳作，但整体上是古琴的衰落。

古琴在清代变得像个老人，当走不动路时，就一步三叹了。

作曲家

那么琴曲是从哪里来的呢？当然是创作出来的。只是在琴史中并没有与西方"作曲家"相对应的概念。

无论"演奏家"还是"作曲家"，在琴史里面都是"琴人"。只是某些琴人更擅长古曲，有的琴家在习得古曲之余会贡献一些自己的创作。例如蔡邕、嵇康都创作了自己的作品，它们被搜集到一起，称为"九弄"。还有部分琴人完全以创作知名，这种琴家很少，例如南宋的郭楚望和毛敏仲，他们是琴史中少数具名的作曲家。

大部分琴曲都不知道作者为谁，有时它们被推美于古人。不要相信类似尧帝作《神人畅》、屈原作琴曲《离骚》、王维作琴曲《阳关三叠》、柳宗元作《欸乃》之类的话。但这些曲子都存在着，它们的实际创作者不会留下自己的名字。那些天才作曲家都太善于隐藏自己，以至于我们根本不知道大部分琴曲是谁创作的。后人也不必恪守原曲，对它们进行删削改动是演奏家的权利。这里并没有作曲家的绝对权威。

在东方的音乐传统中并不存在专职的作曲家，作品也不是属于作曲家的，一首曲子流传下来，它就经历被无数琴人加工改造的命运，最初的作曲者反而湮没了。

但无论如何，早期的琴史依然留下了很多琴人创作琴曲的记载，那时琴人创作琴曲似乎是本分。明清的琴坛宗师都不以创作知名，明清遗留的曲目也都是以删削发展古曲为主。而近代已经很少有琴人再创作新曲了。

演奏并不是一种从属的艺术，演奏是独立的艺术体验，而不是作曲的后续。在古琴中更是如此。它像书写汉字一样（甚至还不是像临帖），曲子只是一个基本的字形结构、笔顺，在这个基础上有完全的自由，这一点对于东方乐器来说更突出。东方的器乐是以演奏—体验为本位的，而非以作曲为本位。

也是基于这个原因，作曲在古琴的实践当中并不是很突出。尤其在晚期的琴史里，相比创作一首新的作品，琴人们更愿意埋首于旧曲，与历史传统产生联系，这比创作新曲更有吸引力，在实践上也能够满足琴人的愿望。太阳底下无新事，并不需要两首曲子来描述流水。在有限的母题中，只要现成的琴曲足够畅叙演奏者的胸怀，就不必费心另作一曲。为了表达个体经验而去创作，在古琴批评中是不被赞许的，让经验隐藏在演奏者的实际体验当中即可。

一个琴家弹奏一首古曲，这种做法并不完全像画家临一幅古画，反而像是"仿某某笔意"的那种创造性临摹，他只是借一个现成的框架来表现自己。这种做法相比无中生有来说，会给他更多的安全感和与古人神交的趣味。比之创作，演奏能够给琴人带来更多的体验感，或者是更多的愉悦。乐谱只是一个时间上的方向和一个空间的架构，在里面做些什么，全是演奏者自己的事。这样的条件下，琴人是容易懒惰的。这样看来，那些琴曲的创作者是真正孤绝勇敢的琴人。

打　谱

由于琴谱不记录旋律节奏而只记录指法，特别是不记录节奏，要把一篇未经师授的琴谱弹下来需要耗费相当的心力。旋律线可以在指法当中隐藏，但没有节奏信息的话，一首曲子要弹出来就需要一定的时间重新安排琴曲的节奏。古早的琴曲更需要复原已不再使用的指法。把这种未经师授的曲子从原谱中弹下来就叫"打谱"。有人认为打谱的目的是音乐考古，因为大多数时候，打谱面对的就是无师承的琴曲。但是不幸，打谱行为虽然挺像考古学的，但目的却不是。

打谱并不是去还原谱本所属的那个时代的面目，打谱具有当代性，打谱的结果其实取决于打谱者的时代和打谱者个人的经验。打谱虽然涉及很多学术工作，但落处依然是艺术。还原一首古曲的面貌不是打谱的目的，而且这也是不可能达到的。打谱的目标是表现与诠释，它是一种创造性模仿，模仿的对象是自己基于琴谱信息对这首琴曲的想象。

相对于"严谨",打谱更要求琴人有创造力。

所以有时候对一个已有师承的曲目去重新诠释,也是打谱。这样的打谱,难度在于如何将一个习见的版本弹出完全不同的风格。

"打谱"并不是一个精确的术语,不同的人在理解上、实践上都有很多差异。

例如对文字谱《碣石调·幽兰》的最初打谱,就需要面对无数的学术难题,谱字的释读、音位、律制,每一个音的安置都需要呕心沥血。特别是对于民国成长起来的一代琴家来说,他们习惯了晚清的听觉经验,还需要面对风格上的不适应。那时候的打谱,主要就是学术工作。

而对于晚近琴谱的打谱,就没有太多谱面释读的难度。一些经典曲目由于经常听到,对于旋律线和结构已经有了听觉上的经验,打谱者更多的精力可以放在节奏安排和对曲意的诠释上。在这点上,近代做得最好的琴家是吴景略,他对《潇湘水云》《阳春》等曲打谱时所用的都是清代琴谱,他给这些曲子一个不同于当时的全新面目。

在当代,管平湖、姚丙炎等琴家对《幽兰》《神奇秘谱》《西麓堂琴统》这些琴谱做了大量打谱工作,包括古指法研究、谱字校勘,后继者例如吴文光老师对《神奇秘谱》全部曲目做了打谱和记谱,很多指法难题都已经有了解决方法,重要曲目也有不止一个版本的录音。因此现在的琴人面对这部现存最早的琴谱时，难度已经像面对《蕉庵琴谱》《天闻阁琴谱》这种晚近琴谱一样了。而且由于没有后面的一长串表示走手的小字，谱面信息要清晰得多。把走手音、吟和猱的关系安排妥帖其实难度非常大。特别是有的吟猱是装饰音，有的是规则律动，有的则需要构成旋律线。这是来自打谱者对师承传曲的熟稔，以及在此之上培养出的对古琴音色与旋律的敏感。

杨时百曾提到他跟随黄勉之学习了二十多首曲子之后，如果按照黄氏的方法去弹其他曲子，自然也可以节奏妥帖。现在重新看管平湖先生的打谱，会发现他一直在套用一种固定的节奏模式，这种模式根深蒂固，是他于晚清民国的琴学传统中习得的。

民国一代琴家那里，不同琴家打谱的结果不会有非常大的差异，不会让人觉得是两首曲子，因为旋律框架是共同的。而在一个共同的琴乐传统中成长起来的人，熟悉了很多古曲，熟悉了指法系统，也在一个流派家数中有过充分训练，对于琴曲都会有一些基本的默契。而且琴谱本身会说话，它也会暗示打谱者。

但在后一代的琴家像吴文光、成公亮等先生的打谱中，则会刻意打破琴谱中的习惯性节奏，用一种特别的节奏断句，形成个人的特殊风格。我用心最多的是成、吴二先生的打谱。如果要说有什么理由的话，就好比荀子说的"法后王"吧。另外一点是他们强烈的倾向性深深吸引我。

现在可以认为管平湖先生那一代的琴家在打谱的时候代

入了过多晚清与民国的审美经验，这是无可避免的，就像吴文光、成公亮老师他们也代入了他们那一代琴人的经验。

我觉得像管平湖先生、吴景略先生最擅长的依然是清代的传谱。至于对早期琴谱打谱，他们的开创之功主要体现在解释了谱面和指法的问题。相对来说，吴氏的《广陵散》是一个开放性的文本，吴景略先生在里面解决了基础问题，节奏上留下了再处理的空间，文本与演奏可以分开对待；而管平湖先生的《广陵散》文本与演奏有更高的统一度，节奏上留给演奏者的再处理空间较少。管先生其他的曲子也是这种一贯的打谱风格，与他的演奏高度统一，组成他自己一套完整的曲目库。

打谱是弹琴中最让人兴奋的一件事，尤其对于一首完全陌生的曲子，你从琴谱的角落里发现它，不知道那些减字谱里隐藏了什么。当数百年前的音调又重新响起，你会有种温暖的感觉，你跟古人在时间的两端相遇。这种体验与读一首诗或者看一幅画是不一样的，因为这是未知的，你有权利去对作品进行重组和阐释。

对于不熟悉琴史的人来说，一个会令他们感到诧异的事实是，打谱的热潮其实是从 50 年代开始的。

现在并不能推测古人的打谱行为是什么样的，因为琴史和琴谱的写作，关于方法论的向来是一块空白。但我们知道在那个狂热而质朴的时代，一切都被推倒重估，却有一群琴人在北京兴华胡同的一个四合院内或者上海的小弄堂里研究那些古谱，他们用信件交流心得，短短的几年内形成了关于打谱的一个基础共识，一些重要曲目也产生了数个打谱版本。

以后打谱这个概念会越来越弱化，因为这个词现在被滥用。

现在打谱的行为变成了参考不同的打谱版本，参合成为一个新的演奏本，或者对一个母本进行改造。对已打好的琴谱去重新打谱只具有音乐诠释的新意义，而不再具有发掘性。

打谱这个概念可以被淡化，起码不需要再强调。

两个半时如今合流，成为当代。

道　器

形而上者谓之道，形而下者谓之器。

——《易经·系辞传上》

道

琴涵盖得太广，以至于我们说不清楚到底什么是琴。它包含了那么多，单拿出哪个来指涉它，都过于片面。也许"琴道"是个适宜的说辞。琴的哲学、琴器、演奏法、曲目……这些总括笼统地说，就是琴道。但这个词太过端庄，也容易让人的注意力放在道上而不是琴里。

我们试图谈论绝对的时候，我们就会谈到"道"。绝对是无法被讨论的，因而"道"也只是一个词语。是词语就可以被解读，而被解读就得有角度，道于是不存。道应该是完备周遍的，无角度无方向的。它的字面意思，是"路"、是"说",是手段、是言辞。但它被当作目的以后，却不讲手段，不好好说话了。

庄子的道是绝对的自由，离开所有的相待。有趣的是庄子最后是以语言而显。如果《庄子》一书的外篇和杂篇是后人所续，起码他也著述了洋洋内七篇，也许还要加上《天下》篇。

谁说智慧一定要沉默寡言呢。

因为相待而有是非，"道"是离开相待进入一个纯粹的直觉世界，一种非二元的绝对状态。《列子御风》和《庄周梦蝶》都是在描述这样的故事。《列子》当中叙述了一种不知风乘我、不知我乘风的物我两忘的状态，而庄子尤嫌不足，评价说："夫列子御风而行，泠然善也。……此虽免乎行，犹有所待者也。"而庄子梦到蝴蝶，醒来后怀疑现在的自己是不是蝴蝶的梦。究竟是谁在梦谁？当庄子打破他自己与梦境的分别时，二元就不存在了。

南宋的琴家毛敏仲依据这两个典故创作了两首曲子。从流传于世的曲子来看，毛敏仲是中国最伟大的作曲家。在他热烈地歌颂了渔夫、樵父、庄周、列子之后，他选择北上觐见忽必烈。《樵歌》的解题说毛敏仲以此曲号召士人入山隐逸，而后来他又将旧作《禹会涂山》改名为《观光操》献给忽必烈，前后非常矛盾。但我喜欢他的矛盾，这是他的张力。我不喜欢那种圆满矜持的琴曲，虽然那种曲子听上去更容易联想到"道"。中国历史上像毛敏仲那样留下大量优质作品的琴家少之又少，我觉得他在琴史上的位置可以与跟他同时代且也有过北行经验的赵孟頫在画史中的位置相匹配，他们有相似的矛盾和感伤。赵孟頫在北行之后进入了创作的高峰，毛敏仲却还没等到召见就无奈地死于客馆。

他毕竟是生活在相对的世界里。

音乐也是相对。当人们用音乐去描述绝对时，往往就容易误会音乐本身是绝对。

高下相盈而有五音。音是依于条件、相对而成的。约翰·凯奇认为我们听到的任何声音都是音乐，而不必对声音去做主观的区分，音乐的核心是不加分别地聆听。

我不知道凯奇会不会喜欢古琴，我想他不会很喜欢，他对东方并非理解之同情，而只是西方人对东方的文化占有。当然他并不在意这点，他的目的并不在理解禅。一些喜欢谈论凯奇的无声音乐或者是陶渊明的无弦琴的人，都忽略了非常重要的一个部分，正是这个形而下的部分的缺失导致了道与术的分离。

我们回过头来看陶渊明的故事，就是关于"但识琴中趣，何劳弦上音"，这个故事起了一个坏榜样，因为可以想象后来有很多人学他的样子，抱个无弦琴，目光深邃，做陶醉样。很多正经琴人批判过这个故事。

从那条路往下走，琴可以不用存在了。我们如果说道是周遍的，那它无处不在，我们何必非得说琴道呢。而我们在道之前加上琴字，认为它还有些存在的必要，不就是因为它独一无二的形式吗？

"一切艺术都力求取得音乐的属性，而音乐的属性就是形式"，在一篇关于长城和焚书的散文里，博尔赫斯引述了佩特这句话。我们怎么能够忽略形式呢？这是音乐最被一切艺术所嫉妒的部分。我们反而应该强调形式，强调相对，因为道和绝对是没办法被讨论的。像维特根斯坦所说，凡是可以被说的，都可以说得清楚；凡是不能说的，就保持沉默。

所以禅师们只说："麻三斤"。

庄子在穷尽语言的至精至美后，游荡在无何有之乡的白日梦里，要等到一千多年后，在不讲逻辑的禅师们那里才能等到知音。

反逻辑、非二元是禅宗的核心，幽默感是禅之眼。它的表现是直接、开放。目的是无目的，方向是无方向，与庄子的道有相似的状态——自由。虽然自由一词已被滥用，用来描述它们不太合适。非二元的意思是自由也不是自由。超越了两边。

但后来禅宗的衰落是把方法、结果当成了理论，我们变成了无身体的头脑。古琴难道不是吗？

大音希声。我们需要分别理解大音与希声，并不是希声都是大音，必须先明白大音，才是希声。

音乐形式就是琴道，古琴的哲学离开音乐语言就不再成立，这是琴的原点，关于古琴的一切都是从一个声音发端。

道存于人，体现于器，而非借器彰人。给器赋予道器的功能是极端功利而且偷懒的。而我们谈论古琴的时候，有时像在谈论一个无躯体的精神。

很多关于古琴起源的故事，让它拥有了一个非凡的出身。

例如神农制琴而文王武王各加一弦的故事，还有伏羲制琴的故事。严格说算不上故事，只是一些记载，并没有情节，它们被历代琴谱的序言重复至今。

《周礼·春官宗伯第三》中载："孤竹之管，云和之琴瑟，云门之舞。冬日至，於地上之圜丘奏之，若乐六变，则天神皆降，可得而礼矣……孙竹之管，空桑之琴瑟，咸池之舞。夏日至，於泽中之方丘奏之，若乐八变，则地示皆出，可得而礼矣……阴竹之管，龙门之琴瑟，九德之歌，九韶之舞，於宗庙之中奏之，若乐九变，则人鬼可得而礼矣。"

所有的记载表明音乐的产生不会是件随意的事情。现存的一些部落音乐也说明那些简单的音乐有复杂的宗教和政治意义，并不是随意为之。

张光直先生对人类文明有个二分法，说一个是断裂的文明，一个是延续的文明。延续的文明是萨满式的，却是更加普适的。断裂的文明是西方文明，它突然发生，然后使整个文明发生转向。套用张光直对文明的两种模式的描述，可以把音乐也分为两个类型，一种是连续的，一种是断裂的。这个描述会很模糊，再具体一点，一种是演奏家本位的，一种是作曲家本位的。连续文明里是没有专业作曲家的，专业作曲家是断裂文明的产物，整个东方的音乐传统则延续了这种演奏家本位的方式。按张先生的说法来理解，我们的音乐仍属于萨满式的。但古琴有点不同于其他地区的音乐，它既非西方的作曲家本位的器乐，它的传承具有开放性，也不像民间音乐及东方其他地区的古典音乐。古琴非常重视文献和琴谱，但琴谱又具有开放性，这些文献和琴谱给琴设置了一个非常高的门槛，它只属于文人阶层，他们是这些文本的创造者和诠释者。

《国语》中讲过一个绝地天通的故事。上古时代人神杂居，后来人神分离，神与世俗之间建起了一道沟。我们不同于延续的文明中那种普遍的萨满式与政教合一，这两者我们很早就分离了。

人类学家列维-斯特劳斯说音乐对于我们来说依然是一种原始艺术，因为它用的是一种不存在的语言。超现实主义者在文学和美术中革命，但来到音乐面前，却面对无可反对的尴尬，因为音乐本来就是超现实的。音阶、调、和声全是人类的发明，它们不模仿任何自然之物，是无中生有。

但在中国古代的乐理中有一种相反的理解，认为音阶和调式都是本具实存的，它们都具有一种绝对意义。非但如此，它们与一种宇宙的神秘性密切相关。它属于宇宙模型中的一环，音阶中的每个音都具有特定的意义。

古琴积累了太多文献。"琴者禁也"是两汉经学传统下对琴做的考语，这个考语，加上《风俗通义》中对琴的描述，以及作为音乐观念准则的《乐记》，形成一套从汉代开始关于古琴的标准话语。但这不过是一种方术化的儒学对描述一个宇宙模型的执着偏好，它的结果是将相对的东西绝对化，将动态的事物模型化。在这个传统下，"天人合一"变成一种非常不自然的做作姿态，是一种打着形而上学名义的政治伦理学。它是一种宇宙—伦理—政治的统一观，音乐不过是这个话语中的一环，它与音乐结果并没有什么关系。我们的艺术一直对自然与神秘保持理性。人们谈论古琴、大谈东方艺术精神的时候，应该了解一下这背后的话语体系，避免望文生义。《琴赋》中说："非至精者，不能与之析理。"然而人们偏爱笼统模糊。

在越名教而任自然的嵇康眼里，声音的绝对性被否定，他认为音乐最神秘的功能，就是引起人的情感反应。像卢梭认为的，音乐同样是模仿，但它模仿的是人的情感的状态。音乐作用于我们的情志，我们对音乐产生反应，这是最自然的事情。"有成与亏，故昭氏之鼓琴也；无成与亏，故昭氏之不鼓琴也。"（《庄子·齐物论》）前者是相对，后者是绝对。我们都活在相对的世界中，因为有相对，所以有音乐。

从另外一个方面来说，把宇宙中的那么多声音收集加工成我们称为音乐的东西，这本身就是非常不自然的行为。

然而这个行为的发生又是非常自然的。

器

器是形式，是技术，是身体，是行为。

器当然也是物质。

50 年代后的琴史上有件事情非常重要，而且是不可逆的，它深深地改变了我们的演奏习惯，就是琴弦材质的变化。白居易的诗中说："丝桐合为琴，中有太古声。"桐是指青桐，而丝指的是蚕丝。琴弦在古代是用蚕丝做的。

张岱曾结一琴社，就称"丝社"。

一个关于蔡文姬的故事说：蚕作茧时，往往能遇物成形。有一个寡居的妇人独宿失眠，从壁孔看到邻居家的蚕正在结茧，第二天这些茧的形状都成了模糊的人形，除了眉目不甚清晰，但看上去隐隐就像是一个愁女。蔡邕看到后买回家，做成琴弦，弹出的琴声有忧愁哀怨之声。别人听了，问他的女儿这是怎么回事，蔡文姬说，因为是"寡女丝"做的弦。

跟漆一样，我们伤害漆树获得漆液；伤害麂获得鹿角霜，伤害蚕获得丝。

一些琴书中说丝弦不能用吃桑叶的蚕做的丝，而要用吃柘树叶的。

在当代，制作琴弦的材料主要是钢丝尼龙，也有少量使用丝弦。丝弦的使用是最近二十多年慢慢恢复的。从清代到民国最主要的丝弦制造商是杭州的回回堂，回回堂在30年代断产。五六十年代，由于无弦可用，加上乐器改良风气的影响，开始研制钢弦。

看似迫于无奈的举动却是琴界进入现代音乐世界的自觉。

这里不想讨论琴弦改革的是非问题，尤其是不想在现在的丝弦"原教旨主义"上插一脚。许多人宣称丝弦才是真正古琴的声音，钢弦是一种现代工业制品，它的音色以及它对演奏法的塑造，已经深深地改变了古琴。但我不想妄言这种改变的是非，这往往会变成一个道德问题，跟艺术无关。而古琴的衰微就是把艺术变成道德问题造成的。丝弦和钢弦都是器，它们是作为媒介来传达琴人的心声，而不是被传达的对象。我感兴趣的是不同琴弦对演奏风格的影响。

我们学琴时用的弦基本都是钢弦，可以说当代人对古琴音色的认知以及演奏习惯都是被钢弦训练出来的。

钢弦余音长，音量是递减的；而丝弦余音短，音量在音头较大而后迅速衰减。丝弦被人诟病的是许多曲子的大量尾音在上面无法体现，声音很快就没有了，剩下的只是手指在琴弦上移动的摩擦音。为丝弦辩护的人，认为这就是古琴音色的独特魅力，无声胜有声，而且模糊掉了乐音与噪音的分别。这种观念现在看来非常有实验性了。

我想余音短并不应该成为非难丝弦的理由。许多曲子在创作时并没有受限于丝弦的物理特性，特别是以韵取胜的晚期琴曲，它们所发展出的近代版本距离现在并不遥远，琴弦的物理条件应该接近历史录音中那些琴家使用的。不可否认，这些录音中的琴家都在极力回避丝弦音尾过短造成的短暂空白的尴尬。但这些流传于近代、以腔韵著称的曲子就是依于这样的物理条件创作出的。

后来钢弦的余音和敏感度，让琴人有了更大的风格发展的空间。有了较长的声音留置的时间，也能够做出更多的音色变化。这个变化造成的结果是，当代琴家，同首曲子弹得会比民国一代琴家时间要长。

例如在一张收录了近二十位不同时代琴人所弹《忆故人》一曲的唱片里，同样的《忆故人》这首曲子，民国出身的琴家所用时间普遍在五六分钟，而当代琴家时长都在十分钟左右，最长的吴文光先生弹了十一分钟。吴先生在里面使用的大量吟猱技巧、余音的留置、响度动态，如果换用丝弦是无法表现的。

但这里需要面对的问题是，古琴是否需要如此强调表现力？

在许多坚持传统的琴人看来，古琴的美学就是"清微淡远"，强调表现力与琴的根本审美相悖。可是看早期琴曲，无论文献记载还是音乐文本，本身都是重视表现力的。

也许那时候的丝弦质量尤其好，现在的丝弦能够弹那样的大曲的并不多，以至于我们觉得丝弦的特点就是如此。

此外，有的音确实不是要让人去听到的，那仅仅是通过一个动作的完成给演奏者一种心理提示。很多人把虚线都弹成了实线，但这是演奏的问题，与琴弦无关。

对于今天的丝弦主义者来说，他们大部分不是从对音乐的感受出发，他们不能忍受的只是在古琴这件传统乐器身上安装一个现代材料，认为这本身即是严重的亵渎。

这种道德倾向的论断不值得讨论，"器"本身包含的更多也是"技"，我们回到古琴的表现性的问题。

以表现力著称的吴景略先生有张照片让我感到一些尴尬。他在雨中向虞山派琴家、明代中后期的琴坛祭酒严天池献花。我不知道吴先生如何看待严天池这位宗师与乡贤，但我大概能想象穿越五百年的时空，严天池会如何看待吴先生的演奏。当然吴先生并没想那么多，只是对前贤表示尊敬而已。

我并不是很倾心于吴景略先生的演奏，觉得太成熟，但这只是演奏趣味的偏好，无关雅俗。因为有的人对他的评价是一种基于演奏品味的批评，即一些偏好古淡风格的人会把偏重表现性的演奏风格都视为一种坏品味，斥为繁手淫声。例如严天池编辑的琴谱里，就拒绝了《潇湘水云》一类的曲目。而《潇湘水云》正是常熟后贤吴景略先生的代表曲，在今天这首曲子也依然是古琴演奏技术的标杆。

吴先生同代的琴家都以泛舟潇湘的惬然诗境来表现这首曲子，而他别开生面地把此曲后半段弹得愤懑激烈，以与前半段的行吟声形成对比。《神奇秘谱》的解题中说，作者郭楚望见九嶷山被云雾所蔽而作此曲，以刺当时。推其原本当是《楚辞》中的涉江、远游之意，绝非淡寂怡人的山水之思。

　　但吴先生的解题又过于形象化。如严天池所推崇的雅正之曲如《阳春》，吴先生便是弹得生机勃发，恐怕严天池听了依然要皱眉。这是吴先生作为老一代琴家在音乐经验中的先天局限所致。吴氏曲目的演奏我更喜欢他的公子吴文光先生的版本，但吴景略先生对音乐文本的诠释让我五体投地。吴先生打谱的曲子我学过非常多，在不断学习中愈加敬佩。他是老一代琴家中天分最高的一位，无论演奏技巧还是他对音乐文本的处理，都是那一代琴家中的翘楚。

　　也有一些人对吴文光先生的演奏风格感到不适应，觉得他太张扬，动作过大。每次我都会感到不平，因为吴文光先生与成公亮先生是我的两位古琴英雄。吴文光先生弹琴非常着重构建一个立体结构，而非简单的线性过程。他与成先生两人风格迥异，在我看来却是同一个去向的两条分岔。我的意思是，我也曾经言必称民国的老琴家，对当代琴家甚至是拒斥。但我慢慢才意识到我与当代琴家的感性连结。

　　虽然许多琴友依然认为今不如古，古琴是衰落的，但如果非要用"衰落"这个词，我觉得它更贴近那些老录音产生以及与之相近的那个时代。

　　杨时百《琴学丛书》中说："嵇中散以后琴学中绝。以高明之士不屑艰苦卓绝专精一艺，而不知琴学有修身养性之用，道也，而非艺也。若袁孝尼之酷好，朝夕亲炙中散，而广陵一曲非得其传尚不能精，遑问其他。下此者好之不得其门，则遁而之他，变为笺疏考据，以博雅自炫或首庙堂乐章、古音简易之说沾沾焉。"

　　时百先生这段话实在是殷切之谈。

　　我们听到太多琴人反对技巧训练，轻视古琴作为音乐艺术的专业性，轻巧地说古琴不是音乐。

　　唐代文人往往敬重专业艺术家，专精一艺、发痴成魔、将个体生命融入艺术表现中是唐代艺术的最高典范。唐代不乏专精一艺而被诗人赞叹的人，例如在众多诗歌里出现过的董庭兰，他就是"莫愁前路无知己，天下谁人不识君"的董大。到宋代，掌握话语权的文人开始指点艺术家。由于他们本身就具有极高的艺术造诣，艺术创作的主体开始转向文人群体，专业艺术家已经不像在唐代那样受推崇。古琴有极高的专业性，不易为文人掌握，而且宋代文人与魏晋文人不一样的是，他们更积极地参与到视觉艺术当中，所以后来并没有出现像蔡邕、嵇康那样在音乐上达到极高造诣又产生广泛影响的文人琴家。

　　等到明代时，强调艺术家的技艺已经算是对艺术品位的一种贬低。作为极度仰仗专业训练的琴道，它的衰微当然就是必然。终于在历史的末端又回到文本的原教旨中去。

《乐经》为六经之一，到《明史》中，琴谱仅被列到"技术"类，以轻贱实践操弄之故。到后来，清代宫廷祭祀中所用的古琴仅以麻绳充当琴弦，以不会发出声音，徒具其形的缘故，真是滥竽充数的现实版。琴学堕落如此，令人哀叹。

现在一谈起古琴，大家想到的会是一种轻飘飘软绵绵的东西。许多人连基本的训练都没有完成，也佯称大师。人们对于年龄有些迷信，只要年纪够大，留把胡子，再能说出一点师承渊源，就被抬举成"大师"。琴成了一种消费品，一种装点门面的东西。然后拿着一些古书中的唾余，对自己不喜欢的风格横加批判。说到底无非就是这么几十首曲子而已。弹琴的时候最好面无表情，显出深邃的样子，通常要重意忘形，音也无须太准，像目前一些标榜"道家古琴"的人那样。他们否认古琴作为音乐艺术的表演功能，但他们的演奏却充满了表演色彩。

大部分人对琴感兴趣都不是因为音乐。古琴的文学性才是吸引人的东西，琴是一个符号，而不是一件面目清晰的乐器。我最初也是这样，当没有文本作为坐标时就没有安全感。就像人们因为文辞去迷恋禅宗公案，把它当作精巧的智力游戏。热爱对事物的记载而不是事物本身，买椟还珠的事情不乏其人。

当然人有自由选择他们的所好。琴被看作一种古老神秘的东西，起码从时间和记载来说是这样。在大部分的记载里，它被描述为具有一种神圣性或起码不平常的东西，而在文人世界中，它又是清高与矜持的身份象征。文人在书斋中挂一张琴，不为弹奏，仅仅是作为一种精神上的标榜，强调他的身份属性。而现代，这成为古琴的既定面目。因此很多弹琴的人都会说，古琴不仅是一件乐器。

这些都不是琴的过失，只是中国文化里重道而轻器的话语体系容许了这种过失。

在后世众多琴谱的前言中，一直保留一套儒家正统的说辞，但古琴的实践与它们并没有什么相关。这是因为古琴的理论和实践存在一个严重断裂，正儿八经的理论、方法论是缺失的。例如作曲就从来没有一个完整的方法论。它只仰赖每一代出现几个天赋异禀的人，而时代过去，就湮灭了。后人再想重新达到某个程度，就需要另起炉灶。每一代人都要把历史信息从头到尾捋一遍，但信息在叠加，越到后代，所要处理的材料越多，最终挤压了创造的空间。

缺少有效的方法论来处理实践与理论的断裂，这些文献就成为人们体验古琴的障碍。每个弹琴的人还没有真正体验到古琴是什么，就已经学会了一堆教条与概念，而这种认知往往又是片面的。很多人会强调古琴不只是一件乐器，这不过是想借这件器物来彰显自己的特别而已。

任何事物都不只是它们自身，这取决于我们如何去看它。禅师说，如果不叫一个花瓶为花瓶时，叫它什么？离开了命名，琴依然存在，音乐依然存在。我们可以感受声音的振动，不必非给它赋予什么意义。当你说自己在琴中听到了什么时，这是你真正感受到的吗？还是只是在书上看到的？或者是得到一种暗示，认为自己必须要做出某种表态以彰显一些东西？

中国琴家，尤其是一些技术不够的琴家喜欢谈论精神性。比照之下，我喜欢印度音乐家的那种精神性，那来自无我的奉献和没日没夜的练习。某些印度音乐家，每天练习十个小时是常态。

如同禅宗。许多文人爱谈论禅意，但是当他们还在谈论的时候就没有禅。唐代没有禅宗，没有禅这个概念，更没有禅文献。禅发生在任何一个可能的当下，是老师把体验直接传递给学生。他们喝下同样口味同样温度的水，然后心领神会。宋代曹洞宗的禅是"只管打坐"，被日本禅师道元带到日本，成为日本曹洞宗的宗风；如果琴中有一种精神性，那"只管弹琴"是比较合适的贴近这种精神体验的态度。人们喜欢谈论约翰·凯奇《4分33秒》的无声音乐，好像他什么都不用做就成了开创新流派的宗师，但不知道他为一个几分钟的拼贴音乐可以每天工作七八个小时，如此持续半年。

我们把精神性看成一个与身体练习无关的事情，那只是一种大脑的游戏，甚至算不上智能游戏，大部分这些琴人的思维能力比他们的演奏水平也好不了多少。在印度音乐中，需要同时保持技艺、开放的感知和思维能力，心、脑、手是在一处的。就精神内涵而言，印度和中国音乐有一些相似性，只是在表现上中国音乐既不像北印度音乐那么重视即兴，也不像南印度音乐有那么强的宗教性。

自　由

回到"琴者，禁也"这个《白虎通义》对琴下的最有名的考语。明代李贽的《琴赋》对此的回应是："琴者，心也，琴者吟也，所以吟其心也。"

在琴学实践上，"琴者，禁也"是名教，"琴者，心也"是自然。嵇康说过，要越名教而任自然。

我相信琴的意义在于个人，它是音乐，是艺术，它的音乐语言、表演性、表现力才是它成为中国的代表性乐器之一的根本原因。但人们醉心于记载，而忽略被记载之物。

人们喜欢谈论古琴却不喜欢弹琴，音乐太易逝而让人没有安全感，不像拥有一幅字画。声音是流动变易的，音乐在当下发生，没有痕迹，无法碰触，人们无法获得和收藏它。唯一理解音乐的方式只有聆听，演奏也是为了聆听。它无法被拥有，所以占有与琴相关的物质与知识，成了大部分人喜欢琴的方式。

我相信有很多乐器都像古琴一样自由，但一件自由的乐器，同时又拥有如此多的文献的，应该只有古琴。这说明自由是琴的一种传统，自由具有合法性。演奏者不需要听命于作曲家的指示，我想古尔德应该会喜欢这样的乐器。

琴谱不会告诉演奏者用什么样的节奏和速度去演奏，它只是标记出了一套身体动作，如何完成是演奏者自己的事。

　　弹琴是一种身体的练习，它像是舞蹈，它的美学是建立在肢体之上的。琴发出的每个声音都是对身体状态的记录。轻一点，重一点，颤音的方向和幅度，这些都是身体。没有一种精神性是可以离开身体而独存的。弹琴是一种很美妙的行为，它使我们的身心跟琴器还有声音相连接。

　　弹琴并不是这个整体中的单一部分，它本身就是完整的。

　　《舞赋》中说："论其诗不如听其声，听其声不如察其形。"

　　我们是什么时候失去对身体的敏感的？唐代以前的琴文学都比较注重描述琴的身体性，像嵇康的《琴赋》就从一块桐木写起。我们能看到的确定为唐代制作的古琴，与我们现在使用的古琴没有任何差别，而保存良好的唐代古琴，在被馆藏之前一直被实际弹奏着。民间藏者，像几年前著名的唐代标准器"大圣遗音"琴，仍在音乐会中被使用，其余存疑的唐及宋元古琴更不胜枚举，我们能听到的录音，大部分是用老琴来演奏的。它的形制被顽固地保存下来。

　　琴包括琴器的身体，也包括琴人的身体，中国人不太愿意谈论身体。可能除了魏晋时期的人对身体有敏感以外——他们服食、行散、裸体、欣赏身体，其他时代对于身体感受都较少大方地讨论。古琴的指法经过一代一代人的身体记忆传递下来，琴谱是无法准确记录指法的，指法的传承一直是身授。练琴就是一种身体练习，我们应该研究自己的身体，否则练琴就是浪费时间。身体、技法向来被认为是形而下的。在琴谱中通常以一些联想式的图像来提示指法，但所有的琴谱里都没有提到弹琴是身体的动作，是呼吸、肌肉与音乐的关系。

我们可以在琴中得到非常特别的体验，只不过这需要我们直接去感受它。而且得知道那不是琴带给我们的，更不是某个古琴传统带给我们的。那只是我们找到了一个合适的时机和方法，看到我们情感的幽微处。

如果可以，请把那些关于琴的记载与描述放下，直接进入音乐这个感性世界。

例如在旅行当中，我觉得带的东西越少时，体验到的东西越多。当我想到可以把某个景象拍摄下来时，或者预期到将会出现某种景象时，我在记忆中留存下的感受反而是最少。在手机可以拍照之前，我们在脑海中唤起某个场景的能力是比现在要强的。

也许知识和经验是我们变得不自由的重要原因。

当我们离开那些教条与成见，面对一张琴时，人是自由的，琴也是自由的。

古琴演奏中的自由，来自"道"与"器"的统一与完整，来自对情感的袒露和忠诚。

绝 响

古 人

我们现在称为"古琴",古代只称"琴"。"琴"和"古琴"的称呼变化,意味某种坐标的移位。在"琴"之前加上"古"字时,我们从现场中出离了,成为了他者。这不是一个时间尺度的问题,而是我们有了新的参照系,参照系再回过头来影响我们对事物的态度。"古琴",提醒我们它是件古老的事物,是一个对象;而"琴"是存在于漫长时光中的每个当下,它超越时间、无古无今,存在于那些我们现在称为"古代"的恒河沙数瞬间。琴人用它来感受当下的自己,与古人对话。

这个称呼的变化意味着琴已经离开了它的土壤与生态。在今天它像一朵干花,既提醒我们它曾经存在,又带我们观赏凋零的美感。它保留着美的身体,但已经没有生命了。作为传统的古琴,经历了最奇姿异态的时代。成住坏空是生命的必然,它幸运地保存住了最后的面貌,让人知道古琴是什么样子。

在漫长的前现代，"古"并不是一个时间的形容词，它只表达心理上的孤寂。从春秋开始古人就已经在想象他们的古人了，哪怕有的"古人"并未存在过。历史和虚构并没有严格区别。怀念是为了想象，为了补偿失落，在古人那里寻找知音。

陶渊明的诗中写：

> 少时壮且厉，抚剑独行游。谁言行游近？
> 张掖至幽州。饥食首阳薇，渴饮易水流。不见
> 相知人，惟见古时丘。路边两高坟，伯牙与庄周。
> 此士难再得，吾行欲何求。

陶渊明与琴的故事耳熟能详了。他有一张琴，弦轸不具，别人问没弦的琴你怎么弹呢？陶渊明答：但识琴中趣，何劳弦上音。

在这首诗里陶渊明想象的古人是庄子与伯牙。《说苑》云："钟子期死而伯牙绝弦破琴，知世莫可为鼓也；惠施卒而庄子深瞑不言，见世莫可与语也。"这首诗跟知己有关。伯牙的故事启发了《高山》与《流水》两首琴曲。

这个故事收录在《列子·汤问》中，原文是：

> 伯牙善鼓琴，钟子期善听。伯牙鼓琴，志

在高山。钟子期曰："善哉，峨峨兮若泰山。"
志在流水，钟子期曰："善哉，洋洋兮若江河。"
伯牙所念，钟子期必得之。

这个故事后来发展为伯牙摔琴谢知音，并且催生了《高山流水》这首琴曲，按《神奇秘谱》的记载，从唐代开始，这首琴曲分离为两首独立琴曲。这个故事一直发展到明代冯梦龙《警世通言》中，成为民间最熟知的版本，伯牙被冠上了"俞"姓。

人们弹起这些曲子时，或者陶渊明抱着无弦琴时，会想起知音的故事，会想起他们的"古人"。

明刊天启四年（1624年）序刊《警世通言》中《伯牙摔琴谢知音》的插图。日本早稻田大学图书馆藏。

元王振鹏《伯牙鼓琴图》。藏于故宫博物院。

　　空间无尽而时光易逝，人处其中容易感到孤独无依。"古人"给今人一个有温度的坐标，斯人虽不在，山水、诗歌和琴音都让怀念及想象有个落处。

　　相对孔子作《幽兰》的故事，我喜欢另外一个孔子的故事，是关于动物的。

　　鲁哀公十四年（前481年），哀公在西部狩猎，得到一只麒麟，无人能识。孔子在《春秋》结尾记载了这个故事，并于此处绝笔，两年后孔子去世。

　　《神奇秘谱》的上卷《太古神品》中有一首名为《获麟》的琴曲，曲虽不长，但谱式与《广陵散》《小胡笳》这样的大曲相似。

　　《春秋》中对此事的记载只有一句："十有四年，春，西狩获麟。"《史记·孔子世家》中的记载是："鲁哀公十四年春，狩大野。叔孙氏车子鉏商获兽，以为不祥。仲尼视之，曰：'麟也。'取之。曰：'河不出图，雒不出书，吾已矣夫！'颜渊死，孔子曰：'天丧予！'及西狩见麟，曰：'吾道穷矣！'"没有提到作《获麟》之事。《琴操》中也没有收录《获麟》。

获麟这个事件标志着春秋时代的结束。孔子编《春秋》在此处绝笔，《左传》续到了哀公十七年，但《公羊传》与《穀梁传》都谨遵春秋笔法，在此处停笔。由此《获麟》的最后一段也叫"绝笔"。

《获麟》当中有种抑郁幽愤的情绪，甚至第五段直接命名为"幽愤"，在乐曲中以"泼刺"指法弹低音弦，以增强哀伤情绪。

这首曲子有种末世的感觉。

跟《幽兰》一样，这首曲子自然也不会是孔子所作。但都是描写孔子自慨身世，无论是人们遗忘的幽兰还是被无知的人狩猎得到的麒麟，都让孔子想到他自己。他心中的知己都是"古人"，像文王武王周公这些他心中的古圣贤。他如果三个月没有梦到周公，就感到不安。

现在听管平湖先生的《获麟》与《幽兰》，这两个在打谱上未必尽善尽美的版本，可以听到那种幽深和孤寂。对古琴来说，一个音就包含了所有。听老琴家的录音，他们的乐句有时断得真是不太好听，打算盘一样，粒粒分明，要把每个音都抖落到原位。琴曲旋律构成都是非常简单的，曲目也就那么些，但每个声音剥开来就是一个完整的世界。管平湖先生中年后清贫孤苦，要靠为他人修琴修家具补贴用度。他在琴中苦心孤诣，每打一首曲子，必把能得到的版本都弹一遍，用功之深无人能及，琴对他来说是性命所寄。也许只有在弹琴时，他才能感到温暖。

我每次听到管先生《获麟》的录音，都不知身处何时：是50年代兴华胡同里北京古琴研究会管先生的房间，还是《左传》里的世界？

在另外一首琴曲《文王操》中，孔子面对的就不是香草瑞兽，而是他心中的至圣先王。孔子师从师襄习琴，在几番的学习中，他层层递进，从技法层面，到乐理层面，再到哲学层面，最后他在曲中见到周文王本人的形象。也即是孔子的"古人"。

《文王操》是成公亮先生打谱的，是他的代表曲。纵然这是他第一次打谱，他认为自己后面打过的一些曲子更好，我仍然觉得《文王操》是他打谱最好的一曲。我喜欢风潮唱片出版的，他2008年在磬山寺的那次录音。那个版本的《文王操》里，他的呼吸声、环境的低噪和琴声融于一体，那个时间和这些声音一起被录进了永恒里。

如今成先生也成了古人，听到这些声音时仿佛他又回来，与我交谈。那些吟猱的声音和过弦时的摩擦声，像在窃窃私语。

有一年除夕，我什么也没做，手机关了，把《文王操》反复弹了七八个小时。我并没有进入这个文本来理解琴曲，而只是纯粹体验琴曲中那种清平雅正，里边又有种温情，没有黎黑深邃的文王形象，但有一只巨大温暖的手。

现在我喜欢《获麟》和喜欢《文王操》的理由有点儿相似。我原来不喜欢孔子，但慢慢觉得他的执拗、认死理显得可爱，而他的人间情怀，让人感到温暖。我不喜欢至圣先师，我喜欢的是倔强老头儿孔丘。我觉得《获麟》是一首悲伤而又温暖的琴曲。管平湖先生的《获麟》陪在我耳朵里，度过了许多时间。而《文王操》被成老师弹得多么温情啊，它可不是板脸训诫人的曲子。如果说无痕迹是很多琴人追求的美学状态，成老师则无意于此，他弹得很用力，所有人都看得出的那种用力。就像孔子无意于超越，他被接舆嘲笑，也常被庄子作为反面教材。他听说有一只不合时宜的四不像到处乱跑被捉住时，就想到那很像他自己。

我们弹琴，有时就是与古人在弦上相遇，将个体经验融入一种历史经验中，这会让人少一些孤单。

刺　客

《琴操》中有一首古曲是《走马引》，有一个叫樗里牧的人，为父亲报仇，杀了仇家后逃亡。晚上听到走马声，惊觉而遁。后来果有仇家来寻，未获。樗里牧第二天看到天马的痕迹，才想到是因为他以义杀人，天马来提醒他。遂作《走马引》。这首曲子没有保存下来，这种描写刺杀主题的琴曲在琴史中很罕见。

刺杀主题在《刺客列传》有过惊心动魄的展开，而与琴最相关者当然是聂政刺韩的故事。

这个故事的主题的震撼性不仅仅因为是刺杀，而且还是以下犯上，是弑君。这个故事在汉代应该衍生出了不同的版本，它们被作为民间故事流传着，然后广陵地区流传的版本被吸纳为琴曲的主题。

在《琴操》中这首曲子还被称为《聂政刺韩王曲》，在魏晋时它以更有名的名字《广陵散》为人知晓。

《广陵散》的主题是叙事性的。叙事是早期琴曲很重要的构成，大部分早期琴曲都来自叙事性文本。因为琴的核心是人，人是故事的讲述者，所有故事也都是关于人。古琴以它超乎寻常的延续性保存到今天，包括琴曲、文献

山东嘉祥汉代武梁祠画像砖《聂政刺韩》

的传承，也包括它的物质性。我们时不时会去标榜古琴超长的历史和信息载量，会谈论那些已经成为我们共同文化经验的琴史典故，以期在古人那里获得一些精神回应，用来抵消长日的孤独感。中国文人不会去触碰那通往虚无的墙，虽然已经到了它的隔壁。他们把时间当作一种可感的事物，在追忆中获得永恒感，琴弦就像是时间的钥匙。在那个小小的世界里一切都没有变化过。

在《史记·刺客列传》中的这个故事和在《琴操》中的这个故事是两个不同的版本。

《史记》中记载的是士为知己者死的故事。严仲子与韩相侠累有仇，受其迫害，厚遇侠客聂政，聂政以母亲需要赡养为由不受。母亲去世后，聂政告诉严仲子，愿意为他报仇刺杀韩相。刺杀成功后，聂政自杀身亡。这个故事的结局是聂政的姐姐不愿聂政声名被埋没，为其收尸。

《琴操》中这个故事的主人公同样是聂政，但主题变成为报父仇而刺杀韩王。聂政的父亲是铸剑师，为韩王铸剑，到期未成，被韩王杀掉。聂政吞炭变声，用漆涂身，学琴七年而成。到都城中遇到他的妻子，他的妻子七年没有见他，看到他这个样子，眼泪就流下了，聂政问妻子自己变成这个样子是怎么认出他的，妻子说认得他的牙齿。聂政又入山，把牙齿全部敲掉，再练琴三年。没有人能够再认出他来。他在城中弹琴，立刻被韩王知晓，请他入宫弹琴。聂政在琴腹中藏了匕首，在为韩王弹琴的时候抽出匕首杀了韩王。

在《神奇秘谱》的分段里，最短的一段是这首曲子的叙事高潮，"取韩"。这段只有两句重复的泛音。好像手起刀落，干净利落。在前后的故事里，这段好像变得最不重要。

后面的情形相似，只是认出聂政尸首的不是聂政的姐姐，而是他的母亲。这个故事有更多的细节和戏剧性，聂政在这个版本中的故事也更加激烈残酷，同时为父报仇更增添了合法性和悲剧感。《琴操》说这首曲子的作者就是聂政，这不过是一种猜想而已。

嵇康与这首曲子的瓜葛最深，他在被杀之前弹《广陵散》明志，并且宣布广陵绝响，成就中国音乐史上最有名的现场。在现在的《广陵散》的小标题中，有很多信息是《琴操》中没有而《刺客列传》中有的，像"井里"一段，在《刺客列传》里提到这是聂政的家乡。这些小标题应该是拼凑不同版本的聂政刺韩的故事添加上去的，其中也包括嵇康以后的衍生部分。

《琴操》里的"聂政刺韩"像是《刺客列传》里豫让与聂政故事的结合。漆身吞炭的故事是《刺客列传》里对豫让的描写。豫让是智伯的家臣，智伯被赵襄子所杀，赵襄子把智伯的头颅当作酒器。为给智伯报仇，豫让漆身吞炭，并留下"士为知己者死"的名言。而为给铸剑的父亲复仇又跟干将的儿子为父复仇的故事相似。

《广陵散》里的聂政是无数刺客的共同化身。

《广陵散》是我学琴的很重要的理由，可有意思的是，当我有能力学它之后，我很多年没有去学；而当我学过之后，又很多年没有去弹它。直到最近，我才又开始弹起《广陵散》。现在弹的《广陵散》，大多是管平湖打谱的版本，但我觉得吴景略打谱的版本很有意思。如果听的话，我会选择管本，弹奏的话，我发现吴本更接近我的趣味。原因可能是吴本保持了一种开放性，节奏变化多端，演奏者在其中有更大的自由，你可以顺着他的打谱逻辑和指法诠释，但不用跟随他的风格和断句。管平湖的版本却不是这样，由于每个位置都已安排妥当，你很少有空间可以跳出来，除非刻意违背他的打谱逻辑。在管本中，为了他的音乐完成，管先生改动了原谱多处。这是他的呕心沥血之作。

在很长时间里，我最想弹的曲子都是《广陵散》，这并非因为它的音乐，而是被它的叙事打动。

鬼

嵇康的个性峻烈，我们知道他喜欢打铁、喜欢喝酒、喜欢弹琴，没有礼貌、邋里邋遢。

后世有很多他跟鬼神的故事。

嵇康入山采药，遇到孙登，遂从之游。孙登擅琴擅啸，是神仙中人，在琴史中以能弹一弦琴闻名。孙登对嵇康说："君性烈而才隽，其能免乎？"

琴史中安排很多鬼怪与嵇康为伴。一次他深夜弹琴，有一鬼神现身与他畅谈琴，他事后觉得这是蔡邕的鬼魂。

另一次，他在灯下弹琴，他不太喜欢这次来的鬼，就把灯吹灭，说："耻与魑魅争光。"

关于《广陵散》的来历，所有记载无不说是鬼神所授。

在许多弹琴的人心目里，这首曲子是一个精神坐标。当然也有特别反感它的，因为它背离了中国音乐中以"和"为至高状态的美学态度和"琴者，禁也"的儒家伦理，围绕着这首曲子产生的故事又都是些怪力乱神。

根据《晋书》和一些笔记的记载，嵇康遇到过一位"古人"，在洛阳西郊的华阳亭，那位古人现身，与嵇康谈论音律甚契合，于是取琴弹了《广陵散》，并传授给了嵇康。学会《广陵散》后嵇康一直秘不传人，他的外甥袁孝尼向他请学，嵇康最终没有教，袁孝尼只能在一旁偷听偷学。

另一个故事是说嵇康在会稽，宿在一个叫王伯通的人新落成的屋子里，夜里弹琴至三更，忽然有八个鬼怪现身，说是黄帝时的乐官，随即传授嵇康《广陵散》。

甚至在嵇康被杀后，他也以鬼神的形象继续与琴关联。例如有一个南海太守名鲍明者，友人拜访他，听到屋内有人弹琴，问之，答说是嵇康。客人问嵇康不是被杀了吗？鲍明答说嵇康已经尸解成仙。

这个故事是好事者为之。嵇康性好老庄，喜谈养生，但绝非仙道一路。他也认为神仙禀赋自然，非积学能致。他的朋友王烈入山得石髓，即石头内像蛋黄一样的液体，据说喝

香港中文大学图书馆藏明刻本《文选》中嵇康的《琴赋》

下可以长生，王烈带回去与嵇康分享，打开一看已经凝结为石。这个故事常被引用来叹息嵇康之无仙缘。

不过这些神鬼的故事又引起一些音乐上的回应。有一首琴曲叫《孤馆遇神》，就写嵇康遇鬼的故事，这首曲子无论题材还是音乐都非常特别。从曲子本身来说，这首曲子跟《广陵散》一样，泛音弹遍十三个徽位，而主题一直在乐曲不同段落反复出现。曲调也非常奇异，其中有两处"捻起"指法，是用手指捻起琴弦，然后放开，任琴弦弹回琴面产生拍打音，在琴曲中很少见。这同样是首很古老的琴曲，只被《西麓堂琴统》一部琴谱收录过，在琴史文献中也找不到关于这首曲子的记载。它只是用小字记录了一个嵇康遇鬼的故事，像是关于嵇康与鬼的若干故事的一次音乐集合。

知　己

嵇康的《赠秀才从军》第十五首写道：

> 闲夜肃清，朗月照轩。
>
> 微风动袿，组帐高褰。
>
> 旨酒盈樽，莫与交欢。
>
> 鸣琴在御，谁与鼓弹。
>
> 仰慕同趣，其馨若兰。

佳人不存，能不永叹。

他同样以兰来譬喻品格，琴虽在而无人可弹。

而前面的第十四首，即是：

息徒兰圃，秣马华山。
流磻平皋，垂纶长川。
目送归鸿，手挥五弦。
俯仰自得，游心太玄。
嘉彼钓叟，得鱼忘筌。
郢人逝矣，谁与尽言？

"目送归鸿，手挥五弦"是琴诗中的名句。《庄子·徐
无鬼》中记载了一位叫匠石的人，他的知己郢人是一个粉
刷匠。有次，有一点白垩土粘到了郢人的鼻头上，他手上
应该提着工具，不便擦掉，于是请匠石用斧头把这点白垩
劈掉。匠石运斤成风，像郢人的脸那么大的斧头从他的鼻
头上劈过，斧头虽重，可锋刃也薄如叶，不偏不倚将白垩
土劈掉而没伤到郢人半分。郢人神色自若，他丝毫不怀疑
匠石会手歪斧斜，连累他的鼻子甚至脑袋。这里让人震惊
的不是匠石的技艺，而是郢人的全然信任，他们是绝对的
知己。当郢人不在以后，世人或许惊叹匠石的技艺，却没
人能在他的刀斧下面不改色。嵇康应该很喜欢这个人，他
运斤成风，挥舞斧头像是跟演奏相似的一种美学行为。嵇

康在《琴赋》里，就安排这位匠石来执斧斫琴。

每个人都渴望遇到像这样可以全然信任的人吧。

因为对于相知的渴望，所以嵇康会激烈地写出《与山巨源绝交书》。相交而不相知是他无法忍受的，嵇康只能对着归鸿抚琴，或者弹《广陵散》，怀念聂政。

《赠秀才从军》十四、十五写的是无人可对的孤独感，他誓不传曲，也是因为无人可对。竹林七贤也许只是一个想象中的俱乐部，他们七人也许根本没有真正共行竹林中，也没有一起饮酒抚琴长啸。

《文心雕龙》说"嵇康师心以遣论，阮籍使气以命诗"，嵇康和阮籍均擅琴，他们是"竹林七贤"中最杰出的两个人物。按陈寅恪的考证，"竹林七贤"只不过是东晋人的附会，并不一定有一个实际的沙龙，这个附会是受佛经的影响。他们的特点是越名教而任自然，但竹林七贤中并不是人人如此。嵇康和阮籍两人都以琴闻名，但嵇康对古琴的激烈赞颂和他的琴学实践，使他成为琴史上可说是最重要的一个人。

阮籍的音乐观念则较嵇康保守，琴学实践更远不及嵇康弘深，"夜中不能寐，起坐弹鸣琴"，对阮籍来说，琴是抑郁生活中的伙伴，与酒一样，用以度过孤独夜晚，而对嵇康则是性命所寄。在琴当中，东汉"琴者，禁也"的考语给琴下了一个权威定义，音乐被赋予一种绝对的道德意义。在汉人那里，五声、五行、五常、五味、五方，都

南京西善桥出土的南朝砖《竹林七贤与荣启期》。藏于南京博物院。

有各自的对应,指向一种天人交感的政治观。唐代的韩皋认为《广陵散》是嵇康所作,而其用意在于以商音为主音,商为秋,为衰败的征兆,而且按五德终始论,晋为金运,商主金,所以预示魏将被晋替代。至于《广陵散》的调弦为慢商调,就是把一弦二弦调为同样的音高,宫商同声,宫为君商为臣,意味着以臣凌君,意味着司马氏有篡夺之心。韩皋就是把汉代的天人相应的政治理论,在《广陵散》中做了一次粗暴附会。

韩皋如果认真读过嵇康的《声无哀乐论》的话,就知道嵇康否定声音的绝对意义,声音只是声音而已,它并没有任何倾向。决定声音意义的是人的情感,音乐是对我们的感性经验的表达。嵇康、阮籍与琴史的关联并非偶然，他们出现的时代正好是古琴真正成熟的时代，它终于从儒家话语中脱离，进入到音乐本身。

嵇康的《声无哀乐论》以问答体写成，嵇康心目中应该有若干假想或实存的论敌，他在驳斥那些传统观念中的陈词滥调。

嵇康心中极端鄙夷时俗中的齐士。除了阮籍、山涛、向秀几人之外，嵇康有一位朋友叫吕安，与他相善。史书中说他们每一相思便千里命驾。吕安与嵇康是同一类人，向秀说嵇康志远而疏，吕安心旷而放。

一次吕安去看望嵇康，只有嵇康的兄长嵇喜在家。吕安就在门上题了个"凤"字，嵇喜不解其意，以为是夸赞自己。其实吕安的意思是"凡鸟"，说嵇喜不过如此，并不因为对方是知己的兄长而有所客气。

而一个贵公子钟会去拜访嵇康，嵇康在大树下打铁，丝毫不理会钟会。钟会于是视嵇康为肉中刺。他对司马昭说，嵇康是卧龙，恐怕是个隐患；又说他与吕安言论放荡，应该除掉二人以正风俗。

之前嵇康的作风和言论已经多次冒犯伪善的名教，他的《与山巨源绝交书》直言"非汤武而薄周孔"，司马昭读到后便大怒。

吕安的妻子被他的兄长吕巽奸淫，吕巽反而先以"不孝"的名义诬陷吕安，嵇康为吕安仗义执言，司马昭借此机会一并杀掉了二人。

绝　响

绝响是因为没有知己。

嵇康之后弹《广陵散》的代不乏人，但世间已经没有中散大夫了。

一个故事是说会稽的贺思令，常在月下临风弹琴，一天出现一人，对贺思令称善，说下手极快，但于古法未备，因此向他传授了《广陵散》，这个人就是嵇康。

这个故事当然无稽。但嵇康之后，《广陵散》一直以一种神秘莫测的形象在历史中闪现，像个莫知其踪的幽灵。直到在 1425 年出版的《神奇秘谱》中，它以琴谱的形式收录，流传至今。

在聂政一杀成名而衍生出这首曲子之后，它又与五百年后的另一个历史现场相关联。

所有对古琴感兴趣的人都或多或少对这首曲子有个模糊概念，一定程度上它就代表着古琴。与这首曲子关联的是刺客、魏晋风度、嵇康……它们指向中国文化中的另一个面向：反骨。文人恬淡隐逸的诗意理想之下有另外一种激烈胸怀，两者形成一种隐藏的张力，古琴从来不是平面和符号化的。

对古琴缺少概念的人初听《广陵散》会震撼于它的表现力度，宫商两弦同音，增加了低音的强度。在后期儒家的偏见中，这样的调弦被解读为以臣凌君，而它的主题及音乐本身也过于激烈，在后期琴谱中《广陵散》逐渐销声匿迹。它没有淹没于嵇康的就戮，但是在明清两代几百年里确实绝响了。

回到魏元帝景元三年（262年）的秋天。

在洛阳马市，在三千太学生的簇拥下，嵇康被带上刑场。那年嵇康约四十岁，应该是他的琴艺最成熟的年龄。看日光尚迟，嵇康向左右索了一张琴来，这是中国音乐史上最重要的现场。嵇康神色自若地弹了《广陵散》，他说之前他的外甥袁孝尼想从他学习此曲，由于他未应允，《广陵散》于今绝响。

从此《广陵散》三字就等于"绝响"。

注　释

1　张子谦（1899—1991），江苏仪征人，广陵派琴家。年轻时在上海结识查阜西、彭祉卿，被称为"浦东三杰"，共创"今虞琴社"，因擅长弹《龙翔操》，人称"张龙翔"。1949 年后，他的古琴教学卓有成效，培养出成公亮、龚一、戴晓莲等多位名家。

2　姚丙炎（1921—1983），浙江杭州人，后长居上海。师从徐元白，尤其擅长打谱，晚年独自打谱古曲数十首，曲目和演奏风格都自成一家。

3　徐元白（1893—1957），浙江临海人，初年仕宦，后潜心于琴学。师从大休开士，后又诸方参学，开创古朴清雅的现代浙派风格。

4　广陵琴派，清初形成于扬州地区的古琴流派，也是清代影响力最广泛的琴派，一直流传至今。

5　梅曰强（1929—2004），广陵派琴家，师从刘少椿先生。

6　浙派，南宋时因政治重心南移，都城临安（今杭州临安区）成为琴学中心，产生了浙派，代表琴家为郭楚望、毛敏仲、徐天民等，绵延到明代初期。

7　虞山派，明代中期在常熟地区形成的琴派，代表琴家是严天池、徐青山等，在明代晚期影响巨大，超越了流派的藩篱。清代在广陵派兴起而虞山派失去实际师承之后，各流派仍继续以虞山琴学为正统。

8　雷威，唐代四川斫琴师，生平不详。雷氏家族为历史上赫赫有名的制琴家族，其传承贯穿整个唐代，而雷威被认为是雷氏家族中最杰出者。

9　吴文光（1946—　　），古琴大师吴景略之子，毕业于中国音乐学院古琴演奏专业，卫斯理大学民族音乐学博士。家学渊源，在古琴演奏、打谱上卓然成家，出版古琴演奏唱片多张，谱集有《虞山吴氏琴谱》《神奇秘谱乐诠》。

10　杨宗稷（1863—1932），字时百，湖南人，民国琴学宗师。师从广陵派的黄勉之，后在北京以"九疑琴社"的名义授徒，学生中有管平湖、关仲航等，其子杨葆元也善琴。著有《琴学丛书》四十三卷，是清代以来研究琴学最具规模者。

11 郑珉中（1923—2019），生于北京。师从管平湖学习古琴演奏、修复、鉴定。1946 年至故宫博物院工作，精于古琴鉴定。

12 现存最早的一篇《琴赋》是傅毅所作，后来历代都有为琴作赋者。

13 吴景略（1907—1987），江苏常熟人，古琴大师，演奏技艺精熟，强调表现力、重视旋律，与管平湖并称中国古琴界的泰山北斗。

14 黄勉之（1853—1919），晚清著名琴家，生平较模糊。据说他曾师从广陵派琴家枯木禅师释空尘，空尘只收出家弟子，他为学琴而出家。晚年在北京教琴，弟子有杨时百、贾阔峰等。

15 高罗佩（Robert Van Gulik，1910—1967），荷兰外交官，著名汉学家、小说家。在多个领域耕耘，成就卓著，其中 1941 年出版的《琴道》是琴学研究领域的重要著作。

16 关仲航（1896—1972），北京琴家，杨时百入室弟子。

17 吴兆基（1908—1997），苏州琴家，琴风淡泊，录音留有《吴门琴韵》CD 两张。

18 走手音，指右手弹弦以后，左手保持住余音，并在琴弦上移动以改变音高。

19 查阜西（1895—1976），江西修水人，近代琴学大家，对古琴在现代的传承厥功至伟。

20 《琴书大全》，明代琴家蒋克谦编辑的琴学文献丛书，也是一部琴谱，1590 年刊印。

21 《西麓堂琴统》，是明代中期歙县人汪芝编辑的琴谱，也是明代琴谱里收录曲目最多的一部，许多早期琴曲都仅见于这部琴谱。

22 叶诗梦（1863—1937），清末民初琴家，北京琴坛耆宿，琴学师从多家，弟子有汪孟舒、高罗佩等。

23 乐瑛（1904—1974），北京琴家，济南宏济堂创始人乐镜宇之女，从小家中就延请黄勉之的弟子贾阔峰（一作贾阔风）教她弹琴。"老八张"中收录她演奏的四首琴曲，指力坚劲，吟猱有度。

我思，我读，我在

Cogito, Lego, Sum